MICHEL BRÛLÉ

4703, rue Saint-Denis
Montréal, Québec H2J 2L5
Téléphone : 514 680-8905
Télécopieur : 514 680-8906
www.michelbrule.com

Conception de la couverture : Gagné Vaillant
Mise en pages : Roxane Vaillant
Révision, correction : Patricia Juste, Élyse-Andrée Héroux

Distribution : Prologue
1650, boul. Lionel-Bertrand
Boisbriand, Québec J7H 1N7
Téléphone : 450 434-0306 / 1 800 363-2864
Télécopieur : 450 434-2627 / 1 800 361-8088

Distribution en Europe : D. N.M. (Distribution du Nouveau Monde)
30, rue Gay-Lussac
F-75005 Paris, France
Téléphone : 01 43 54 50 24
Télécopieur : 01 43 54 39 15
www.librairieduquebec.fr

Les éditions Michel Brûlé bénéficient du soutien financier du Gouvernement du
Québec – Programme de crédit d'impôt pour l'édition de livres – Gestion SODEC et
sont inscrites au Programme de subvention globale du Conseil des Arts du Canada.
Nous reconnaissons l'aide financière du gouvernement du Canada par l'entremise du
Programme d'aide au développement de l'industrie de l'édition (PADIÉ) pour nos
activités d'édition.

Société
de développement
des entreprises
culturelles
Québec ✚✚

Bibliothèque et Archives nationales du Québec
Bibliothèque nationale du Canada
ISBN 13 : 978-2-89485-413-6

Tara
Johanne Chasle

Johanne CHASLE

MICHEL BRÛLÉ

À mon père, le bâtisseur.
Qui parlait des maisons
comme on parle des personnes.

À ma mère, la philanthrope.
Qui ne voulait se marier ni à Dieu
ni à un homme à une époque où les choix,
pour une fille du peuple, s'arrêtaient là.

À mon enfance, dans le village bilingue.
Où la rencontre des deux solitudes,
s'édifiant au quotidien,
a sculpté l'imaginaire.

Le temps est sorti de ses gonds.
William Shakespeare, *Hamlet*

1

Monté en cols durs et en coiffures cimentées, froufrouté par les jupes empesées, sifflé entre les dentiers chuintants, le flegme anglais se déplace dans l'atmosphère irrespirable du grand salon victorien où le parquet de chêne blanc, recouvert de tapis persans, ouate les va-et-vient des corps maigrelets et austères, rondelets et opulents, qui se meuvent à tout petits pas muets.

Quelque part entre les tables d'acajou, les fauteuils de velours, les cliquetis du cristal et les soupirs exaspérés au moindre gloussement, un air de musique ternaire se morfond. Sous le faible éclairage des torchères, cela ajoute au tableau d'une myopie consentie.

Séquestrée dans une peur sans nom, Tara baisse les yeux et le cœur et entre au salon. Toute de blanc vêtue – des escarpins aux longs gants, à la robe en mousseline diaphane ouverte sur le dos gracile –, elle s'efforce de sourire. Sur son passage, les chuchotements prennent des sonorités de début de tempête de vent : un long sifflement lugubre de mémés, écorchées vives par la beauté de la jeune femme, perchées au bras de leurs non moins offusqués maris. Tous accusent l'impair inqualifiable : la grâce.

L'orchestre a beau faire des efforts sonores pour recouvrir la rumeur grandissante, rien n'y fait. Avide de chair tendre servie dans des bols de métaux fins, piqué par de fines fourchettes aux dents aiguisées prêtes à picorer tout cœur libre, le caquetage d'une société d'aristocrates en manque de scandale couvre la sonate. Et la noblesse.

La belle-mère de Tara met une éternité à décider que c'en est assez. Avec autorité, elle lève un index noueux qui fait taire l'assemblée, puis pose une main glacée sur le bras de son fils, Lawrence Fairlie.

L'orchestre de chambre entame un air d'anniversaire feutré.

L'assistance retient son souffle et ses mots en un pincement de lèvres austère.

Tara baisse les yeux et le cœur encore plus.

Pressée d'en finir, Lady Fairlie lui fait une bise abstraite sur la joue et tend une main arthritique vers l'écrin que tient Lawrence. Il contient un collier de rubis enchâssés dans de l'or rose. Tandis que Lawrence s'approche d'elle, fier, grand, sombre, Tara ne peut s'empêcher de voir un oiseau charognard, le corbeau : «Oiseau noir, oiseau de malheur!»

Tara tente de se ressaisir et veut offrir un mot d'usage ou un sourire enthousiaste, mais ses lèvres tremblent trop. Elle reprend une pose altière, suivie d'un léger hochement de tête. L'assistance lâche un soupir de soulagement. La spontanéité réprouvée de Tara ayant déjà fait plusieurs fois le tour de toutes les conversations et de tous les grands salons de Londres, on a craint une réaction fantaisiste. Une fois l'émoi passé, on scrute la scène du cadeau d'anniversaire, car il faut tout de même repérer l'erreur, inévitable, dans le comportement de celle qui sera toujours l'Étrangère.

Sans broncher, Tara offre sa nuque. Lawrence sourit et, de sa main gantée de cuir, caresse furtivement le cou dénudé. Crâneur, il se met à chanter l'air festif en invitant tous les convives à unir leurs voix à la sienne. Tandis qu'il amuse la galerie en chantant comme un dandy, d'une pression soutenue, il enfonce une gemme, tailladant un millimètre d'épiderme.

Une fine goutte de sang coule de la nuque, sillonne le dos entre les omoplates et vient maculer l'échancrure de la robe.

Tara frissonne.

Entre deux pitreries, Lawrence chuchote quelque chose que seule Tara entend. Sur un signe de sa part, une femme souffle un mot à l'oreille du maestro. À la surprise générale, la chanteuse se place devant l'orchestre.

**

Dans la chambre de Tara, à l'étage, le chant d'anniversaire résonne en sourdine. Suzon, l'amie d'enfance qui a suivi Tara dans l'exil, est à la fenêtre. La pluie battante et le frimas forment une condensation telle que Suzon doit frotter la vitre encore et encore, scrutant les jardins, les parterres et les allées baignés par les halos jaunâtres des réverbères à quinquet. À la vue d'un tilbury prenant la courbe de l'allée principale pour foncer à toute vitesse vers le manoir, Suzon lâche un petit cri. Tandis qu'elle écrase son visage sur le carreau embué pour s'assurer de l'identité du nouvel arrivant, son attention est attirée par une absence. De musique.

Après un court silence, une voix de mezzo-soprano s'élève, grave et enveloppante :

When I am laid, am laid in earth[1]...

Suzon pâlit. Elle s'apprête à sortir en courant quand une fillette de neuf ans ouvre la porte qui sépare les chambres contiguës.

— Suzon, j'ai fait un affreux cauchemar. Maman était morte.

Un sanglot déchirant les fait sursauter toutes les deux. Se précipitant dans la chambre des enfants, Suzon prend le bébé dans ses bras.

— C'est à cause de la musique de monsieur Purcell, elle vous aura impressionnée. Allez vous recoucher, Éléonore, je vais descendre et demander à l'orchestre un air gai pour l'anniversaire de votre mère.

Le nourrisson hurle de plus belle. Suzon le berce en lui tapotant le dos. Éléonore se met à sangloter, puis à pleurer avec une égale intensité.

— Non, reste avec nous. Quelqu'un d'autre peut bien dire à monsieur Purcell de changer d'air !

Suzon ne sait plus si elle doit rire et expliquer que Henry Purcell ne se trouve pas au salon, mais bien dans une tombe refroidie depuis des siècles, ou si elle doit abandonner Éléonore et courir au-devant de ce pressentiment qui l'oppresse, elle aussi.

***

Du balcon couvert, Tara s'ancre à la voix de la mezzo-soprano.

When I am laid, am laid in earth.
May my wrongs create no trouble, no trouble in thy breast...

---

1. Henry Purcell, *Dido and Aeneas*.

Les gouttes de pluie claquent comme des coups de fusil, la bourrasque ramasse tout : le chant, les mugissements, les sons durs, les bruits sourds, les grondements mouillés. La fureur des éléments s'engouffre dans la respiration haletante de Tara.

Elle suffoque.

Son regard tente de s'accrocher aux évocations du paysage aimé. Elle chuchote son attachement à cette terre. – Jardins et potager. Colline. Graminées. Parterres. Balançoire. Orme centenaire. Étang. Tennis sur gazon, partie perdue. Roseraie, pari gagné. Herbes folles. Nénuphars. Torchis odorant de la maisonnette du jardinier.

Tara hume le parfum des roses mortes, écœurantes de suc et d'eau, l'air froid et salin, les relents du terroir délavé, sa chlorophylle rouillée, ses odeurs de crapauds et de vers de terre, sa pourriture d'aiguilles de résineux. Soudain, l'éclairage cru d'un paradigme céleste fend le paysage en deux et se répercute dans un formidable coup de tonnerre, suivi des rugissements du sol qui tente de noyer l'assaut sous pluie et vent redoublant d'ardeur.

Les sens exacerbés de Tara endiguent les images, enchâssent les senteurs. Tout devient étrangement perceptible et extrêmement crucial. Sa bouche murmure le chant de Purcell : « *Remember me. Remember me…* », tandis que sa gorge brûle de mille feux. Sa main veut toucher le collier de rubis, mais ses doigts se défilent, pianotant dans l'air noir du balcon couvert.

La pluie change de direction et vient lui mouiller le visage. Virant au déluge, l'eau lave la rigole de sang qui tache l'échancrure de la robe sous les omoplates. Tara appelle une femme : « Lady Macbeth, Lady Macbeth. » Son corps se révulse à cette pensée.

Une silhouette avance obstinément vers elle...

Tara repousse l'idée même de Lady Macbeth, rejette l'archétype obsédant d'une femme homicide.

La silhouette auréolée de lumière se penche sur elle...

Prisonnière d'un délire morbide, Tara joint ses mains gantées et serre, puis se met à les frotter compulsivement l'une contre l'autre. Malgré elle, elle répète les mots de Lady Macbeth : «Il y a toujours l'odeur du sang... Tous les parfums d'Arabie ne rendraient pas suave cette petite main[2].»
Malgré elle, Tara prie.
– Non! pas de sang sur mes mains! Pas les miennes. Celles d'une autre. Pourquoi celles d'une autre? Non! sur les mains de personne. Fasse que le sang ne coule pas. Ne coule plus. Fasse que la vie garde son sang en elle!

L'ombre de la silhouette prend tout l'espace visuel.
Tara geint.
Elle a froid devant l'ombre.
Ses jambes ne la portent plus.
Elle s'affaisse et ne cesse de tomber vers le sol.
Sans jamais l'atteindre.

---

2. William Shakespeare, *Macbeth*.

2

Jérémie regardait Éva, endormie, la tête appuyée sur la vitre. Les longues boucles indisciplinées de sa chevelure de cuivre brûlé encadraient un visage ovale aux traits fins, à l'exception de ses lèvres charnues. « Le corps assoupi accepte les compromis de la gravité entre l'engin et le bitume. » Jérémie méditait sur ce mouvement consenti entre le corps indolent et la dureté de la matière. « Qui pourrait bien être celui qu'on échangerait, sublime rencontre du mou et du dur. » Le paysage urbain s'approchait périlleusement du véhicule. Jérémie quitta le rétroviseur à regret pour regarder droit devant en donnant un brusque coup de volant. Puis il revint à l'image réfléchie : « Son visage n'est pas moderne, il ne ressemble pas à ceux qu'encense la culture actuelle. Pas assez d'angles. Le feu de ses cheveux est trop chaud pour être admis. Incendiaire. Comme un aveu sans interdit, une passion assumée. »

Il faisait un effort suprême pour mettre une saison sur ce visage, tout en évitant tant bien que mal que les rues ne deviennent des murs et des bosquets. Il y peinait encore

15

quand Éva se réveilla dans un cri rauque qu'elle étouffa aussitôt en plaquant ses deux mains sur sa bouche.

La peur panique que Jérémie ressentit en bloquant le volant du car qui fonçait vers un édifice historique du Vieux-Montréal calma un peu son esprit échaudé. Il s'engagea sur une rue pavée et freina place Jacques-Cartier en jurant entre ses dents – exutoire universel.

– Terminus, mesdames et messieurs!

Les touristes français, soulagés de ne pas avoir foncé dans le décor, agrippèrent leurs sacs de voyage en parlant tous en même temps et en jetant des coups d'œil furieux au conducteur. Lui, les tempes en sueur, le cœur cognant contre ses côtes, le corps en déroute, fixait Éva dans le rétroviseur. Il lui sourit. Elle fit de son mieux, et l'ombre d'un sourire se dessina sur ses lèvres entrouvertes.

Tandis que les touristes débarquaient en discutant du prochain bistro où ils iraient boustifailler, du soleil de juillet, des paysages fluviaux dans Charlevoix, des babioles achetées à Québec, du côté «vieille Europe» miniature du Vieux-Montréal, Éva se tenait près du car. Certains l'embrassaient en la prenant à bras-le-corps et en lui donnant du «cousine d'Amérique»; d'autres, plus subtils, lui serraient la main ou lui faisaient la bise. Voyant son air absent, Jérémie vint à sa rescousse et prit la relève. Éva ne se fit pas prier et s'éloigna sous les bravos et les applaudissements.

Aussitôt, les vacanciers encerclèrent Jérémie pour lui demander chacun une ultime information : Où aller manger à bon prix un repas de qualité? Combien coûtent les voyages sur la banquise pour voir les blanchons au printemps? Où se cachent les «cabanes au Canada» et les tipis et les mocassins à rapporter à la petite dernière? Comment organiser les randonnées de traîneaux à chiens l'hiver prochain? Où acheter encore du sirop d'érable? Et des fines tisanes inuites? Et peut-on prendre une dernière photo de groupe?

Pendant ce temps, Éva était déjà au téléphone.

– Oui... J'arrive à l'instant... Ça va... Et les soumissions?... Quoi? Refusées?! Toutes les deux?

Elle avait passé des nuits blanches dans des chambres de fortune sur les rives du fleuve Saint-Laurent à préparer dessins architecturaux, estimation des coûts, description des matériaux et des travaux.

Quant aux touristes, ils avaient dormi en rêvant des baleines entrevues à la pointe de l'aube, depuis la fenêtre de la salle à dîner du gîte à l'île Verte; en rêvant de l'autre île – aperçue entre les coteaux, les monstrueux pylônes électriques et les poteaux de téléphone –, celle dite d'Orléans, celle de la maison de Félix Leclerc, celle que les Algonquins appelaient «le Coin ensorcelé». Ils avaient dormi, bercés par les images du large fleuve, des paysages si vastes et si sauvages que certains avaient souffert d'agoraphobie et avaient dû prendre de petits comprimés qui diluent la réalité et la persistance des émotions. Une dame avait été si fortement impressionnée qu'elle avait décrété tout de go qu'il y avait trop de silos et que ceux-ci poussaient dans le panorama québécois comme des suppositoires. Le reste du voyage avait été très gai. Les vacanciers avaient nommé la dame en question guignol de service. Elle avait bien joué son rôle, poussant de plus en plus de remarques et autres calembours faciles, et tous s'étaient mis de la partie pour la provoquer car, en vacances, il faut obligatoirement s'amuser!

Comme d'habitude, Éva n'avait pas beaucoup dormi. Repoussant les images idylliques de ce coin de pays où elle était née, elle s'était consacrée à la résolution des problèmes d'esthétique et de style, de faisabilité, de solidité et de budget. Ambitions tellement plus compatibles avec le dialogue qu'elle entretenait avec son être global.

Au bout du fil, Marie lui posa une délicate question qui la fit revenir à la réalité.

– Non, c'était mon meilleur prix... Marie! Oublie ça, veux-tu? Je ne travaillerai pas à perte! C'est pas ma faute si les matériaux coûtent cher en Amérique! Et je ne vais pas encourager la pauvreté sordide en faisant faire ailleurs! Jamais, tu m'entends!... Rejoins-moi au bureau... Oui, j'arrive.

Elle raccrocha raide. Comme elle le faisait toujours quand la matière prenait son temps à incarner la pensée, elle passa une main fébrile sur son front, tapota ses tempes et empoigna sa tignasse. Les touristes s'étaient dispersés, elle allongea le pas.

***

Jérémie était assis sur une banquette et grillait une clope. Il avait espéré qu'Éva viendrait lui dire au revoir et voilà qu'elle s'assoyait près de lui et lui chipait sa cigarette.

– Mauvaises nouvelles?

Éva ferma les yeux, s'enfonça dans le siège et prit une longue touche.

– Qu'est-ce que tu vas faire?

– Continuer d'être guide touristique.

Éva n'étant pas du genre très bavard, la discussion risquait d'être brève. Jérémie ne voulait pas que ça se passe comme toutes les autres fois. Il ne voulait pas qu'elle se réfugie dans ses silences, qu'elle lui fasse une bise abstraite et s'éloigne d'un pas vif, sourde à l'affectif, obsédée par son propre besoin d'accomplissement. Décidé à faire craquer le vernis, il lui révéla le fond de sa pensée.

– Tu sais, Éva, je suis ton contraire absolu, toujours prêt à faire la fête, à m'éclater dès que je peux... Je me suis longtemps questionné sur mon manque d'ambition. Pourtant, mes profs me disaient doué. L'université, j'en avais peur ! Je craignais que ça endorme ma conscience intrinsèque de fils du peuple et que je me mette à avoir des attentes. L'espoir, le bingo du peuple, oui !

Persuadé qu'Éva réagirait à cette dernière phrase, Jérémie fit une pause volontaire. Voyant que rien ne se passait, il poussa la provocation un peu plus loin.

– Bien sûr, il y a ceux qui n'ont jamais eu à espérer, puisqu'ils sont nés à l'intérieur même de l'espoir. J'ai aussi trop souvent rencontré ceux qui se sont joué le tout Faust pour réussir. Je n'ai rien à perdre, moi. Je ne rêve pas inutilement, moi. Je sais que ce que j'ai, c'est à peu près tout ce que j'aurai. Toi, ton bingo – ton papier d'université – et ta culture te donnent des aspirations. Quelle frime ! Tu gagnes moins que moi ! Et ta dette universitaire reste au beau fixe ! Tu dois combien, déjà, trente-cinq, quarante mille ?... Merci, mais non merci, docteur de Rome !

Éva frissonna. Elle ne voulait pas entendre ce discours défaitiste, sorte de vision fataliste du peuple né pour un petit pain. Cependant, elle était aussi le produit social de ce peuple, et cette superstition collective trouvait résonance dans son ventre comme un mal héréditaire, un spermicide sur l'ovule, une tache noire sur l'ovaire, un ver grouillant au cœur, une plaie béante sur la peau d'un peuple d'ambitieux, de courageux, de têtus, de chialeux, de talentueux, de frileux, de rêveurs idéalistes, mais de rêveurs tout de même.

Il fallait chasser les lamentations du peuple conquis, qui ne croit pas en son avenir, ne fait presque plus d'enfants, considère la loterie comme la seule voie de remise à flot, se laisse manger la laine sur le dos par un petit nombre de Radieux, et espère encore et toujours la venue d'un ou d'une visionnaire à mettre à la tête de l'entreprise publique du pays, relançant le slogan « Québec, terre promise » si souvent entendu dans son enfance mais plus du tout maintenant. Saisissant le micro qui pendouillait au bout de son fil, Éva joua le fatalisme à garniture de rigolade, consciente que le jeu n'y changerait rien, mais poussée par ce réflexe généralisé de rire de tout de peur d'en hurler. Prenant une voix doucereuse de speakerine, elle amusa son spectateur :

— Mesdames et messieurs, l'architecture étant à son top zéro, je vais vous vanter les mérites de l'architecture des temps passés. Si les charlatans ne démolissent pas tout avant pour tout rebâtir en PVC ou en fausse pierre véritable… Continuez à croire ceux qui susurrent qu'il est plus facile et moins coûteux de fabriquer des matières artificielles au lieu de préserver, de conserver et de multiplier les ressources naturelles de notre territoire. Bientôt, vous irez visiter des usines polluantes au lieu de marcher dans une forêt où vous aurez planté des arbres ! Et, si vous croisez vos enfants, de grâce, dites-leur d'éviter le doctorat, car, en Amérique, les pierres sont mortes et le bois, malade et surexploité ! Vivez dans le préfabriqué et évitez de rêver. L'impuissance est plus accessible et moins exigeante ! La beauté est une conquête inaccessible !

Pour conclure la catharsis, Jérémie ajouta la célèbre phrase, celle qui submerge tout espoir d'action :

— Allez ! je te paie un verre. On va noyer le gros chagrin.

Ce jour-là, Jérémie comprit ce qu'était un mot de trop, ou un silence en moins. Les yeux verts d'Éva s'embrasèrent de jaune et d'ocre. Son regard se perdit très loin par-delà le pare-brise, la fontaine, la place, les pierres, les amuseurs publics, le fleuve, et se dilua très haut dans la stratosphère. Jérémie se surprit à murmurer :

– Là où on ne respire plus le même air. Et l'amour, même le cul, c'est une décision prise à deux de respirer le même air.

À peine ce constat météorologique de l'affectif exprimé, Jérémie retourna lentement à son siège – Éva n'en sut rien – et démarra. Le corps d'Éva reprenait son propre rythme et ne suivait plus le mouvement de l'engin au contact du sol. Le mou et le dur étaient redevenus le flou.

Indifférente aux rues qui défilent, Éva fredonne un air qui flotte en elle. Pur ravissement. Angoisse sans nom. Le mélange lui noue la gorge. Elle ressent une étrange impression de déjà-vu. Témoin de sa mémoire muette, elle écoute les bribes d'un chant funèbre. Elle écoute. Pas plus, pas moins. Comme il arrive quand les impressions surpassent le besoin cérébral d'étiqueter à tout prix.

3

La légèreté de l'être. Les passants la ressentaient bien quand Marie déambulait par les rues et les boulevards. Ses courbes faisaient des ronds et des bonds. Son visage était un disque solaire. La souplesse de son corps rappelait une forme de paresse des matins d'été où les draps de satin se moulent aux corps alourdis de sommeil, hébétés de caresses nocturnes. Marie ne marchait pas, elle faisait des rondos. Et sifflotait en remontant ses lunettes fumées, en replaçant une boucle rebelle dans une pince, ses cheveux relevés à la va-vite, très *sixties*. Ses jambes hâlées aux muscles découpés dans du bronze donnaient un coup de sang aux passants.

La légèreté de l'être est un état diurne. Solaire. Et Marie en était une des plus fidèles représentations. Après l'avoir croisée, les passants avaient tout à coup envie de manger des crêpes flambées, des fraises des champs, du chocolat fondant et de laper un café au lait dans un lit baigné de lumière crue.

Un car s'arrêta en klaxonnant et laissa descendre Éva, les bras chargés de sacs de voyage, pestant contre la courroie brisée de la sacoche de son ordinateur portable. Quand Jérémie vit Marie embrasser goulûment sa copine, il lui vint des envies de pisser au pied d'un arbre, de dévorer une mangue juteuse et de renifler des champs couverts de coquelicots. Il en resta tout pantois, la main sur le levier de la porte. Marie lui fit un sourire éclatant et, s'accrochant au bras d'Éva, elle lui jeta un dernier regard de fin gourmet.

Éva n'en revenait tout simplement pas. Voilà des années qu'elle connaissait son amie, mais sa propension à la sensualité suave inscrite dans une relecture des rites païens la surprenait encore. Elle prit le menton de Marie et lui tourna la tête.

— Allons, allons. Tu ne vas pas te mettre à flirter ? C'est qu'on a du boulot !

L'attention de Marie avait la durée d'un jeu d'enfant. Aussitôt, elle s'intéressait à un autre besoin primaire.

— Tu veux quelque chose au dépanneur ?

— Tu veux dire : crème, pain, beurre, café, jus d'orange ?

— Oui.

— Tu as arrosé les plantes pendant mon absence ?

— T'as des sous ? Je suis un peu cassée.

Marie souriait aux anges tandis qu'Éva fouillait dans une poche en grognant.

« Avec Marie, on finit toujours au même point. Elle n'a pas conscience d'avoir à payer son droit de passage sur la terre. Il survient toujours quelqu'un ou quelque chose pour la sortir du pétrin. Comme si elle avait un crédit illimité de dépannage karmique. »

Certaine de gaspiller ses mots, elle la rabroua tout de même avec humeur :

— T'as fait quoi, ces dernières semaines, pendant que je faisais mon dixième tour du Québec avec des touristes enthousiastes et que je m'épuisais la nuit sur des soumissions ?

– Des contacts. C'est tout de même pas ma faute si tout le pays est englué dans la survie et l'utilitaire.

Marie haussa les épaules. C'était bien connu, la crise économique planait pour la simple et bonne raison que les nouveaux emplois avaient permis aux nouveaux employés d'acheter plein de trucs. Et maintenant que la maison était pleine de la cave au grenier, on attendait qu'une autre bourrée de jeunes – la relève économique capitaliste – se lance sur le marché du travail et consomme jusqu'à l'endettement absolu.

Marie traversa la rue en sifflotant, absorbée par ce grave problème. «C'est sans compter tous les biens hérités, qui passent de main en main comme autant de raisons de ne plus rien acheter… Finalement, ce qui sauve les designers, c'est que les goûts communs changent. La génération suivante ne veut absolument pas être identifiée aux tendances et préférences de la génération de ses parents! Mais, à chaque ralentissement économique, tous les secteurs de l'exclusif et du sur-mesure retombent dans la filière du superflu. Quelle idée, aussi, de choisir la fin de la chaîne alimentaire comme métier! Quand les besoins essentiels sont satisfaits, le reste recueille les miettes, c'est bien connu!»

Marie pensait à cette chaîne humaine de consommateurs. Ça lui donna faim. Elle contempla le vent dans les arbres en murmurant sa conviction profonde que l'amour de la vie passe par le beau, les paysages naturels, la matière superbe de simplicité, d'exotisme ou de grandiose. Réjouie par cette vision du monde, elle entra dans le dépanneur en sifflotant. Au son de la clochette d'entrée, le propriétaire tendit les bras vers elle. Il n'eut pas le temps d'ouvrir la bouche.

– Tu sais bien, Roberto, qu'une des conditions fondamentales de l'évolution est l'accès à la beauté du monde et les tentatives de l'être humain de façonner la matière, de s'exercer à la création. De créer en essayant de ne pas trop détruire. Inutile de prétendre ne rien détruire. Chaque être humain détruit un peu, beaucoup, énormément. Personne ne peut se vanter d'avoir vécu sur la sphère bleue sans y avoir saccagé quelques choses et, très souvent, quelques-uns. Il faut rester vigilant. Ne pas prendre la courbe descendante de la destruction. Ce serait trop facile ! Il faut créer. Et conserver la création.

Charmé, Roberto suivait Marie d'allée en allée. Elle tâtait, puis choisissait les victuailles d'un geste sûr, ouvrait une boîte d'œufs, examinait leur fraîcheur en les agitant doucement, lisait la date de péremption sur les emballages. Quand elle s'éloigna en trottant vers le réfrigérateur – la tête tendue vers le plafond, le corps léger, les seins bondissants et le cœur entièrement à la fête –, Roberto en fut tout remué, sa virilité gonfla comme un spinnaker au vent et il l'invita à un concert de musique classique.

***

À quelques maisons de là, Éva lâcha ses sacs devant la porte d'entrée. Elle n'avait qu'une envie. Une seule. « Dormir. S'oublier quelques instants. Ne plus rien espérer, l'espace de quelques heures, après on verra. »

Elle allait fermer la porte quand elle s'aperçut que le système d'alarme ne s'activait pas. Un frisson la parcourut tout entière. Des fils sectionnés pendouillaient sur le mur de l'entrée. Éva les fixa un moment, puis elle tourna lentement la tête. Son bureau avait l'air d'un chantier de fouille. Tout avait été ouvert, déplacé, bousculé, renversé, éparpillé sur le sol, sur les meubles et sur les fauteuils. Dans une poussée d'adrénaline, elle se mit à parcourir son bureau, puis les pièces du fond qui lui servaient d'appartement. Tout était sens dessus dessous.

***

« Lécher un gelato est un art universel », se dit Roberto devant tant de suavité. Subjugué, l'Italien du Sud suivait les mouvements de la langue rose qui s'avance en frémissant, des lèvres qui gonflent d'anticipation, et le glacis des pommettes rondes où se hérisse frileusement le duvet blond. Pris par la vision troublante de Marie, ange ou démon, il en oubliait ce qu'il tentait d'obtenir d'elle, inattentive à sa demande. Toute au bonheur de déguster le froid fondant et l'essence parfumée au chocolat. Toute au plaisir de jouir du soleil cuisant, dans ce pays où le beau temps est un luxe éphémère. Anxieux, il répéta son invitation :

– Puccini, allez ! Tu ne peux pas refuser Puccini !

Depuis longtemps, Marie avait appris à ne plus se préoccuper du regard de ceux qui s'imaginaient qu'elle était bien dans sa peau grâce à eux, ou pour eux. Pendant des années, ça lui avait bien pris la tête. Longtemps, elle avait souffert de ce regard de surface. Elle avait eu des répliques cinglantes quand elle s'apercevait qu'encore une fois, on ne s'intéressait pas à qui elle était, mais uniquement à son apparence. Puis, un jour, elle avait décidé qu'elle n'allait pas se mettre à baisser les yeux, à marcher les jambes serrées et à se taire parce qu'on la voulait jolie et décorative. Elle avait assumé qu'une femme bien dans sa peau est une femme bien dans sa peau. Elle décidait quand, où, à quoi, et à qui elle se révélait. Elle avait choisi de garder vivant ce sublime droit d'être. Point.

– Roberto, je n'ai aucun goût pour la musique classique. Moi, c'est le *bluegrass* qui me jette en transe, et les Red Hot Chili Peppers, et k.d. Lang.

Bruit de sirènes.

Marie n'entendit pas la réponse de Roberto, mais observa qu'il parlait avec émotion et gesticulait avec grâce. Elle lut sur ses lèvres qu'il vantait l'expressivité de l'écriture vocale et la richesse des orchestrations de Puccini. Une voiture de police passa dans la rue. Le bruit des sirènes s'éloigna. Marie se pencha vers Roberto, le regard rieur :

– J'irais bien danser avec votre fils.

– *Ma che!* Je n'ai pas de…

Autre bruit de sirènes. Visiblement agacée par les sonorités aiguës, Marie se tourna vers le boucan. Des voitures de police, un camion de pompier et une ambulance freinaient en désordre devant l'immeuble d'Éva.

– Merde !

Roberto tenta de la retenir.

– Laisse. Comme d'habitude, ils ont envoyé toute l'armada pour un *gato* dans un arbre.

Abandonnant Roberto à ses gesticulations et à ses insistances, Marie lui mit le cornet de crème glacée dans les mains et agrippa ses paquets. Alors qu'elle traversait la rue en courant à toutes jambes, elle réalisa que, comme d'habitude, elle n'avait pas vu le temps passer et qu'elle s'était absentée pendant près d'une heure.

***

Éva était au fond de la pièce avec enquêteur et policiers quand Marie y entra en trombe. Voyant l'état des lieux, elle s'arrêta tout net.

– Éva! Qu'est-ce qui est arrivé?

Marie regardait le fouillis en se mordillant les lèvres. Elle n'était pas venue très souvent au bureau pendant l'absence d'Éva, une seule petite fois en fait, et elle se sentait sourdement coupable.

– Mais… ils ont tout pris!

Près d'elle, le réparateur du système d'alarme tenait un bouquet de fils électriques sectionnés.

– Non, justement. Il ne manque rien.

Agacée qu'on s'en mêle, Marie jeta un regard noir dans la direction de la voix. L'homme était bien baraqué. Marie s'y attarda un peu.

– Étonnant! L'électricité, ça me branche assez. J'aime bien la théorie des aimants. Les pôles opposés qui se cherchent et qui s'unissent, malgré la distance…

Le technicien, qui raboutait le filage d'un geste sûr, leva un sourcil.

– Un peu antithétique si on parle du pôle Nord et du pôle Sud.

Selon les critères de Marie, le type marquait un point. «Et un point, un, pour l'humour sagace!»

– Hum… mais l'être humain, doté de mobilité, ses jambes, son corps… Le yin et le yang.

Elle le scrutait de la tête aux pieds. Et il en faisait tout autant. «Et deux points, deux, pour l'aplomb!»

Ils étaient en pleine campagne de charme quand Éva passa près d'eux, raccompagnant les policiers à la porte. Marie revint à la réalité et voulut se faire rassurante. Elle prit Éva par le bras. Et fit exactement le contraire.

– Éva, c'est épouvantable! T'en as pour des semaines!

– *Pax*, Marie!

L'enquêteur s'approchait, Marie plissa le nez. Rien à faire, elle abhorrait le crime et tout ce qui s'y rattachait:

corps policier, palais de justice, prison, bruit de sirènes, la teinte de rouge des cerises, les uniformes et les toges, les journaux à potins, les médias qui se roulent dedans et en redemandent, les criminels, les incriminés. Une soudaine envie de s'évader lui tenailla le ventre. Surtout, ne pas passer pour un suspect! Devant l'urgence de se ressaisir, elle serra vigoureusement la main de l'enquêteur.

– Marie. Une collègue. Designer. Éva et moi avons des projets ensemble. L'architecture, ça ne marche pas fort pour Éva en ce moment. En fait, pour personne, vous savez... Les architectes sont devenus des designers de toutes sortes de trucs. Ou alors, il faut s'exiler si on a trop soif de grande création architecturale. Vous avez remarqué qu'on ne construit plus en Amérique? Enfin, si vous considérez que «construire» signifie ériger d'affreux entrepôts cubiques en béton armé et que quelques-uns, toujours les mêmes, ont pris le secteur des maisons neuves en otage... Alors, comme la majorité des jeunes diplômés, il faut bien prendre une part du marché du design. On pourrait remettre les lunettes cosmiques des années 1970 sur le marché. Ou inventer des menottes fluorescentes dictant les droits du présumé innocent d'une voix monocorde, sur un air mortuaire! Deux artistes comme nous!

Elle enchaîna avec un rire faux sur toute la ligne mélodique. La blague ne levait pas. Marie se sentit ridicule, son rire s'éteignit dans un couac dissonant; ses mains devenaient moites, son sourire, grimace, son air, coupable. En quête d'approbation, elle se tourna vers Éva. Voyant sa tête d'enterrement, elle prit l'enquêteur par le bras et l'entraîna vers la sortie.

– Je vous raccompagne. Je sais, je sais, j'ai une tête de criminelle. C'est à cause de cette stupide mais persistante phobie. C'est comme quand un policier sonne à la porte, on se sent toujours coupable de quelque chose. Mais lui, il vient juste vendre un calendrier. Laissez-moi vous faire ma déposition : À cause de ce viol de l'intimité, Éva vient de s'apercevoir que je ne suis pas venue souvent. Et que je n'ai pas arrosé ses plantes. Je déteste le crime !

L'enquêteur ne voyait pas du tout où elle voulait en venir. Il la suivit en hésitant. Tout le monde sortit en même temps. Éva se retrouva enfin seule.

Hébétée, épuisée, elle se penche pour ramasser un bout de papier, le saisit, regarde autour, il y en a partout. Elle remet le bout de papier exactement à la même place sur le plancher, s'écroule dans un fauteuil de cuir, appuie la tête sur le dossier, écoute la voix de Marie qui papote sur le pas de la porte.

Elle ferme les yeux en soupirant.

Du fond de son fauteuil, Éva se sent fatras parmi le fatras.

Battement des paupières : le vent fait onduler le plein jour devant la fenêtre ouverte.

« Est-ce que j'ai ouvert la fenêtre ? »

Battement des paupières, les papiers roulent sur le plancher.

« Pourquoi n'avoir rien pris ? »

La brise soulève les cheveux d'Éva.

« Comme le vent est doux et tiède... Il faut que je range tout ce bordel... »

Sa tête s'incline sur l'épaule.

« Si je dormais un peu, juste un peu ? Si le sommeil devenait mon allié, une fois, juste une petite fois ? Si je faisais comme tout le monde et que je quittais le persistant état de conscience ? »

Elle divague, prise entre le flou et le défini.

« Marie a raison... Je vais devoir m'exiler si je veux explorer la création architecturale... »

Comme un bouchon de liège sur la mer, Éva fait surface, sombre, refait surface.

Les images une seconde diffuses, une seconde surexposées, brouillées, puis hyperréalistes.

Et rapides comme la pensée.

Une cheville,

une fleur au chapeau,

un parc,

grossissent dans sa conscience.

Entre distorsion et écho, des bruits et des sons de foule.

De foire.

4

L'image est immaculée. Avec un mouvement ondulatoire dans le blanc. Dans un recul brusque, le blanc devient
une longue robe blanche. Tara, au bras de sa mère, fait
tourner son ombrelle. Sa mère ajuste sa coiffe à voilette.
Hyde Park est complètement transformé. Parmi les
arbres, les arbustes, la verdure et les allées siège une
exposition sur dix-neuf acres de parc. Tara résume le catalogue de l'Exposition universelle, le *Art Journal*, à sa mère.

– ... Consacrée aux progrès de l'homme du XIXe siècle,
nous verrons la Galerie médiévale, la Chambre des
machines, plus de treize mille exposants. L'artisanat des
Amérindiens du Canada, meubles, tapis, pièces d'orfè-
vrerie, tapisseries, machineries, armements, sculptures,
vêtements de haute couture de la Perse, l'Inde, la Grèce,
l'Égypte, la Turquie, la France, l'Espagne, le Portugal,
Madère, l'Italie, la Belgique, l'Autriche, l'Allemagne, la
Russie, les États-Unis, la Suède, le Danemark, la Suisse, la
Chine, la Prusse, l'Afrique, les Antilles, la Bavière. Et j'en
passe. Et nous sommes parmi les quelques millions de
visiteurs attendus!

Elle embrasse sa mère, s'arrête et inspire tout l'air de
Londres. «Je dois me souvenir qu'en cette année de grâce

1851, j'ai atteint le summum du bonheur. La vie prend des allures d'éternité...»

Au détour d'une allée apparaît le Crystal Palace. Tara applaudit, rit, puis devient grave devant tant de splendeur architecturale.

– Mère, c'est merveilleux! Ce mélange de verre, d'acier et de verdure. On dirait un poème moderne, doux et aigre...

– *Indeed!* J'aurais bien voulu en faire la conception en lieu et place de Paxton.

Au son de cette voix à l'accent britannique dans un français presque livresque, Tara sursaute et se tourne vers l'homme qui lui a adressé la parole. Mais son attention retourne rapidement au bâtiment rutilant sous les feux du soleil réverbérés par les plaques de verre qui, encadrées par les minces poutres d'acier, défient toutes les règles de gravité et de résonance.

– L'ensemble semble précieux et fragile. On croirait qu'il pourrait s'écrouler sous la persistance des pas des visiteurs qui s'y engouffrent sans arrêt.

Tara s'aperçoit qu'elle vient de penser tout haut. Elle jette un coup d'œil à l'Anglais qui, visiblement, espérait qu'elle s'intéresse plutôt à lui.

– Vous êtes architecte?

Trop prise par les multiples impressions fugitives que lui inspire le lieu, elle ne prête pas attention à la réponse.

– Oui, mais surtout fortuné. Ça rend paresseux.

L'attention de Tara louvoie entre les fleurs, les allées, la foule, surtout, les teintes et les chatoiements du Crystal Palace. Le corps tendu vers l'avant, se mettant sur la pointe des pieds pour mieux voir à travers la foule, Tara frissonne de plaisir. Devant la ferveur de la jeune femme, son observateur ajoute:

– Vous êtes française.

– Vous semblez déçu… Comme la photo dans le journal où un vieux tory tient une pancarte : « Ici, on ne parle pas français. »

Tara s'investit des nuances les plus délicates que lui renvoie le Crystal Palace. Le silence embarrassé de son interlocuteur la ramène à la réalité. Voyant son air navré, Tara rit franchement. Elle lui tend la main.

– Pardonnez cette boutade, monsieur. Je me nomme Tara…

– Tara. Ce n'est pas français.

Elle redevient grave.

– C'est le nom de la divinité mère. Elle représente l'énergie féminine : Sakti. Et peut s'incarner en Tara blanche, Tara verte, Tara jaune, bleue, rouge. Elle protège de l'avidité, de la convoitise, de la haine et de la colère, de l'ignorance, de l'illusion et de l'égarement… de la jalousie et de l'orgueil.

L'homme observe cette étonnante jeune femme toute de blanc vêtue, qui connaît les déesses tantriques et la spiritualité orientale, et qui dit le fond de sa pensée. Il se surprend à sourire comme il ne l'avait pas fait depuis bien des années.

– Je dirais plutôt : Tara blanche.

Tara ne l'écoute plus. Elle lit le catalogue à voix haute en tentant de comprendre le système de mesures impérial, lève de grands yeux clairs sur le parc et recule pour avoir une vue d'ensemble sur le Crystal Palace.

– Longueur de 1 848 pieds. Largeur de 456 pieds.

– Hauteur de la voûte en tonnelle : 135 pieds ; 900 000 pieds carrés de verre ; 772 784 pieds carrés de surface de plancher ; 217 000 pieds carrés de surface de galeries ; 250 *miles* de barres de fer ; 3 000 colonnes ; 600 000 pieds cubes de bois d'œuvre.

Il énumère ces chiffres sans aucun effort, inattentif à l'exposition. Il préfère observer Tara, son visage levé vers lui, ses yeux arrondis, ses sourcils arqués, sa bouche entrouverte. Il l'a enfin captivée.

– Dulcinée !

Inquiète, la mère de Tara s'approche du couple improvisé avec la dernière énergie. Tara soupire en levant les yeux au ciel. Elle aurait bien aimé que sa mère reste encore pétrifiée devant la sculpture de Munro représentant le baiser timide du jeune homme sur le visage pudiquement penché de la jeune fille. Profitant de la diversion que lui offre sa mère en chargeant comme la cavalerie, elle dévisage son soupirant du moment. « Grand, filiforme, blond, yeux bleu pâle, peau fine et laiteuse, un air de poète en manque d'inspiration, et il cherche comment amadouer ma mère. »

– *Madam!* permettez-moi de me présenter. Lord Oliver Fairlie. Mais appelez-moi Oliver. Si vous le désirez, je vous guide autour du site. Je suis architecte et...

La mère de Tara l'éconduit poliment.

– Merci, Lord Fairlie, ce ne sera pas nécessaire...

De son côté, Tara décide que le personnage attise sa curiosité.

– Mère ! c'est un gentleman. Nous n'allons pas le froisser.

Elle prend le bras d'Oliver. Sa mère fronce les sourcils et leur emboîte le pas avec réticence. Oliver chuchote à l'oreille de la jeune femme :

– Alors, vous êtes Tara ou Dulcinée ?

– Ah non ! pas encore ce sobriquet indien !

– Mère, c'est le nom que j'ai choisi et je le garde.

Oliver est sincèrement amusé. Il se sent tout à coup détendu, et une assurance qu'il ne se connaissait pas envahit son être tout entier.

– Mais pourquoi Tara? Pourquoi pas Éléonore ou Edwige?

– Parce que les Anglais persistent à considérer l'Inde comme le joyau de l'empire colonial! Je suis pour l'autonomie des peuples, moi! C'est ma façon de protester. Exposition universelle ou pas.

Choquée par la franchise de sa fille, la mère de Tara se fige.

– Dulcinée de Bissé!

– Ce n'est rien, *madam*. Il faut bien que la vieille guerre entre Français et Anglais soit alimentée. Un point pour vous, Miss Tara-Dulcinée de Bissé.

Tara vermeille. Son cœur s'emballe, puis se défile. Elle s'intéresse de nouveau au Crystal Palace, tentant de retenir la perfection de l'architecture et de retrouver l'impression d'immortalité qu'elle lui procurait un instant plus tôt.

Tara blanche. Elle frissonne sous la douce pression de la main d'Oliver sur sa main gantée. Celui-ci offre son bras à la mère de Tara, qui le décline d'un geste vague mais sans appel.

– Lady de Bissé, avez-vous visité l'Exposition industrielle de Paris en 1844?

– Bien sûr, et aussi celle du Champ de Mars en 1849. Votre exposition est dans la lignée d'une tradition déjà bien implantée en France. Mais j'ajouterai sincèrement que ce Crystal Palace surpasse tout ce que j'ai vu jusqu'à présent.

– Parions que les Français vont gagner la majorité des médailles du concours des exposants.

À l'ombre des grands arbres, devant l'immense portail de fer forgé dans le transept du Crystal Palace, la mère de Tara lui prend enfin le bras.

– Je ne peux pas parier, Lord Oliver, ce serait tricher, puisque j'en suis persuadée.

Tara rose. « L'homme a du charme, il a su trouver la clef du cœur farouche de ma mère. » Elle contemple le ciel à travers la voûte vitrée, s'attarde aux visiteurs qui, du haut des mezzanines, se penchent vers le bas, vers le haut, dans un brouhaha de commentaires passionnés et résonnants.

Tara pourpre. Elle a subitement envie de hurler. Son attention progresse par saccades, d'un sourire à un éléphant de papier mâché ; d'un moteur à vapeur à une fourrure d'ours noir ; d'une colonne en acier à un bijou scintillant. Le malaise grandit. Pourtant, ce qu'elle voit lui procure une vive impression de joie. Toutes ces teintes, toutes ces formes, la gigantesque fontaine au centre du palais, les plantes tropicales, les mécaniques, le bonheur des sculptures d'une beauté époustouflante : colosses de l'art flirtant avec les machineries industrieuses ; les arbres de Hyde Park intégrés dans le concept (fils de jardinier et lui-même dessinateur des jardins de Sa Majesté, Joseph Paxton avait su convaincre qu'il était inutile de détruire pour créer). Tara se sent étrangement grisée, mieux, intoxiquée en compagnie d'Oliver. Le lieu lui renvoie l'extraordinaire sentiment d'être profondément incarnée dans la modernité.

Le ciel s'obscurcit d'un seul jet.

Tara noire. La nuit est un lavis sépia. La musique de Purcell se mêle à la pluie battante en harmoniques parasites.

When I am laid, am laid in earth.
May my wrongs create no trouble, no trouble in thy breast…

Tara avance sur le balcon obscur. Sa robe de bal barbouillée de son sang. Ses gants blancs en sont maculés. Elle les frotte sans arrêt.

La pluie détrempe sa nuque et son dos.

Le sel et le sang du corps en déroute se lavent au goutte-à-goutte avec l'eau primordiale du ciel.

Grondent et crachent ses globules sanguins.

Le tonnerre hurle un long cri lugubre.

Le vent gémit en écho.

L'étang décapité perd toutes ses eaux, noyant le potager.

Les branches d'arbres ploient et craquent, délestant des feuilles saoulées par la liberté d'un vol forcé.

Des arbres scalpés, des arbres chauves.

Remember me, remember me but ah ! forget my fate...

Une ombre glisse sur Tara.

Elle se tourne vers la silhouette. Sa robe ensanglantée pèse mille tonnes.

Ses mains tendues pissent le sang.

Une flamme bleue encercle son cou, puis s'illumine comme un feu de Saint-Elme.

Sa chevelure incendiaire prend feu.

Ses yeux d'eau en feu regardent un point invisible. Droit devant.

- Éva, je meurs.

5

Le visage perlé de sueur, Éva s'éveilla en sursaut. Sa peau moite crissa sur le fauteuil de cuir. Une silhouette glissa sur elle. Éva geignit.

Interdit, l'homme eut un geste de recul qui fit tomber une lourde pile de dossiers. Éva se recroquevilla sur elle-même. Elle vit double. La silhouette du cauchemar tressauta, clignota et retourna au monde des songes. L'homme resta.

– Pardonnez! J'ai bousculé les papiers.

À travers les brumes de son esprit pris entre rêve et réalité, Éva capta l'accent anglais.

– Vous êtes?… Où est Marie?

– Je suis un client. *Mary?*… Il y a une jeune femme dehors, sur le trottoir, avec un garçon qui porte des outils. Vous avez fait un mauvais rêve, *I'll say!*

Éva avait du mal à sortir de l'état d'après cauchemar. L'homme s'approchait, la main tendue.

– *Hello!* William Blake. Vous avez été victime d'un petit incident, on dirait…

La tête baissée à cause des images juxtaposées – un bâtiment transparent? une femme? un balcon, non, un salon, peut-être un jardin? –, Éva tentait de cristalliser le souvenir du cauchemar. Il n'en subsistait qu'une diffuse musique anglaise.

La main de William restait suspendue dans le vide. Et Éva, prise entre deux mondes, se demanda lequel était l'anamorphose de l'autre. Ne sachant plus que faire, le visiteur se mit à rattraper des liasses de documents qui s'envolaient d'une tablette. Il s'était éloigné pour les déposer sur une table quand Marie fit irruption dans la pièce et vint s'asseoir sur le bras du fauteuil. Ayant observé la scène depuis le perron, elle chuchota à l'oreille d'Éva :

– Début quarantaine, grand et filiforme, cheveux blond cendré duveteux (des cheveux de poussin), yeux translucides de lait bleuté. Bel homme. Un peu trop composé et retenu, mais un certain charme derrière une allure générale, disons… froide. C'est qui ?

La manie de Marie de tout nommer, sorte d'absolu besoin de posséder ou de s'inscrire dans la matérialité des choses et des êtres, sortit Éva de son état de confusion.

– Marie, je te présente monsieur…

Elle avait beau essayer de se souvenir du nom, rien n'y fit. Le visiteur, qui attendait la fin de sa phrase, finit par comprendre. Il s'avança d'un pas maladroit en tendant une longue main fine. Dans sa hâte, il bouscula un tiroir ouvert qui tomba sur le sol en éjectant tout son contenu. Rouge jusqu'à la racine des cheveux, il se pencha pour ramasser les liasses de papiers. Éva s'accroupit près de lui. Ils prirent la même pile de feuilles. Elle leva des yeux vert pomme vers lui. Il leva ses yeux de lait bleuté vers elle. Le temps se figea. Marie s'approcha et leur enleva les papiers des mains.

– Bon, bon, on en était aux présentations. Marie, enchantée. Et vous ?

– *Hello*, Marie! William Blake. J'ai une maison victorienne à restaurer. Je cherche Éva de Rome.

Éva se redressa en tendant la main.

– Je suis Éva.

Admiratif, William lui donna une vigoureuse poignée de main en se relevant.

– Votre professeur vous a chaudement recommandée. J'ai lu votre thèse victorienne : *L'architecture du jour d'avant et du jour d'après : la rencontre du néoclassique, du néogothique et des excès académiques avec le renouveau des styles, des idéaux et des matériaux à l'époque du Grand Mouvement.* Excellent !

Avant qu'Éva n'eût le temps de réagir, Marie s'approcha de William et lui serra la main avec enthousiasme.

– Mais… c'est inespéré !

Éva lui jeta un regard en coin.

– Quoi ? que quelqu'un ait lu ma thèse ?

Marie éclata de rire.

– Non, non. Je parle de la maison à restaurer. Bien que, en effet…

Éva sourit en haussant les épaules et retourna à son client.

– Monsieur Blake, comme vous voyez, je ne peux pas vous recevoir tout de suite. Est-ce qu'on pourrait fixer un rendez-vous pour la semaine prochaine ?

Marie ouvrit de grands yeux alarmés. Se tournant vers William, elle lui sourit.

– Mais si, on peut ! Je vais à la cuisine faire du café. Je vous en prie, Mister Blake, assoyez-vous.

Marie quitta la pièce en sifflotant. Mal à l'aise, William vit Éva retomber dans un état d'absence. Il toussota. Elle leva des yeux vert émeraude vers lui.

– Pardonnez-moi, je ne suis pas dans mon état habituel. Vous voulez bien m'excuser un instant?

Sans attendre la réponse, elle sortit à son tour.

William continuait à voir les yeux verts. «Des iris aux teintes éphémères, des pupilles comme des billes de verre. On peut voir de l'autre côté, jusqu'à l'être.» Son ventre sauta, tellement son cœur cognait. Perplexe, il s'assit très droit dans un fauteuil. Le volumineux tome 14 de l'*Histoire de l'architecture* tomba sur son pied. Il retint une formidable grimace.

Éva se précipita à la cuisine.

– Marie! Toi et moi avons établi certaines règles. Quand on parle architecture, j'entre en jeu et tu te retires. Quand on parle design, je te cède la place. T'as pas à décider si je vois ou non un client, ni quand je le fais!

– Il y a aussi une autre règle, implicite, celle du gros bon sens. Qui veut que si nos affaires tournent au pire, il faut pas *flusher* un client à cause d'un petit peu de ménage à faire!

– Je n'envoie personne par les drains! Je demande une semaine pour voir où j'en suis et ramasser ce foutoir. Je ne comprends plus rien, vois-tu. Non, évidemment, tu ne mets pas ton attention dans des préoccupations si éthérées, toi!

– Mais on parle de quoi, là? C'est simple: on rencontre le client, on fait une soumission et, en attendant sa réponse, on ramasse le dégât.

– J'ai encore fait le cauchemar.

Éva avait lâché la phrase maudite à toute vitesse. Marie voulut s'approcher, mais Éva l'en dissuada d'un geste défensif. Toujours le même. Celui qui gelait Marie sur place. Un geste de repli, du coude et de l'épaule, par lequel Éva se soustrayait au toucher. Un geste définitif.

– Ah bon, c'est ça, les « préoccupations éthérées » ? Tu te souviens de quoi au juste ?

– De rien, justement.

Marie aurait voulu se faire rassurante, mais elle savait qu'elle n'y arriverait pas. Elle avait déjà essayé. Chaque fois, Éva se rebiffait, redevenait solitaire, farouche, sauvage, léchait ses bobos dans son coin, ne répondait plus au téléphone ni à la porte, et, après quelques jours de ce traitement, faisait comme si rien n'était arrivé et que tout allait pour le mieux dans le meilleur des mondes voltairiens.

Comme la fois où Marie avait invité un psychologue à souper, mine de rien, le faisant passer pour un vieux copain retrouvé. Sur le conseil de ce dernier, elle avait fait glisser la discussion sur la mort prématurée de la mère d'Éva. Il avait posé une question trop évidente :

– N'avez-vous pas eu une réaction psychique, bien légitime quand on perd sa mère si jeune ? Par exemple, en faisant des rêves obscurs tournant au cauchemar ? Ce genre d'idées ?

Éva s'était si bien distanciée qu'elle avait opté pour une réplique littéraire, sa préférée, celle qu'elle avait notée dans son agenda perpétuel.

– Si j'en crois Romain Gary, une idée se casse toujours la gueule quand elle touche terre. Elle se couvre toujours de merde et de sang quand elle dégringole de la tête à la main.

Et elle avait ajouté, un sourire en coin :

– La matière est longue à répondre, vous savez, monsieur le psy. Je le sais, puisque je me tiraille avec elle tous les jours dans mon rêve d'architecte en devenir.

Lui avait joué au finasseur.

– Dois-je en déduire que vous considérez que les rêves sont une matière ?

Mauvais choix de rôle, avec Éva comme interlocutrice. Le repas avait été très long. Quelques tentatives laborieuses plus tard, faute d'idées à faire dégringoler dans la matière puisqu'on était déjà bien plaqué au sol, la conversation avait fait du rase-mottes. Il ne restait plus qu'à ramper vers la fin de cette sordide soirée. Le psy en question était parti très tôt en balbutiant quelque formule de politesse et en refusant que Marie monnaie son temps de consultation. Éva n'en avait jamais reparlé. Ni du psy ni de ses cauchemars.

Avec autorité, Marie poussa Éva vers la porte en lui disant d'aller s'occuper de leur client et de ne pas rater les négociations.

– Car il y a aussi le loyer à payer, et les taxes et toutes ces absurdités du monde strictement matériel... Tu sais bien, ce monde qui se couvre si facilement de merde et de sang.

Un superbe regard complice plus tard, Éva lui donna raison. Elle appréciait la finesse de l'approche de Marie, qui n'avait pas cherché une formule magique de réparation. Éva savait qu'il n'y en avait pas.

« Enfin, s'il y a une réponse à mes cauchemars, je dois trouver par moi-même et par l'action. La pensée ne peut pas toujours réparer les égarements de l'esprit. La matière doit bien avoir son lot de réponses, elle aussi. »

Cette perspective d'une morale de l'action finit de la calmer, et c'est une Éva tout à fait énergique qui revint dans la pièce qui lui servait de bureau. William Blake était toujours là. Assis bien droit sur le bord du fauteuil, les mains croisées et ne sachant plus où ne pas regarder, il se sentait comme un parfait intrus. Quand il vit Éva, il se leva tout de go, trop heureux de ne plus être seul dans cette mer de papiers volants.

– Je m'excuse d'insister, Miss de Rome. J'attends des amis de Londres pour Noël. La maison des Mille-Îles doit être impeccable, sinon je serai le déshonneur de ma famille. Et vous savez, un *English* fait tout un plat avec l'honneur!

– Une *French* aussi. Appelez-moi Éva et montrez-moi ces plans.

William poussa un soupir de soulagement en déroulant les plans sur la table de travail. Marie revint de la cuisine.

– J'ai fait du thé. C'est plus à propos, non?

– À la bonne heure! Avec des beurre-biscuits!

Éva avait sursauté. Marie avait failli échapper le plateau. William, quant à lui, n'avait pas bronché. Il ne leva même pas le nez des plans.

– Mon frère, Andrew.

Contrairement à William, très posé et semblant avoir une vie intérieure intense, Andrew était absolument extraverti. Il traversa la pièce en deux enjambées, prit la théière et se versa une tasse de thé avec une énorme quantité de sucre et de lait. Marie se moqua de l'accent du nouvel arrivant.

– Faut laisser infiouzer, mais si ve velé absoliument bouwar dé la chaude ô!…

Andrew savoura le thé léger en émettant de petits grognements de satisfaction. Posant la tasse juste devant le nez de William, il empoigna les mains d'Éva et de Marie en lâchant de joyeux «Hi, Luv!» à la ronde.

– *So*… il vous a convaincues de restaurer sa vieillerie. *Must really need the cash, right?!* Est-ce qu'une tornade est passée par ici?

Son cellulaire émit un aria de Mozart qui, reproduit en une série de sons tordus, déformés, bêlés, bémols et mal mixés, devint la chambre aux horreurs des notes et son pavillon des tortures auditives. Marie ne pouvait pas supporter.

– Ces affreux sons qui démontrent hors de tout doute que la majorité des êtres humains n'ont pas l'oreille musicale !

Andrew prit l'appel en riant haut et fort. Parlant vite et au top des décibels, il marchait vers la porte, faisait demi-tour, tonnant la suite des instructions de vente de quelque placement tout en croquant dans un biscuit et en sirotant son thé léger, à grand bruit.

– *Yah?... What? It dropped? When?... Sell. Yes, now! I don't care. I've risked enough in this goddam corporation... What? You must be going mad! I'm not buying this stock! No way!... Yah, real strong marketing shit, that's all! Mark my words... Which one?... Yes, buy that! Six. No, seven.*

Éva était abasourdie ; Marie, bouche bée. À peine distrait, habitué au comportement de son frère, William lui fit signe de s'éloigner comme on chasse un mousti-que. Andrew haussa les épaules et se dirigea vers la porte. William se pencha de nouveau sur les plans. Éva en fit autant. Marie se versa une tasse de thé en se demandant d'où sortait un énergumène pareil.

– Pas plus subtil qu'un poil au cul.

S'apercevant qu'elle avait dit tout haut ce qu'elle pensait tout bas, elle prit un petit air fautif et serra les lèvres en enfonçant la tête dans ses épaules. Éva pouffa de rire, bientôt suivie de William. Andrew, qui revenait dans la pièce, les voyant si gais, éclata d'un rire tonitruant. Marie se boucha les oreilles en espérant que l'édifice tout entier ne s'écroulerait pas sur eux. Ce qui intensifia le rire d'Andrew.

Tandis que Marie décidait qu'il était l'être le plus exécrable qu'elle eût jamais rencontré, Andrew jugea qu'elle était l'être le plus adorable qui fût. Quand leurs regards se croisèrent, cela créa une drôle d'intempérie.

Le picotement des mains d'Éva devient insupportable. Elle les joint et serre, serre, puis se met à les frotter compulsivement l'une contre l'autre. Voyant ses paumes rougir sous la friction, elle remercie la vie de garder son sang en elle.

Marie saisit les mains d'Éva et stoppe le mouvement.

Éva lève des yeux vert-de-gris vers Marie, puis vers Andrew et William, inquiétés par la détresse logée au fond de son regard. Elle noue ses mains dans son dos. Des mains tremblantes. Et elle tente un sourire alors que des globules sanguins flottent parmi les papiers volants de son bureau.

6

La voiture filait à vive allure dans la campagne ontarienne. Éva consulta une carte routière posée sur le siège du passager et passa en cinquième. Traversant des paysages bucoliques, entrecoupés de villages aux allures coloniales et victoriennes, elle se détendit tout à fait. «La vie a de ces rebondissements… Alors qu'on croit avoir atteint le bout de la route, qu'on pense être au bout de son dernier grain de souffle et qu'on va étouffer dans sa petite vie étriquée, arrive le truc qui vous remet sur pied. Pourquoi pas un client nanti qui, chance inouïe, vit si loin qu'on peut quitter son ordinaire et aller passer une semaine ou deux dans une maison victorienne des Mille-Îles?»

Grisée par cette perspective, Éva appuya sur l'accélérateur et poussa le bonheur jusqu'à réserver une nuitée dans une auberge victorienne au cœur du charmant village de Gananoque, la porte d'entrée des Mille-Îles. Puisqu'elle arrivait, l'estomac dans les talons, à l'heure du souper, le patron lui offrit sa plus belle table, en retrait dans le ventre de la tourelle. Dévorant un *fish 'n chips*, elle jouit d'une paix enveloppante dans ce décor néovictorien avec sa nappe de dentelle, son plein jour, ses roses fraîchement coupées, la fine porcelaine de Chine, les tapis orientaux et la fenêtre en saillie avec une vue imprenable sur le jardin en fleurs.

Après une nuit reposante, une nuit noire, sans rêves, Éva se réveilla à l'aube et s'étira longuement. Les rideaux translucides virevoltaient tout doux, le soleil jouait à ombre-lumière au gré de la brise du sud-ouest, et les murs de plâtre peints de blanc reflétaient les teintes chaudes du jour levant. La couette fut repoussée d'un seul geste, et Éva commanda son petit-déjeuner à la chambre. Les pieds caressant le tapis moelleux, le ventre criant encore famine, elle respira à plein. Un calme plat l'envahit tout entière.

« Comme il arrive de ressentir juste avant les grands désordres, les sens se préparant d'instinct à une trop grande succession de chocs. »

Furieuse contre son pessimisme, Éva passa une bonne demi-heure sous la douche pour faire taire la petite voix agaçante qui tentait de gâcher ce si parfait bonheur.

« D'une île à l'autre », avait-elle pensé en quittant Montréal.

– D'une vie à l'autre, dit-elle tout haut en garant la voiture près d'un quai.

Encore sous le choc de l'énoncé qu'elle venait d'inscrire dans sa réalité, elle aperçut William. Du modeste bateau de plaisance, il faisait de larges signes de bienvenue. Bientôt, ils filaient sur l'eau et longeaient toute une série d'îles parées de demeures nobiliaires et plus que centenaires ; certaines servant de simples résidences d'été, d'autres bâties pour affronter le froid des hivers interminables.

William pointa l'index vers une île au loin. Le compas dans l'œil, Éva redessinait les grands arbres séculaires formant un écran devant la maison, l'allée principale de pierres plates, le terrain doté de terrasses naturelles, le style Late Victorian de la demeure de pierre, ses fenêtres à guillotine et ses deux hautes cheminées Queen Anne. L'ensemble lui rappelait les maisons de campagne de l'architecte anglais du XIXe, Phillip Webb. Éva cria pour couvrir le bruit du moteur :

— Je suis amoureuse des maisons, vous savez. Mais, celle-ci, je la porte déjà en moi. Superbe !

Ils accostèrent le quai dans une large baie. Éva touchait à peine terre qu'une vive impression lui prit le ventre, celle d'une solitude astreignante.

— Vous vivez avec votre frère, Andrew ?

— Andrew ! Il déteste Julian's Line.

— D'où vient ce nom ?

— La lignée de Julian. Mon grand-père, Julian Blake, a découvert les Mille-Îles au hasard d'une journée de voile avec des amis. Quand il a vu cette île, coup de foudre ! Malgré les protestations répétées de ses amis qui le traitaient déjà de fou solitaire, il a décidé d'y faire construire la maison, c'était en 1885. Il était orphelin. Obsédé par le mystère de sa lignée, il y aimait le calme. Pour ses recherches. Il était aussi généalogiste.

— Vous êtes généalogiste ?

— C'est ma passion. J'y consacre beaucoup de temps. Et, pour gagner ma vie, je suis professeur invité d'histoire dans des universités. Je suis attaché à cette maison autant que mon grand-père l'a été. Andrew dit que je devrais vendre. Il n'aime que ce qui est actuel et urbain. Son penthouse, au centre-ville de Montréal, ressemble à un film de Kubrick !

Il grelotta pour illustrer sa pensée. Éva retourna à la contemplation de Julian's Line.

« Sur une île isolée, une seule résidence s'érige entre les ombres concentriques des arbres touffus et le silence ouaté. La majesté austère de la maison de pierre de deux étages

siège tout en haut des terrasses verdoyantes. Sa haute tourelle de l'aile gauche et son observatoire juché sur le toit mansardé dominent l'île. »

– Séparée du continent. Isolée. Une île, c'est partout, c'est nulle part. C'est moi.

7

Andrew était au téléphone quand la sonnette de la porte d'entrée retentit. Il ouvrit en poursuivant sa conversation téléphonique.

– *Yah, it's not bad. A five million dollar wallet. How about you? Still trying to corner the market?*

Marie jeta un coup d'œil sur l'intérieur contemporain du penthouse. Une grimace plus tard, s'assurant qu'Andrew ne s'intéressait toujours pas à sa présence, elle s'empressa de reprendre son cool et de sourire.

– *Got to go! Yah, tomorrow. At six. Be there!*

Andrew lança le cellulaire sur un fauteuil.

– *Mary!* Entrez, mais entrez! Vous voulez *une* martini? Je le prépare.

Il n'avait pas attendu la réponse et s'éloignait déjà vers la cuisine. Marie scrutait l'univers trichrome d'Andrew. Murs blancs, portes métalliques, cinéma maison noir, sculptures en fer blanc, lampes halogènes, très peu de meubles, tous modernes; sur une table de travail, des journaux ouverts à la page des valeurs boursières et, à l'écran d'un ordinateur, un tableur électronique noirci de chiffres. Un arrière-goût d'asepsie tranchait net avec le caractère explosif du propriétaire. Marie frémit.

De la cuisine, la voix forte d'Andrew couvrait le bruit du shaker.

– C'est l'argent qui mène le monde ! Je viens d'engranger des milliers de dollars avec un placement fait dans une petite entreprise qui a été rachetée par les Américains. On me disait que j'y perdrais ma chemise. On va célébrer ça !

Marie essayait de suivre cette conversation lointaine, et l'accent très prononcé d'Andrew ne lui facilitait pas la tâche. Elle venait à peine de comprendre qu'il parlait de placements quand il revint au salon avec deux martinis glacés, garnis d'une olive verte.

– Si nous parlions design, dit-elle, stoïque, en trinquant avec Andrew.

– Ah non ! Ne me dites pas que vous êtes pudique avec l'argent. J'espère que vous n'êtes pas une fille spirituelle des hippies qui le voyaient comme la pire saleté de l'univers. Ils croyaient vivre sur quelle planète, je vous le demande ? Regardez donc ce qu'ils sont devenus. Tous. Ils vivent dans le luxe et rêvent de leur voyage biannuel dans le Sud. Ceux qui ont manqué *le mutation* se mordent les doigts et envient la réussite du voisin. On est loin du *flower power* et du *peace and love* !

– Andrew, c'est un principe chez moi. Je ne parle ni d'argent, ni de religion, ni de cul. Ça m'ennuie, ou me confond, ou m'excite. Alors, j'évite.

– Et si vous me donniez de l'argent à placer et qu'il faisait beaucoup d'intérêt, vous ne seriez plus ennuyée, ni confondue, mais, *of course*, très excitée.

Marie évita soigneusement de répondre en allant s'asseoir dans un fauteuil de cuir blanc comme neige.

– Et je parie que vous ne jouez même pas au golf.

– Comme vous pouvez voir, je suis une inculte insensible aux goûts du jour.

– Alors, *Mary*, qu'est-ce qui vous intéresse dans la vie?

– Vous voulez une liste exhaustive ou un ramassis de lieux communs?

Andrew partit d'un rire tonitruant en songeant que Marie avait beau être captivante, elle ne pouvait être parfaite comme il l'avait secrètement espéré.

– *All right*, vous gagnez. Parlons design. Ce sont surtout les murs qui me dérangent. Ils sont un peu… *naked*. Il faut les habiller. Je veux garder les murs blancs. Mais il faudrait ajouter des toiles ou des miroirs. *You see?* Je veux très actuel. Et pas trop chargé.

Voyant l'air contraint de Marie, il fronça les sourcils.

– *Something wrong?*

Marie le regardait avec impudeur et formulait mentalement ses observations. « Environ quarante-cinq ans, cheveux bleu nuit, yeux bleu d'acier frappé, une longue mèche rebelle qu'il renvoie constamment vers l'arrière d'un bref coup de tête, portant cravate et veston, fraîchement rasé, la mâchoire large et forte, les lèvres dévorantes. »

Elle fit une moue. Andrew soutint son regard de scalpel.

– Non… Enfin, si. Je suis étonnée, c'est tout.

– De quoi?

– Du contraste. Vous semblez plutôt… volcanique et, ici, c'est l'ère glaciaire et vous voulez en remettre.

Elle avait dit cela avec beaucoup d'aplomb. Andrew s'approcha du fauteuil et s'accroupit, si bien qu'elle sentit sa respiration sur ses genoux.

– J'aime bien la franchise. Vous n'aimez pas mon penthouse?

– Disons que je n'y vivrais pas. J'aurais l'impression d'être conservée dans un iceberg dans un quelconque musée de la civilisation.

Andrew se pencha encore plus. Elle sentit sa respiration sur ses cuisses.

– C'est décidé. On fait le tour du propriétaire et je vous garde à souper.

– D'accord, mais allons plutôt au restaurant.

– *Very well.* Et je vous laisse choisir, en bonus! Vous avez exactement quinze minutes pour me convaincre des changements à faire, *Mary.*

Il avait posé une main lourde sur la cuisse de Marie. Elle l'enleva du bout des doigts, comme s'il s'agissait d'une matière explosive.

– Vous avez exactement cinq minutes pour me convaincre que je ne vais pas quitter en courant l'iceberg et son mammouth.

Andrew plissa bien les yeux, le bleu acier devenu saphir. Il lui sourit avec une assurance qui irrita Marie au plus haut point. Elle allait se lever et sortir quand il se dégagea lentement.

– J'accepte le pari. Je vous sers *une* autre martini.

Elle bouillait. Ce n'était pas la réaction habituelle. Il semblait incapable de toute subtilité, ignorant ses messages corporels, pourtant clairs : sa vive répulsion face à cette approche brute et primitive. Regardant s'éloigner celui qu'elle considérait désormais comme un adversaire à vaincre, elle vit en superposition d'images le félin en lui – une magnifique panthère noire, puis, en une fraction de seconde, le corps nu, perlé de sueur, les égarements d'un être qu'elle pourrait posséder en un froufrou de sa jupe.

« Si je le décidais. Ce qui est tout à fait hors de question! »

Elle voyait les fesses rondes, les jambes droites et musculeuses, le torse imberbe, le nombril saillant, la mince couche d'épiderme tendre – guimauve dans laquelle elle pourrait mordre lentement en augmentant la pression des dents jusqu'à atteindre le muscle tendu comme un arc. « Merde ! » Elle finit son martini d'un trait et se concentra sur la décoration du penthouse. Pourtant, elle savait d'instinct qu'Andrew, dans la cuisine, avait des pensées similaires à son sujet. Ce qui la mit encore plus de mauvaise humeur.

« Pas mon genre. Pas du tout le type d'homme qui me jette le corps en transe ! »

8

Installée sur la galerie de l'observatoire dans un fauteuil de rotin, un livre sur les genoux, Éva contemplait la voûte étoilée. Une légère brise faisait danser sa robe d'été, le chant des cigales était assourdissant ; le paysage avait disparu dans le noir. Elle inspira à pleins poumons. « L'air insulaire est un liquide chaud… »

William vint s'appuyer à la balustrade, le visage levé vers le ciel.

– Chaude soirée. On dirait que les étoiles vont couler dans la rivière.

– Vous croyez que ça existe, des étoiles de rivière ?

William se tourna vers elle. Un petit sourire narquois courait sur les lèvres d'Éva. Il leva un sourcil, une fraction de seconde, puis redevint impassible.

– Combien de temps croyez-vous devoir prendre pour les propositions ?

– C'est un peu tôt pour confirmer, mais je dirais deux semaines tout au plus.

– C'est impossible ! Je veux dire : ce sera sûrement plus long…

– Mais non. Une fois les dessins faits et approuvés, je trouverai un entrepreneur de la région pour les travaux.

Je m'assurerai de la mise en marche, puis je viendrai à des moments clés vérifier que tout se passe bien.

— Je croyais que je pouvais compter sur votre présence.

— S'il y a un problème, je serai ici sur-le-champ.

Éva était surprise par l'anxiété qu'elle sentait dans la voix de William. Étonnée qu'il s'imagine qu'elle allait rester pendant les travaux.

— Et si j'insistais ? Vous avez ma confiance et…

Éva secouaït la tête avec assurance. William regarda le ciel de nouveau.

— On a déjà cru que les étoiles étaient des diamants…

— Et, souvent, en Amérique, on croit que les architectes, c'est du toc.

William se tourna, un peu des diamants du ciel illuminaient sa silhouette. Pour la première fois, elle le vit sourire de toutes ses dents. Il s'installa dans un fauteuil, tout près d'elle.

— Aimez-vous les rubis ?

Abasourdie, Éva se dit que son système d'associations d'idées fonctionnait de manière bien étrange. William insista :

— Alors, oui ou non ?

— En Inde, la femme hindouiste les préfère aux diamants. Quand elle se marie, c'est le rubis qu'elle porte. On dit que la vibration du diamant favorise la luxure et qu'il faut être très évolué pour résister à son magnétisme négatif. Tandis que le rubis est la pierre du maître spirituel, le gourou… C'est ce qu'on dit.

— Certaines femmes les détestent.

— Parfois, on déteste ce qu'on pense ne jamais pouvoir atteindre.

— Il y a une légende, en Angleterre, qui parle d'une femme qui a beaucoup souffert la nuit des rubis.

– Vous devriez me raconter.

– Vous ne la connaissez pas ?

L'intensité du regard de William la jetait dans un trouble informe. Pour l'éviter, elle appuya la tête au dossier du fauteuil. Derrière ses paupières mi-closes, elle regardait les corps célestes. William la fixait d'un air étrange. Elle tourna la tête vers lui. Il eut l'air de sortir d'un songe.

– Bonne nuit, Éva. Dormez bien. Réfléchissez à ma proposition.

Éva resta longtemps à l'observatoire. Elle réfléchissait. Pas à sa proposition, mais à leur conversation. Et au malaise qu'ils avaient ressenti tous les deux, elle en était certaine.

« Deux contemplatifs farouches peuvent sentir une plus grande solitude une fois réunis. L'amitié exige plus de contraste. Marie et moi en sommes le meilleur exemple. Jamais assouvies des moments de surprise, de stimulation intellectuelle, de défi émotionnel, d'étonnements hilares quand je parle du loup et qu'elle voit le lièvre… Demain, je lui téléphone pour lui annoncer que je suis bien arrivée et que tout va bien. »

La brise chaude jette Éva dans le murmure de songes impressionnistes. « Là où les objets et leurs motifs premiers deviennent prétextes, où seule compte la représentation des impressions qu'ils éveillent chez ceux qui osent pénétrer la matière dans la matière. »

Et du dôme céleste coulent des étoiles de diamant de la plus belle eau, transmuées, au contact de l'onde, en étoiles de rivière. Feux écarlates sur fond d'abîme.

9

Tous les matins, Éva se réveillait dans la chambre bleue, étonnée d'avoir dormi, convaincue que la maison protégeait son sommeil. Du regard, elle caressait l'ameublement de bois peint en blanc, la table de chevet recouverte d'une broderie où reposait un vase de fleurs des champs séchées, la large fenêtre, son rideau translucide, la grande armoire, l'immense miroir mural s'harmonisant à la moquette, au papier peint, aux coussins et aux divers tons de bleu de la douillette. Tous les matins, elle s'étirait comme un félin, bâillait à s'en décrocher la mâchoire et reniflait les humeurs du temps.

Certains matins, Éva passait un peignoir sur ses épaules, se faufilait sans bruit jusqu'à la cuisine et en ressortait avec la cafetière. De retour dans la chambre bleue, pelotonnée sur le large rebord de la fenêtre, elle contemplait la rivière des Mille-Îles en sirotant un café corsé. Son attention s'égarait dans le paysage insulaire. Le cerveau perdait son pointilleux contrôle, ébloui par la persistante lumière estivale, assourdi par la constante résonance de la nature en pleine maturité.

La mémoire sensorielle et la mémoire affective se mêlaient à l'imagination, et Éva s'abandonnait à son instinct créatif. «Sorte de synthèse de connaissances, de fabulations, d'émotions enfouies, de réflexions suivies de méditation, de sensations disponibles à la conscience quand on agit sans chercher à diriger.» Elle se laissait emporter par son sens de l'événement, le caractère du lieu, les chuchotements de la maison, ses patines magnifiées par le temps, ses flétrissures, les bruits creux de ses poutres putréfiées, ses apparats et ses beautés d'hier, ses fissures suintantes à la cave, la pierre fragilisée qui s'effritait au moindre toucher. La matière à modeler.

C'était très souvent là, sur le rebord de la fenêtre, que lui venaient ses meilleures idées. Quand ça arrivait, elle bondissait sur ses pieds, faisait rapidement sa toilette et ouvrait toutes grandes les portes coulissantes qui séparaient la chambre bleue du boudoir vert, son bureau. Ordinateur et imprimante, plans, rouleaux de papier, table à dessin, règles, compas, équerres au laser et photos numériques des différentes parties de la maison tranchaient net avec le style Late Victorian du boudoir.

Tous les matins, William grattait à sa porte. Il venait s'enquérir des progrès et des propositions. Éva lui montrait les dessins, les plans originaux, des photos de la section à restaurer, de la structure de l'aile droite à refaire, de la fondation à hausser, des pieux de soutènement et de la corniche à retoucher. Pour parler des aspects plus pointus, ils s'installaient sur la véranda où l'ameublement en rotin rehaussé de coussins, les pots de géraniums et de chrysanthèmes invitaient à la détente.

Ce matin-là, le jour s'était allumé d'un seul coup et sans aucun bruit. Il avait à peine fait clic, et déjà ça aveuglait de partout! Les oiseaux gardaient le bec clos, l'atmosphère semblait retenir ses respirations, même l'eau ne clapotait plus – elle restait là, collée aux berges et au fond de la rivière comme une encre figée dans son encrier.

William s'était levé très tôt. Déjà en manque d'air, il avait pris le large et ses faibles brises pour deux bonnes heures. Revenu du continent avec des fraises, du fromage en grains, des croissants pour faire plaisir à Éva, des cerises et de la confiture de pêches, il avait lentement mis la table, chaque geste méticuleusement choisi, car chaque mouvement pesait lourd dans la moiteur de juillet.

Ce matin-là, William embellit la table de service d'une pivoine, où la carafe de jus d'agrumes fraîchement pressés mettait l'eau à la bouche, le café embaumait, et les muffins anglais chauffaient encore sur la plaque! De son côté, Éva s'attarda à une fleur fanée, en pinça la tige et remplit l'arrosoir à trois reprises, car, disait-on, cet été-là était le plus torride depuis les quarante dernières années.

Comme d'habitude, une fois assis l'un en face de l'autre, un malaise s'installa. Éva n'y prêtait plus attention. Le sentiment de bien-être général qui l'avait visitée à l'auberge de Gananoque ne l'avait plus quittée. Au milieu des 1 247 kilomètres d'une rivière prenant sa source dans le lac Ontario et coulant nord-est vers l'océan Atlantique, drainant la plus grande surface d'eau douce connue, les Grands Lacs, Éva retrouvait les repères insulaires de son propre parcours, de l'île d'Orléans, à l'île de Montréal, à celle-ci.

Le petit-déjeuner était leur seule rencontre de la journée, et Éva avait opté pour une attitude professionnelle dans un climat détendu. Elle croqua dans un croissant dégoulinant de confiture de pêches.

– Je pourrai commencer à chercher un entrepreneur dès demain et...

William leva une main implorante.

– Et si nous parlions d'autre chose pour quelques minutes ? La journée s'annonce la plus chaude de l'été, près de 40 degrés Celsius. Je suis résigné à ne pas combattre la torpeur environnante. Avez-vous bien dormi ?

– J'ai passé presque toute la nuit à l'observatoire. Une nuit sans rêves.

– Dommage de ne pas avoir rêvé.

– Je préfère les nuits noires aux nuits agitées.

– Rêver n'est pas nécessairement synonyme d'agitation.

Il la connaissait déjà un peu mieux : quand elle passait la main sur son front et se tapotait les tempes, c'était que quelque chose la tracassait. Il n'insista pas.

– Dites-moi plutôt pourquoi vous avez choisi l'architecture.

La main d'Éva quitta son front, papillonna sans but, puis attrapa une cerise par la queue.

– Pour la conquête de la beauté. Vous savez, la beauté reste un luxe trop souvent inaccessible. Je ne voulais pas passer à côté. Je voulais explorer quelques-uns de ses visages infinis. Pour la conquête de l'inutile. Car le conquérir, ne serait-ce qu'une fois, ne serait-ce qu'un peu, éloigner le quotidien et son esclavage, n'est-ce pas un peu démontrer qu'on a le droit de vivre pour le seul bonheur d'être incarné et d'en témoigner ?

– Même si les créations survivent aux créateurs et jettent de l'ombre sur nous, je persiste à croire en l'être humain.

– Le vieux débat, l'être ou l'œuvre. Bien que passionnée par l'humanité, je préfère maintenir une distance. Pour moi, l'ennemi juré demeure le quotidien et tout ce qui en fait partie. On peut s'y perdre, perdre toute une vie dans la répétition des choses utiles à faire invariablement. D'une certaine façon, l'ensemble m'intéresse plus que le particulier. Je suis assez farouche et solitaire. Peut-être parce que j'ai cet immense besoin d'apprendre, de connaître, d'explorer. Le quotidien vécu pour lui-même éloigne la quête de la connaissance, repousse les aspirations et les besoins universels et l'on devient spectateur de sa seule petite vie. Je m'y ennuierais, vous savez.

– Je vois… Plus Ulysse que Pénélope…

– Ah! la vertueuse Pénélope! Le stéréotype féminin tel qu'imposé par un regard masculin. Attendre, se sacrifier, tisser, espérer, aimer aveuglément, accepter l'absence et les égarements de l'autre mais pas les nôtres, endormir sa sensualité tout en sachant au fond de son ventre que l'autre n'a pas tous ces scrupules… Si jamais j'ai une fille, croyez-moi, elle ne lira pas sans accompagnement. Je me souviens de ma détresse face à ce modèle féminin. Aussitôt lu, aussitôt rejeté. Je m'identifie plus aux aventures d'Ulysse, malgré les dangers, l'exil, les mirages, les tentations, les jeux d'essai-erreur. N'est-ce pas une métaphore de la quête de la connaissance?

– D'après moi, Pénélope fait aussi la même quête. Ulysse prend la route de la quête visible: exotérique; Pénélope, celle de la quête cachée: ésotérique.

Éva fut prise de court. Elle n'avait jamais vu Pénélope ainsi. Après avoir contemplé l'hypothèse, elle trancha:

– Alors, je rêve du jour où Pénélope partira naviguer sur les mers lointaines, charmer dieux et démons, tandis qu'Ulysse tissera en comptant les jours… et les nuits. Seul. Pas de triche, Ulysse! Et elle ne reviendra pas en accusant enchantements et sortilèges, elle avouera tout: ses amants, sa jouissance, ses orgasmes libérateurs, sa quête, sans le préservatif du petit mensonge sexuel habilement dissimulé dans une œuvre épique. Est-ce qu'on pourra un jour sortir des formules indigestes des téléromans alors que même nos ancêtres en utilisaient déjà la plupart des recettes?

À cette pensée, elle rit comme un carillon sous la brise. William remarqua que, depuis leur rencontre, cette conversation avait été la plus longue et la plus incarnée. Il eut soudain envie de prolonger le plaisir de ne pas être seul, pour lui-même, sans autre nécessité que celle d'avoir deux voix. « Il fait si humide, le corps demande à s'alanguir dans un doux farniente. »

Un petit vent de grelots s'infiltra sur la terrasse et réveilla la nature. « Les modulations de sa voix s'harmonisent au chant des oiseaux, aux éclatements du bois sous un soleil de plomb et aux clapotis des vagues qui mouillent l'île pour reprendre mollement le large dans un mouvement indolent. »

William eut envie de croire que la vie n'avait rien d'autre à faire que de regarder deux inconnus bâtir des vaisseaux de mots voilés et les ancrer dans la même eau.

– J'ai un parti pris pour la solitude qui cherche la source des choses. J'essaie de faire de la généalogie autrement. J'apprécie les petits détails d'une vie.

– Peut-être que c'est ce qui nous unit. Je veux dire : l'architecte et le généalogiste. On s'intéresse tous les deux au passé. Moi, celui des pierres, vous, celui des gens…

Éva semblait lutter avec une image d'elle-même. Ses doigts se remettaient à pianoter et sa main montait vers son visage. William lui donna une cerise. Elle l'engouffra et recracha le noyau dans le jardin. Trouvant que son geste avait été bien familier, elle rougit. William la mit à l'aise en mettant toutes les cerises dans sa bouche. Il mâcha bruyamment, puis recracha les noyaux sur les colonnes de la véranda. Cela fit un joli son. Éva pouffa de rire. Il se pencha vers elle.

– Allons, Éva, qu'est-ce que vous essayez tant de ne pas me dire ?

Elle fronça les sourcils, William aussi. Elle sourit : il n'allait pas la laisser tranquille.

– Comme architecte, je reste… comment dire ?… un peu prise dans le passé. Ma perception créatrice, le contemporain, je n'arrive pas à la saisir. C'est une grande lacune et, comme tous les orgueilleux, j'en ai fait une force. J'excelle dans la restauration du passé… Un jour, je l'espère, je pourrai faire le grand saut. Créer l'inédit, peut-être même inventer le futur. En attendant, j'essaie de maintenir ma pensée au niveau des choses à faire. Chaque style apportant ses exigences et ses limites physiques (si je restaure une cathédrale chrétienne, je dois le faire avec les croyances matérielles de cette religion – les formes, les matériaux, l'alignement, les symboles ; si c'est une mosquée, les règles changent), je trouve très important de m'ancrer dans la matérialité des lieux, de me laisser interpeller par leur identité et leurs exigences spécifiques.

Elle eut un frisson d'impatience. Son langage corporel indiquait clairement qu'elle regrettait déjà de s'être ouverte.

William craignait qu'elle ne redevienne secrète et farouche. Il se leva sans bruit et alla chercher une canne à pêche qui traînait derrière un fauteuil de la véranda. Il se mit en tête de démêler le fil de nylon. Cela lui donnait le prétexte idéal pour poursuivre le dialogue, mine de rien. Il posa la question du bout des lèvres, pour ne pas réveiller les monstres abyssaux :

– Pourquoi, selon vous, êtes-vous prisonnière du passé ?

Éva fit un geste évasif de la main.

– Et le choix de l'architecture victorienne comme sujet de thèse, pourquoi cette période plus qu'une autre ?

– Grande question, par une si chaude journée…

– *Really*, Éva… Il me semble que, comme l'illustre votre thèse, l'historicisme de cette époque, avec ses styles néoclassique et néogothique, a fait quelques excès académiques. Ce qui a donné des résultats pour le moins douteux par moments, non ?

Il l'avait interpellée dans le vif de sa passion. Éva reprenait son vent de poupe. Ses mots glissaient sur l'air liquide.

– Pendant mes études universitaires, j'ai été fascinée par cette époque où l'architecture s'est retrouvée sous la direction de grands groupes, des sociétés et des administrations abstraites qui n'avaient pas du tout le goût du risque financier ni la vaste culture et ses connaissances élargies pour appréhender le concept architectural et le façonner dans le concret.

William l'encouragea d'un hochement de tête, coinça la canne à pêche entre ses cuisses et saisit le bouquet de fil emmêlé. Éva poursuivit :

– Art secret pour les Anciens, sous l'aile du mécénat des aristocraties et des royautés, longtemps sous la direction de gens qui connaissaient l'origine des styles, la fonction des matériaux et l'histoire des tendances. La société industrielle a apporté la division des élites politiques et intellectuelles, ce qui tend vers une prédominance du goût de masse qui, elle, tend à privilégier ce qui est familier et déjà reconnu. D'où le futur inversé, vous avez raison, vers le néoclassique et le néogothique, avec des excès académiques, mais forgeant aussi de nouveaux styles.

Plus ça allait et plus l'écheveau de fil grossissait en une multitude de grappes de nœuds. Éva saisit la canne, trouva le bout du fil et le passa à travers une maille, puis une autre, et une autre encore. Le peloton se relâcha. L'air triomphant, elle remit le fil à William et reprit là où elle s'était arrêtée :

– De plus, les nouvelles technologies et matériaux, le béton, le verre, le fer, l'acier, le progrès des sciences et de la technique permettaient de franchir certains interdits. C'est l'époque où le romantisme du château de Neuschwanstein côtoie l'architecture métallique de la tour Eiffel, précédée de près de quarante ans par le Crystal Palace ; où le House of Parliament empruntait au domaine sacré des cathédrales gothiques, mais dans des proportions dépassant tous les zèles de verticalité ornée jusqu'à une répétition formelle frisant l'absurde.

Au son du fil de pêche qui s'embobinait, l'historien et généalogiste parla des êtres humains en tournant la manivelle du moulinet :

– Les Victoriens étaient pris entre la nostalgie romantique et les promesses grisantes du progrès. D'un côté, on entendait un médecin dire que la vitesse de 30 kilomètres/heure des trains causerait de graves dommages au cerveau ; d'un autre, la flotte de Sa Majesté continuait ses belligérances et ses conquêtes et, d'un autre encore, on remettait le bonheur en question. La quête du bonheur était de toutes les conversations de l'élite et de la bourgeoisie florissante. À un tel point que la reine Victoria imposait des *happy ends* aux écrivains.

– Oui… cette époque était si pleine de contrastes qu'il était impossible que ça ne se reflète pas dans l'architecture, les arts, la vie quotidienne. Et que dire des sciences, prises entre superstitions tenaces, hypothèses farfelues et découvertes impressionnantes ?

La passion fardait les joues d'Éva. Elle s'interrompit en agitant la tête, prit un verre d'eau glacée et s'en passa sur le cou et les tempes.

– Il ne faut pas m'amener là, je vais vous embêter avec des notions qui n'intéressent que moi et quelques-uns de mon métier.

– Au contraire, c'est fascinant. Je pense que, pour bien vivre en surface, il faut aller au fond des choses. Et vous, Éva, quelles seront vos découvertes ?

– Peut-être que je manque tout simplement de talent pour aller vers le futur et que je suis imprégnée de la culture de masse, n'acceptant majoritairement que ce qui est déjà reconnu et familier.

Elle avait repris ses allures de fermeture de boutique. William ne voulait plus reculer et tenta de la maintenir dans l'intimité de la conversation.

– Je ne crois pas. En fait, je n'en crois rien.

Éva se versa une deuxième tasse de café noir en haussant les épaules, les yeux égarés dans le flou de la nature suffoquée. Il l'avait perdue. Elle naviguait une fois de plus en solitaire. Refusant de terminer cette conversation sur une phrase universelle inévitablement suivie de son versant fataliste qui camoufle les secrets et les passions de l'âme humaine, William outrepassa sa propre pudeur, repoussa ses propres hésitations à communiquer intimement avec l'Autre.

– J'ai du mal à croire que vous préféreriez l'ensemble au particulier.

Éva croqua à pleines dents dans un croissant en faisant ce si beau geste spontané de femme qui dégage la tête vers l'arrière en arquant les reins, ses cheveux roux dévoilant leurs teintes de cuivre et d'or et, dans le parcours du mouvement, les seins qui pointent vers l'avant en se durcissant sous un mystérieux frisson sensuel.

William se transformait en vague frappant la coque.

«Elle est une proue de vaisseau ancien.» Ému, il chuchota de nouveau:

– J'ai du mal à le croire.

Éva répondit spontanément, la bouche pleine, tout à coup passionnée par une idée d'elle-même qu'elle osait révéler:

– Eh bien, puisque vous insistez, mon problème, c'est que je semble toujours regarder soit avec le microscope, soit avec le télescope. Je bascule entre le trop près et le trop loin. C'est ainsi que j'aborde les êtres. C'est pourquoi j'ai choisi le monde des concepts et ses matières inanimées. Là, je n'ai pas ce problème d'approche. Voilà tout!

«Une proue… Trop près à l'abordage quand les coques s'entrechoquent et se déchirent; trop loin sur les mers où naviguent les vaisseaux du hasard qui gardent leur distance de peur de s'abîmer.»

Éva réchauffa son café et en offrit à William. Ses yeux verts réfléchissaient l'or de ce jour de plein été. Ses cheveux étaient en feu.

Un léger sourire se dessina aux commissures des lèvres de William, intrigué, surpris, charmé.

– *Hi, girls!*

Ils sursautèrent en entendant le ton gouailleur d'Andrew. Marie embrassa goulûment Éva dans le cou.

– *Come on, Mary!* Va te changer. Elle doit être installée dans la chambre bleue. Les filles l'adorent, elle ressemble à une maison de poupée. Tourne à gauche, puis à droite. Je t'ouvrirai la chambre voisine pour la nuit.

Il ajouta en levant les bras au ciel:

– La jaune. Celle aux jonquilles peintes à la main sur la lampe de kérosène en faïence et son édredon piqué aux mêmes motifs.

– Génial!

Marie se précipita à l'intérieur. Andrew donna une franche claque dans le dos de William.

– *So, looking as playful as ever, yah?…*

Il passa le bras par-dessus l'épaule d'Éva et attrapa un croissant. Éva et William échangèrent un bref regard contrarié.

Éva bafouilla un mot d'excuse, traversa la maison d'un pas rapide et alla retrouver Marie dans la chambre. Celle-ci enfilait déjà sa tenue de tennis.

– J'ai convaincu Andrew de m'inviter pour le week-end. Je m'ennuyais de toi. Tu arrives à peine que tu repars. Il a dit qu'il en profiterait pour célébrer un anniversaire. C'est une surprise pour William. Je voulais voir où tu vivais. Superbe, cette maison victorienne! Un peu vieux genre, mais t'as vu le terrain de tennis? Sur gazon!

– Depuis quand Andrew te lance des invitations?

– Depuis que je refais le design de son penthouse. Je t'expliquerai. *Ciao!*

Marie sortit en coup de vent, laissant son amie sur sa faim. Éva se remettait au boulot quand on cogna discrètement à la porte. Elle alla ouvrir en mâchonnant nerveusement un crayon.

– Je vous dérange?

William restait planté là, ne sachant pas trop s'il devait entrer ou non. Il opta pour un ton anodin, mais le malaise était de retour, vide, vidé de son sens premier, et funeste. Comme il en va de toutes les angoisses.

– C'est bien que votre amie soit ici. Vous pourrez prendre un peu de repos bien mérité.

Le ton flegmatique de William irrita Éva au maximum. Comme seule riposte, elle se dirigea vers le boudoir en reprenant le ton neutre de l'architecte de fonction:

– Quand ils ont inventé la société des loisirs, je devais être trop occupée à survivre. De toute façon, je ne suis pas très adepte. Regardez plutôt ce que je voulais vous montrer après le petit-déjeuner.

William la suivit à travers la chambre jusqu'au boudoir et se pencha vers l'ordinateur. Sur l'écran apparaissait la cuisine actuelle. Éva enfonça quelques touches du clavier et un nouvel aménagement se dessina dans l'espace. Les armoires, l'ameublement, tout était remplacé. Avec une simple commande au clavier, les couleurs et la texture du bois changeaient constamment.

– Il faudra choisir. En fin d'après-midi, je serai prête à vous faire tellement de propositions que vous ne saurez plus où donner de la tête.

Andrew, en habit de tennisman, tenant sur son épaule les crochets de deux cintres dont les vêtements pendaient derrière son dos, entra sans cogner. Comme d'habitude, il parlait comme si sa voix sortait directement d'un amplificateur.

– *Impossible! No one works today!*

Il poussa l'audace jusqu'à farfouiller dans les affaires d'Éva, déroulant un plan, déplaçant les photos de la maison épinglées sur le babillard, humant les fleurs coupées.

William recula devant cette boule d'énergie. Éva, quant à elle, sentit son irritation se transformer en rage sourde: le crayon de bois qu'elle s'était remise à mâcher se cassa en deux et lui fendit la lèvre supérieure.

– En fin d'après-midi, nous servons l'apéritif dans le pavillon d'été, puis le souper dans la grande salle à dîner, et enfin, digestif et bal au salon.

Andrew jeta deux robes d'époque sur le lit. William devint blême.

– *Where did you find these dresses?*

– *In the attic.*

Andrew vint tapoter la lèvre blessée d'Éva avec un mouchoir de papier.

– La dernière fois que je suis venu, j'ai remarqué ces robes victoriennes au grenier. William a dû faire les puces. Il s'offusque alors que, moi, j'essaie de lui faire plaisir. Vous savez, Éva, *this old boy* est aussi rigide que les ancêtres de ses clients. *A real psychological antiquity!*

Il rit de sa propre blague et continua son baratin en s'aspergeant le visage avec un atomiseur d'eau.

– Il vous a déjà raconté que son passe-temps favori est d'aller dans les cimetières pour lire les dates et les noms sur les pierres tombales? Je le soupçonne d'être un adepte de la... comment vous dites?... taphophilie, c'est ça, non? La fascination pour les cimetières? *Bye, Luv! Bye, Bro!*

Alors qu'il allait sortir, il saisit une des deux robes et s'approcha d'Éva.

– Elle a été nettoyée, vous pouvez la porter sans danger.

Comme si elle était une poupée à deux dimensions, Andrew lui passa le cintre autour du cou. La robe, tel un vêtement de papier découpé, pendait devant elle. Andrew arrangea un ruban, puis apprécia l'effet.

– *Exquisite! A work of art!*

Il sortit en sifflotant et en balayant l'air avec sa raquette de tennis.

William essayait de se ressaisir, mais n'y parvenait pas. Il se tourna vers Éva dans un geste brusque et la regarda avec une sombre vanité. Éva sursauta et le silence devint aussi opaque qu'un fond abyssal. Le temps, l'espace, l'air, le sel de la peau moite par cette journée de fournaise, tout devint noir obscur et une eau visqueuse s'engouffra de toutes parts, prête à projeter le corps sans fin, vers le bas, vers l'oubli, dans l'inconscience la plus absolue. Jusqu'à ce que William brise l'équivoque, vire les talons et sorte en fermant doucement la porte.

Éva était saisie par l'image de son masque déformé, ça lui donna froid dans les os. « Comment un être affable peut-il montrer autant de dureté et d'avidité ? » Elle secoua la tête en convenant qu'elle n'avait pas de réponse et que, de toute façon, ce n'étaient pas ses affaires. Elle n'avait qu'à bien faire son travail. Dans une semaine ou deux, elle serait loin. « Cette torride journée brouille la pensée et les sens. William doit avoir la tête dans du coton, tout comme moi. Quelle chaleur accablante ! »

À peine le cintre retiré de son cou et la robe lancée sur le lit, elle voulut retourner à sa table de travail. Elle se dirigea machinalement vers le lit. Une fois allongée, les larmes lui brûlèrent les yeux. Cette terrible sensation la visitait de nouveau. Prête à briser les digues et à la projeter vers la perte. « La perte de quoi ? » se demanda Éva.

Figée sur place, agrippée au fond d'elle-même, naufragée, noyée, une multitude de sensations et d'images se projetaient en désordre dans sa tête. Elle se leva d'un seul bond, arracha ses vêtements et se glissa sous une douche froide.

En fin d'après-midi, il n'y paraissait plus rien. Elle avait même lancé quelques balles de tennis à Marie avant de lézarder sous les grands ormes. Allongée dans un hamac de cordages de chanvre, elle se berçait en tirant doucement sur une corde attachée à l'arbre. Passant l'œil à travers les losanges crochetés, elle observa la tourelle de l'aile gauche. Les rideaux étaient tirés. William était sûrement tapi dans la fraîcheur de son bureau. Elle n'avait pas envie de penser à lui, à tout ce mélange d'obscures émotions qui tourbillonnaient dans son ventre. Les cordes crissaient tout doux.

Les grandes feuilles dentelées de l'orme ne murmuraient rien, la rivière non plus. La nature était au beau fixe. Les muscles bouillant, la sueur perlant, les yeux tombant, le pouls très lent : la formidable chaleur appelait une bienfaisante somnolence. Le dernier tableau inscrit à sa conscience détendit Éva tout à fait : Andrew et Marie traversaient le jardin en traînant paresseusement leurs chaises longues. Bientôt, ils s'installèrent en plein soleil dans le corridor du gicleur. La paume de la main couvrant le verre de rosé, la bouteille bien à l'abri sous le fauteuil de bois, ils trinquèrent, chacun laissant son regard glisser lentement sur le corps alangui de l'autre.

Parcourus d'un long frisson au passage de la bruine, ils ramollissaient sous la persistante lumière crue, s'empressant de prendre une gorgée avant la prochaine alerte de gouttelettes froides. Marie léchait ses lèvres mouillées. Andrew enfouissait ses doigts dans ses cheveux trempés et lissait sa mèche rebelle.

Éva s'endort le sourire aux lèvres. Elle rêve des fontaines romaines, puis du bord de mer à quelques kilomètres de la ville aux chats flâneurs, dans les basses ruines antiques. « Suave. Tutto dolce. »

10

Marie se réjouissait à l'idée de revêtir une robe du XIXe siècle victorien. Éva l'avait rejointe dans la chambre bleue et contemplait la tenue de bal étalée sur le lit sans aucun enthousiasme. Elle ne dit rien de ses angoisses, sentant que quelque chose lui échappait et qu'il valait mieux attendre d'y voir plus clair avant d'embêter Marie. Alors, elles avaient jacassé comme des pies de tout et de rien. Tantôt sous la douche froide, tantôt allongées nues sur le lit, sous le ventilateur, à se masser les pieds, Éva et Marie parlaient d'environnement et d'équité, de paysages bucoliques, de bourrelets naissants, de l'odeur des crèmes, et rêvaient tout haut de grandes et anciennes habitations à restaurer pour ensuite les vendre retapées et tout recommencer. Éva savait que cette passion pouvait devenir une forme d'ivresse.

– C'est comme ces gens que je connais. Après des années de recherches pour découvrir l'endroit rêvé, quelques belles années à travailler d'arrache-pied pour atteindre le niveau souhaité, devant leur rêve accompli, la déprime. Devant le vide laissé par l'accomplissement – tous les accomplissements font ça, tu ne trouves pas? –, ils ont craqué. Ils ont vendu la bicentenaire, puis ils sont repartis à la chasse.

Et ils ont maintenant terriblement peur de ne pas en trouver une autre aussi formidable que la première.

Marie enfilait la robe de bal sur son corps basané aux seins ronds, au petit bedon rebondi, aux fesses hautes et aux muscles dégrossis au burin.

– C'est bien connu, après l'effort, après la jouissance, après la satisfaction, après tout et rien, vient l'ennui. Et on remet tout en question. Même notre petite part de bonheur. Le voyant tout à coup comme l'ennemi juré. Ce qu'on est bêtes, les bipèdes !

Une fois sorties de la chambre, elles cheminèrent vers le pavillon d'été. Marie prit le bras d'Éva.

– Si je comprends bien, tu ne fais que travailler ! Et vous vous croisez parfois ?

– Tous les matins. Je lui montre où j'en suis et il approuve ou rejette mes idées d'aménagement.

– Et lui ?

– Quoi, lui ?

– Il fait quoi de ses journées ?

– Des recherches généalogiques. Il s'enferme dans son bureau à l'étage, moi dans le mien.

– Et le soir ?

– Il mange à des heures impossibles. Alors, je dîne seule, puis je descends au bord de la rivière. Ensuite, je m'installe à l'observatoire avec un roman ou l'esquisse d'une proposition.

– Mais c'est assommant !… Je ne te comprendrai jamais !

– Tu sais bien, pour moi, les maisons sont des entités vivantes, des amies, que je contemple sans jamais être rassasiée.

– Je préfère l'action.

– L'action, pour moi, c'est un peu compliqué... Je me prends rapidement les pieds.

– On dirait que William a le même problème. Deux cérébraux spinaux ! J'espère pour vous que la vie va vous permettre de rester dans votre monde de concept et d'intellect. Vous deux ? passer à l'action ? Ce serait d'une balourdise !

Éva préféra changer de sujet plutôt que de s'imaginer dans le cœur de l'action.

– Tu as visité la serre adjacente au boudoir ? C'est un bijou, je te montrerai. Au lever du soleil, la lumière y saisit tous les parfums, chargeant l'air d'humus, de sève et de pourriture.

Elle souriait au souvenir olfactif ayant emprisonné les odeurs de terreau, de chlorophylle et de thé des bois. Son nez se plissait, à la recherche d'autres odeurs, dans d'autres souvenirs plus anciens. Son front s'obscurcit. L'attention balayait les couloirs du temps. La mémoire se taisait. Le temps suspendu frémissait sur les lèvres entrouvertes qui veulent formuler les mots de l'anamnèse. Les mots adirés. Les mots sur le bout de la langue. Effacés sous la persistance d'un écran vide, assourdis par le mutisme d'une région cérébrale sourde, ensevelis sous des traumatismes vétustes. Images, mots, sens pulvérisés aux confins de l'oubli. Marie s'attardait à ce sourire où flottait un parfum de désirs indomptés.

– Tu sais que tu es superbe dans cette robe. On la croirait dessinée pour toi.

– Pourtant, je suis malheureuse de la porter. Va savoir.

Aveuglées par le soleil qui plombait sur le miroir de l'eau dans une teinte irréelle d'argent azuré, elles avançaient main dans la main. Andrew avait aménagé le pavillon d'été près de la rivière. Il avait tout fait dans le style victorien : sur le sol, plusieurs épaisseurs de tapis moyen-orientaux, une table et des fauteuils de jardin en fil de fer, les coussins aux motifs floraux, la nappe de dentelle, les fleurs coupées, le cristal, la coutellerie en argent poli, la porcelaine. Il avait même sorti le jeu de croquet et de tir à l'arc. Vêtus de costumes d'époque en lin beige, William et Andrew se levèrent en les voyant arriver à tout petits pas, presque sur la pointe des pieds, comme pour ne pas réveiller la nature qui dormait au chaud. Andrew se dirigea vers elles, les bras tendus.

– *Miladies! You look absolutely ravishing!*

Marie applaudit en voyant le décor du pavillon. Éva salua William au passage. Agacée, elle vit qu'il la fixait encore d'un air étrange. Andrew lui tendit une flûte de champagne.

– N'est-ce pas qu'Éva est la reproduction parfaite d'une aristocrate victorienne ? Elle a dû vivre en Angleterre dans une vie passée.

Marie fit une petite moue. Andrew la prit dans ses bras et la fit danser en sifflant un air de valse. William restait fermé comme un cloître. Éva ne comprenait pas ce revirement. La tension montait entre eux.

« Ce matin, il s'est ouvert et, depuis, il semble se battre avec des titans. »

Faisant un effort visible, William prit la main d'Éva, élégamment, du bout des doigts. Il bafouilla un trait d'esprit qui eut le don de l'exaspérer encore plus.

– L'architecture de vos traits se prête tout à fait à cette époque.

Andrew remplissait les flûtes de champagne.

– À la beauté ! À ses multiples visages !

Marie leva son verre. Éva ne bougea pas et répondit à William du tac au tac :

– L'architecture du visage demeure intacte sous la peau flétrie. Qui a écrit ça?

William ne disait rien. Le bleu de ses yeux devenu translucide se perdit dans le lait de la sclérotique. Sa lèvre inférieure trembla légèrement. Éva fulminait.

– François Mauriac. C'est vrai aussi pour les demeures. L'architecture des maisons reste intacte sous les affres du temps.

– Et aussi pour la généalogie. L'architecture des familles demeure intacte dans la fosse des oubliés.

Il tenta un sourire qui mourut à mi-chemin. Il scrutait la physionomie, le cou gracile, les cheveux relevés en chignon d'où s'éjectaient des boucles rebelles, les perles nacrées du corsage, le blanc légèrement altéré de la robe longue, les rubans satinés, les bras dénudés, la taille corsetée, les pans flottants, le décolleté discret brodé de fils de soie. Éva soutint l'analyse en redressant le torse. Elle le fixait, ne sachant ce qu'elle sondait en lui en fronçant les sourcils, ni pourquoi elle le faisait. William pâlit et détourna le regard.

Marie et Andrew, inattentifs au drame, s'assoyaient langoureusement dans les fauteuils, rigolaient et se servaient du champagne en dévorant des hors-d'œuvre. Éva approuvait cette légèreté sans pouvoir y participer. Elle essayait de calmer sa respiration saccadée et l'indicible colère qui grondait en elle.

« Le soleil termine sa course, les ombres s'allongent, la soirée apportera une douce brise et, bientôt, ce mauvais jour de fournaise ne sera plus qu'un vague souvenir. »

Et Éva fit cette chose télescopique qu'elle savait si bien faire : elle inscrivit un sourire permanent sur ses lèvres, s'installa confortablement dans un état de semi-absence et suivit tout de très loin, inaccessible et intouchable. Et le temps devint élastique comme les limbes. Elle s'y perdit.

***

Plus tard, bien calé dans le meilleur fauteuil du salon, Andrew buvait un porto, un cigare à la main. Il pérorait.

– Alors, ce client a misé trop gros. Je l'avais averti. Il ne m'a pas écouté. Il a perdu beaucoup. Mais il pouvait se permettre de perdre. Je lui ai dit : « *Well, you win some, you lose some !* » Vous savez ce qu'il m'a répondu ? « *So, get lost !* » J'ai jeté son dossier à la poubelle. *Exit! End of story.*

Marie se tourna vers William. Les yeux mi-clos, il écoutait le concerto de Chopin en tétant son cigare.

– Outre l'ennui de lire des colonnes de chiffres et de surveiller la santé financière des entreprises inscrites à la Bourse, je crois qu'on ne doit pas perdre le peu qu'on a en prenant des risques boursiers. En plus, je déteste l'idée que mon argent serve peut-être à une compagnie qui fait travailler des enfants ou qui contribue à l'armement ou qui traite mal son monde. Qu'en pensez-vous, William ?

William sembla sortir d'un songe. Il n'avait pas suivi la conversation. Andrew finit son verre d'un trait :

– *Never mind, Mary.* Il ne s'est jamais intéressé à ce que je fais ni à qui je suis !

William se tourna vers Andrew en bafouillant un mot d'excuse. Marie observait Andrew qui fumait son cigare en dragon, l'œil enflammé, tandis que William semblait si lointain, enveloppé dans les volutes de fumée, le regard rêveur.

– Tu ne trouves pas étonnant, Éva, le contraste entre ces deux frères ?

Jusque-là, Éva avait joui d'une relative paix. Andrew avait pris tellement de place pendant le dîner, parlant sans arrêt de sujets variés, variables, faits divers et chroniques en tout genre, qu'elle avait réussi à jouer l'invisibilité. Elle évita de répondre à la question en s'attardant aux égarements de l'atmosphère et poursuivit son dialogue intérieur : « Le ciel ressemble à ces dessins d'enfant faits avec de la peinture à doigts – de longues traînées de couleurs vives tachées de quelques cirrus assombris. Les ocres s'étirent en terracotta ; les jaunes giclent du safran ; le rose fuchsia explose en jets pourpres, amarante, rubis. L'azur s'embrase et se transmute en cendres noires ! Dieu, que c'est beau ! »

– *Well, say it! I've got nothing to hide!*

Debout devant la fenêtre, Éva détacha à peine le regard du ponant. Andrew dévisageait William qui prit une longue gorgée de porto. Marie se tourna vers lui.

– Qu'est-ce qu'il ne faut pas cacher ?

– Ce que William ne daigne pas dire, c'est que je suis son frère adoptif.

La révélation fit son effet. Éva se tourna vers eux. Marie brûlait d'impatience d'en savoir plus.

– Ma mère est décédée quand j'avais à peine douze ans. Le père de William était le meilleur ami de mon père. Après les obsèques, il lui a demandé de m'adopter. George ne pouvait pas refuser les volontés de son ami en deuil. Mon père venait me visiter. Ils se sont disputés. Les visites se sont espacées. Plusieurs années plus tard, il est revenu plus souvent. C'était trop tard pour réparer. J'étais devenu un Blake malgré moi !

La dernière phrase, dite sur un ton amer, sortit William de sa rêverie.

– Père t'aimait comme un fils, Andrew.

– *Bullshit!* George l'a fait par honneur et devoir. Ces valeurs si hautement nobles ! Il se sentait supérieur à mon père à cause de ça.

– *Not again!...* Son amour était authentique. Il ne faisait aucune injustice à ton égard. Ni de son vivant ni à sa mort. Il te l'a dit, te l'a écrit. Il a été chaleureux envers toi et t'a donné et laissé autant qu'à moi.

– Il voulait seulement que je me souvienne que mon père était une épave. Le pauvre diable ne pouvait même pas me garder à la mort de ma mère. En une semaine, j'ai perdu mes deux parents ! Je n'avais pas besoin de votre pitié. Ni de cette affreuse maison victorienne. Je me suis très bien débrouillé seul !

William blêmit de rage.

– Andrew, pourquoi parler de père de cette façon ? C'est profondément injuste. Et je suis fatigué de voir cette obsession revenir constamment. Je ne peux pas passer le reste de ma vie à m'excuser du fait que tu as été adopté. Dois-je te rappeler que ça ne fait pas une année que…

– *On the clock!* Une année ce soir, cher William. Tu devrais avoir honte de ne pas t'en souvenir. Toi, le fils naturel ! C'est pourquoi nous avons cette réception. Pour nous souvenir de son style de vie : *boring and formal!*

Andrew leva son verre bien haut.

– *To George! The pure and so perfect father of the purest of the pure William Blake.*

William avait heurté le verre de porto en sautant sur ses pieds. Le verre se fracassa en mille cristaux. Andrew lança le sien à la russe, par-dessus son épaule, dans la cheminée éteinte. William serra les poings. Marie ne savait plus où se mettre. Elle se sentait coupable d'avoir lancé cette discussion. William allait sauter sur Andrew qui l'encourageait d'un regard retors. Ils allaient se battre et régler ça une fois pour toutes.

« Régler quoi ? pensa William. Aussitôt qu'on sera remis de nos ecchymoses et de notre honte, il va recommencer encore et encore. Comme depuis l'enfance ! Incapable de pardonner. »

Il baissa les bras, impuissant, blessé. Éva s'approcha de lui.

– Dansons.

William secoua la tête. Elle prit sa main et la posa sur sa taille. Andrew fulminait. Il écrasa son cigare et sortit du salon en claquant la porte. Après une brève hésitation, Marie sortit à sa suite.

William fit quelques pas de danse, puis s'arrêta. Il lâcha la main d'Éva en secouant la tête.

– *I'm sorry*... Vous avez des complications familiales, parfois ?

– Non. J'aimerais... Mieux vaut des disputes que rien du tout. Je suis enfant unique. Je n'ai pas connu mon père. Il est mort avant ma naissance. Ma mère... elle s'est noyée dans le fleuve Saint-Laurent, devant la maison à Montréal. J'avais dix-neuf ans.

– Je suis désolé. J'ai perdu ma mère très jeune également. Je ne me souviens plus de son visage. Il faut que je regarde des photos pour me convaincre que je suis né comme les autres et que j'ai vraiment eu une mère.

Voyant que sa tentative d'humour était lamentable, il hésita, offrit sa main à Éva, et se remit à danser avec elle.

– Mais parlez-moi plutôt de la vôtre.

– Je n'en parle jamais. C'est... ma crypte secrète.

Le nez d'Éva commençait à lui picoter. Il ne fallait surtout pas. Devant son malaise, William ramena la conversation à l'objet de sa dispute avec Andrew.

– Voilà un an, déjà. Et c'est Andrew qui vient de me le rappeler... Notre relation est difficile. Il veut constamment m'amener dans le passé, ressasser de vieilles histoires de disputes d'enfants. Il est colérique et rancunier. Avec moi, il n'a pas un bon partenaire de joute. Je déteste la discorde. Je suis fondamentalement médiocre quand les règles du jeu partent de la rivalité. D'ailleurs, je ne sais même pas comment épeler cet affreux mot, *if you see what I mean!* Et je ne vois pas les jeux d'enfant ni les égarements de l'adolescence comme des bases de rancune. J'ai plutôt de l'amitié pour l'erreur humaine. Sans pour autant me vautrer dedans. Alors, quand j'essaie de m'approcher de lui, on devient maladroits car sa haine et son bouillonnement intérieur ne trouvent aucune résonance en moi. Je crois que ça le rend fou de rage… Et moi, je recule, je ne peux pas aller là, puisque je ne ressens pas ces sentiments violents. Autrefois, j'ai essayé. Je l'ai écouté, je l'ai consolé, j'ai pris le blâme pour le soulager, j'ai cherché un terrain d'entente, un espace pour l'amitié, mais c'est peine perdue, il est aveuglé par ses mirages et obsédé par ses rancœurs. Il a fait un transfert étrange, jetant son dévolu sur moi comme si j'étais responsable de son destin. C'est déroutant, mais j'ai fait la paix avec cette situation et je l'accepte maintenant. Jusqu'à ce qu'il la ramène sur le tapis. Ce qu'il ne manque jamais de faire.

— C'est vrai que vous êtes différents. Même votre accent. Vous faites plus Européen.

— Ça vient de mon grand-père Julian. Adopté par une famille anglaise qui vivait entre le Canada et l'Angleterre. Mon grand-père a passé sa vie écartelé entre deux pays d'exil. Ne trouvant pas d'endroit où il se sentirait chez lui, où pouvoir reposer son cœur orphelin. Obsédé par son passé. Cherchant ses racines. Des noms qu'il pourrait chuchoter pendant ses nuits d'insomnie, des visages qu'il pourrait reconnaître… Des histoires, son histoire. Il s'est réfugié dans une île, ici, car une île, c'est nulle part, c'est partout, c'est soi-même.

Il s'interrompit, surpris de lui avoir dit toutes ces choses. Éva était suspendue à ses lèvres.

– C'est ce que j'ai pensé en arrivant dans l'île.

– Non. C'est ce que vous avez dit.

– Vous aviez entendu ?

– Bien que je sois habituellement distrait, j'entends tout ce que vous dites, Éva.

Ils ne dansaient plus et ne savaient même pas quand ils avaient arrêté. Face à face, une main sur la taille, une autre dans la main de l'autre, ils se sentirent tout à coup vulnérables, prêts à s'accrocher l'un à l'autre. Éva murmura, presque pour elle-même :

– J'ai souvent observé que les gens qui se reconnaissent, qui ressentent une complicité presque immédiate, ont vécu des événements similaires. Comme si les similitudes du destin attachaient les personnes par des liens invisibles. Nos bonheurs et nos souffrances reconnaissables, semblables, donc tolérables ou admirables. Nous sommes liés par deux pertes terribles : notre mère et la connaissance de notre origine. C'est difficile à accepter, puisqu'on sait que tout renouveau prend sa base dans la perception du passé, des traditions, des rites, profanes et sacrés. Comment peut-on construire le futur si on a perdu la mémoire ? Même si la création veut prendre la forme d'une déconstruction des œuvres passées, du rejet des maîtres, d'une révolution esthétique ou formelle, il faut connaître hier pour le changer. Les cendres de ce qui est révolu sont une formidable assise matérielle pour le futur. Vous ne trouvez pas ?

Éva le contemplait avec un trouble profond. William se perdit dans l'émeraude versicolore de ses yeux. Il tenta de se ressaisir :

— D'où venait votre famille ?

— Mes grands-parents étaient de l'île d'Orléans. Ma mère a déménagé à Montréal tout de suite après le décès de ma grand-mère. J'avais à peine cinq ans.

— Et vous ne savez rien de vos ancêtres ?

Le malaise devenait insupportable, mais Éva se dit qu'elle ne pouvait pas passer toute sa vie à refuser d'aller dans cette mémoire dressée comme un mur de silence et de lamentations. Elle devait faire face à son histoire. Accepter une fois pour toutes son destin et assumer les conséquences qu'il avait sur son épanouissement.

— C'est comme je vous ai dit… je ne sais pas. Ma mère en parlait constamment, du passé de la famille. À demi-mot, tous les jours, comme une obsession. Elle disait toujours qu'elle me raconterait quand j'aurais vingt et un ans. J'avais hâte de grandir pour connaître ce grand secret tabou. Elle est partie avant… Deux ans avant. Je n'ai plus jamais pensé à tout ça. J'essaie de regarder en avant. J'essaie… Le jour, ça va. La nuit… est un écran vide. Je visionne en noir et noir, et je supplie… de ne pas dormir, de ne pas rêver. J'en veux à ma mère de son silence. Je me sens sectionnée, partielle, explosée, à cause d'un secret de famille.

— Comme moi pour mon père. Il allait souvent en Angleterre, mais ne voulait pas entendre parler de notre passé. C'est moi qui ai repris… C'est seulement à sa mort que j'ai su qu'il était déjà sur des pistes. Si je comprends bien, il voulait trouver, mais ne voulait pas partager ses découvertes avec moi ? Bien qu'il sût que je cherchais de mon côté ?! C'est une blessure longue à cicatriser.

– Et vous allez trouver, vous croyez?

– Peut-être… Peut-être au-delà de mes espérances. C'est une piste… fascinante. Et vous, vous allez chercher?

– C'est trop tard. J'ai eu assez à faire avec ma survie et ce deuil dont on ne se remet jamais vraiment quand on perd un parent si jeune. Surtout quand on refuse d'y penser. Au début, on refuse, puis on ne sait plus comment, et finalement c'est l'oubli…

– Si vous voulez, je peux faire la recherche pour vous…

Éva sembla ébranlée par cette perspective. Elle lâcha la main de William et recula.

– Je ne sais pas… Ma mère n'a jamais répondu à aucune de mes questions. Comme si elle tentait d'oublier. Il me semble que j'ai bien essayé de la faire parler… Elle refusait… Et ça me faisait souffrir… Peut-être qu'elle aussi souffrait de son silence. Elle avait peut-être des raisons de se taire. Je crois me souvenir d'une lueur inquiète au fond de ses yeux gris souris, gris-bleu, opaline, selon les jours, selon l'humeur… Peut-être juste selon le temps?

Éva se frottait le front, tambourinait sur ses tempes, mettait tous ses doigts sur sa bouche, fixait le vide. William n'insista pas. Il ne bougeait plus. Il restait là, disponible. Elle se raidit, surprise d'être si troublée, sur le point de craquer de toutes parts.

– Excusez-moi… C'est la première fois que j'en parle, et ça ne va pas.

Empoignant le bord de la robe longue pour pouvoir bien allonger le pas, Éva sortit du salon en courant.

Resté seul, William s'approcha de la fenêtre. Dehors, Andrew parlait avec animation et Marie lui répondait sur le même ton. William n'entendait pas ce qu'ils disaient, mais il était clair que c'était toute une dispute. Il ferma le rideau d'un coup sec.

11

Éva et William valsent. Autour d'eux, les invités, les lampes, les flûtes de champagne, tout est enveloppé de brouillard ; les voix, les bruits, sourds et indistincts.

Dans un vain effort pour reconnaître quelqu'un ou quelque chose, Éva tourne la tête de tous côtés. Elle comprend qu'elle est à l'époque de la reine Victoria, dans un grand salon anglais. Elle veut fuir.

La musique change. Éva reconnaît le *When I Am Laid in Earth* de Henry Purcell. La mezzo-soprano qui entonne cet air doux-amer lui sourit. Éva la voit comme à travers un prisme. William la fait tourner de plus en plus vite. Elle se laisse aller à cette douce griserie. Du coin de l'œil, elle aperçoit le balcon couvert. Une impression de déjà-vu s'insinue de plus en plus en elle. Les portes vitrées du balcon s'ouvrent toutes grandes. Éva dérape. Elle tente de s'agripper au bras de William, empoigne sa main, glisse comme une savonnette, tombe sur le plancher, plante ses ongles dans le tapis, rien n'y fait, elle est aspirée vers le balcon. Les portes se referment sur elle.

Prisonnière de son corps englué au sol froid, elle veut appeler à l'aide, mais sa bouche est remplie de sang. Il pleut à boire debout. La musique de Purcell s'intensifie jusqu'à devenir assourdissante. La pluie lui martèle le visage dans un fracas métallique. Il fait de plus en plus sombre. Éva est couchée sur la pierre mouillée, paralysée de peur. Les bruits et les sons se confondent, aléatoires, charriant leurs notes atonales. Ils s'engouffrent en elle comme un gigantesque ouragan qui lui ferait le bouche-à-bouche.

Éva se réveilla dans un long cri lugubre. Elle suffoquait. Elle était glacée. Provenant du salon, *Polyphonie X* de Pierre Boulez était son miroir sonore. Le ciel creva ses eaux et jeta ses éclairs n'importe où dans un vacarme percussif assourdissant. Éva se boucha les oreilles. La robe victorienne lui brûlait le corps. Elle l'arracha et s'enfouit sous les draps, l'oreiller sur la tête.

Marie entra sur la pointe des pieds. À peine réveillée, elle se glissa sous la couette.

– Tu as crié, puis le ciel a hurlé l'écho de ta voix. J'ai rêvé ou quoi?

Éva se tourna vers elle. Son visage était grave; son regard, ténébreux.

– Je ne sais pas ce que j'ai… Ça faisait longtemps que je n'avais plus fait ce cauchemar. Ça fait trois fois en quelques semaines… C'est affolant.

Marie en avait plus qu'assez de tout ce mystère. Elle saisit Éva par les épaules et la souleva sans effort, comme du chiffon.

– Maintenant, ça suffit! Tu vas répondre à mes questions, à toutes mes questions, ou je te laisse tomber. Pour de bon. Entendu?

Éva acquiesça en se mordillant les lèvres.

– Raconte-moi ce cauchemar.

– C'est oppressant… Il fait sombre, il y a de la musique…
baroque, un bal, un balcon, une femme qui… a peur… Qui
meurt?

Elle crispait tout le visage en tentant vainement de
retenir les impressions fugaces. Son visage prenait une
pâleur inquiétante. Marie essuya ses larmes.

– Allez, Éva, faut pas pleurer. C'est fini, là, là.

– Non, ce n'est pas fini. Ce n'est jamais fini. Pourquoi
est-ce que ça me hante et que ça me donne envie de tout
briser?

– C'est peut-être relié à un stress ou à une situation
particulière? C'était quand, les trois dernières fois?

Malgré l'orage qui ne réussissait qu'à refouler l'air
chaud vers le sol, rendant l'atmosphère encore plus étouf-
fante, Éva grelottait.

– Le jour où quelqu'un est entré chez moi… Deux fois
ce jour-là: dans le car, dans mon bureau… Cette nuit,
c'était pire.

Elle se souvenait d'un détail troublant. Incrédule, elle
fixa Marie.

– J'ai vu des visages… Je crois que c'était le mien et
celui de William! À une autre époque.

– C'est peut-être William, la cause de ton stress.

Éva restait imprégnée du cauchemar. Elle tentait de
mettre de l'ordre dans ses pensées. Devant l'air angoissé
de son amie, dans un chuchotement, Marie lui demanda si
elle se souvenait de la toute première fois.

Éva ferma les yeux. Elle cherchait, mais cela restait
imprécis. Son corps se tendit de bout en bout.

— Je crois que j'étais très jeune enfant et… Je sais pas, la mémoire anesthésie tout au réveil. Il ne reste qu'une très forte impression de déjà-vu.

— On dit que les déjà-vu s'expliquent par le fait que les images du présent passent accidentellement dans la mémoire au lieu de prendre le chemin habituel. Et c'est ce qui donnerait cette impression d'avoir déjà vécu ou vu les mêmes événements. Toi, comment tu l'expliques ?

— C'est comme une présence qui m'a prise en filature, qui épie chaque sieste, chaque somme, chaque nuit. Prête à se jeter sur sa proie au moindre signe de défaillance. Je veille et elle guette. J'essaie de ne pas trop dormir et elle me chante des berceuses pour me posséder tout entière.

Marie frissonna, et les poils de ses bras se redressèrent comme des antennes. La foudre tomba à moins d'un kilomètre de là. C'était une certitude, car Marie n'avait compté qu'une seconde entre l'éclair et le fracas sonore de son atterrissage forcé. Éva claquait des dents. Marie décida que c'était assez pour cette fois, son amie ayant atteint son paroxysme de tension nerveuse. Elle changea de sujet en lui caressant le visage.

— En fait, il te fait quoi, William ?

Éva fit une moue. Marie insista :

— Allez, dis-moi… Il est bel homme, tu ne trouves pas ? Un peu trop compliqué à mon goût et pas du tout terre à terre mais, justement, ton genre, non ?

Éva haussa les épaules, chassant une pensée qui s'insinuait malgré elle, une idée de la beauté inscrite dans la géométrie d'un corps d'homme blond avec des cheveux de poussin. Un mâle fin et longiligne.

— C'est un client. Point. Et puis, un malaise énorme et récurrent maintient une distance entre nous. Et toi, Andrew ?

– Rien, mais rien du tout! On s'est disputés comme deux enragés à cause de ce qui s'est passé entre lui et William.

– Vous n'êtes plus...

– On ne l'a jamais été. Tu me connais. J'ai de sérieux doutes, alors, mon corps, je le garde. Je ne vais pas le donner à quelqu'un qui me met dans tous mes états. Il fait sortir le pire de moi-même! Une minute, je le trouve adorable, la minute suivante, j'ai envie de le mordre. Et puis, c'est un *bloke* après tout!

Les yeux de Marie étaient si malicieux qu'elles furent prises d'un sérieux fou rire. Au salon, la musique s'arrêta. Des pas s'éloignèrent. Éva redevint grave, sourdement inquiète. Marie lui chuchota à l'oreille:

– C'est William... Je comprends Andrew quand il le traite d'antiquité psychologique.

– Pourquoi?

– Cette musique, inquiétante comme un cimetière futuriste...

– Urbaine et visionnaire, la musique de Pierre Boulez est épique!

– D'accord, vous avez en plus les mêmes goûts bizarres. Mais moi, le tragique, ça ne me va pas du tout.

Éva se détendait un peu, elle avait besoin de parler à son amie, de s'ouvrir, de chercher une issue. Même si elle ne connaissait pas la fin de sa phrase, elle voulait aller dans le non-dit et obliger les mots à sortir de leur trou secret.

– Marie, je suis dans un drôle d'état: morcelée et pas heureuse de l'être. D'un côté, je me sens comme toi, comme tous les professionnels de la fin vingtaine qui se battent pour stabiliser leur droit au travail. Et, comme plusieurs d'entre nous, j'ai pas de temps à consacrer à la femme, à l'affectif. Je laisse sommeiller le meilleur de moi-même. D'un autre côté, il y a cette impression trouble de manque. Un trou noir de questions insondables, informes, que je repousse, mais qui reviennent me hanter. Et c'est pire depuis la mort de ma mère.

– Tu crois que c'est pour ça, tes cauchemars?

– Tout ce que je sais, c'est que plus je refoule cette urgence que je ne réussis pas à identifier, plus le trouble grandit. Vers un état de perdition. Un vide infini. Depuis que je suis toute petite, ça me prend au ventre, m'assèche la bouche, me jette dans un semblant d'animation suspendue. Ça me réveille la nuit. Je dors profondément, puis me voilà assise d'un seul bond, les yeux grands ouverts, un abominable cri coincé au fond de la gorge.

– Et ta mère? Qu'est-ce qu'elle en pensait?

– Ma mère. Et moi. Deux entités vivant dans des mondes parallèles. On s'aimait sincèrement, mais d'un amour sans… intimité. Notre relation était pratique : manger, se vêtir, ne pas être en retard à l'école, faire les corvées et les devoirs, et une balade le dimanche. Elle me regardait grandir avec un soin constant pour ma croissance physique, mes besoins quotidiens. Sans intimité… J'ai essayé de m'approcher, de parler de mon père décédé, de mes angoisses, de mes bonheurs, l'écoute manquait le rendez-vous. Elle ne vivait pas dans cet espace d'elle-même, alors quand je m'intéressais au fond, elle me ramenait à la surface. Je n'avais pas droit à cet espace. Peut-être qu'elle-même n'y allait pas ou n'y allait plus… Si la surface est le fond qui a remonté, bien, il y a des dialogues qui ressemblent à des mers asséchées aux bas-fonds figés. Et pourtant, je sens aussi que c'est tout autrement. Je le saurai jamais… Ma mère est morte, j'ai tout fait taire, trop occupée à survivre.

Sentant les larmes monter, Marie prit les longs doigts effilés d'Éva et joua à les croiser, à les plier, à les tordre et à les caresser. Éva ferma les yeux.

– Je me suis jetée dans l'intellect et dans la matière à réfléchir pour mieux la construire. Mais ça ne suffit plus. Ça revient avec encore plus de puissance. Je sens que j'ai à refaire le tour complet de moi-même. J'ai beau me dire et me redire que ce luxe n'est accessible qu'à ceux qui n'ont pas tant à faire pour survivre, ça revient me bombarder le cœur sans arrêt, comme une urgence.

– Je ne crois pas qu'on puisse faire le tour de soi-même. Le mystère est trop grand. On réagit comme on peut au fait d'être incarné sans trop comprendre ce qu'on fait là. Je crois qu'on n'est que réaction. Moi, j'ai réagi en choisissant la légèreté aussi souvent que possible. C'est une réaction, je suis consciente d'en avoir fait mon choix réactif. Au fond, on est pareilles. Je suis aussi troublée par la difficulté de vivre, d'avancer dans un monde qui change constamment alors que nos cellules meurent et sont remplacées au quotidien. Corps mutant dans un monde mouvant. J'ai choisi l'apesanteur en réaction à la gravité de la vie…

– Quand on te regarde vivre, on a vraiment envie de croire au bonheur.

– Ah, la belle erreur collective ! On prétend que c'est plus facile ou meilleur pour les autres, ou ailleurs. Si on était doté de fibres sensitives un peu plus sophistiquées, on verrait qu'au-delà du miroir, il y a l'être qui se débat dans la même eau glauque que tout le monde et dans les mêmes grandes questions de fond. Mais voilà, l'ego est si préoccupé par lui-même. Et moi, je suis sincèrement vouée à la quête du bonheur, mais consciente que ce n'est qu'une réaction et pas une destination. Puisqu'on connaît le terme du voyage.

Elle embrassa Éva sur le nez, dans les cheveux, dans le cou, sur le front et se blottit dans ses bras.

– Allez, les mortelles se disent bonne nuit et à demain. Je tombe de sommeil.

Éva caresse les cheveux de Marie en contemplant le plafond de la chambre bleue qui s'éclaire de loin en loin. L'orage s'éloigne et la pluie qui a frappé fort à la fenêtre ne fait plus qu'y gratter. La conscience d'Éva coule à pic dans un balcon couvert inondé. Une noyée y flotte entre deux eaux, sa robe blanche et ses longs cheveux roux louvoient mollement. Feux écarlates sur fond d'abîme.

12

Éva se dirigea vers la cuisine en zigzaguant. Marie et Andrew, occupés aux derniers préparatifs d'un déjeuner sur l'herbe, faisaient un boucan terrible. Claquant les portes des armoires et du vaisselier, ils remplissaient un grand panier d'osier. Dehors, un soleil blanc perçait à peine l'écran de brume. Éva s'appuya sur le cadre de la porte en frottant ses yeux lourds de sommeil et brûlant devant toute cette lumière blanche. Marie lui sourit en agitant un pied de céleri.

– Tu viens avec nous?

– Et où peut-on aller à six heures du matin?

Andrew poussa Marie vers la porte.

– Il ne faut pas manquer *le* brume qui s'arrache du *lake*. *Hurry up, Mary!*

Radieuse, Marie sortit en faisant la bise à Éva qui entra dans la cuisine et se servit un café fumant. Andrew rassemblait les victuailles en vitesse.

– Pourquoi ne pas aller chercher William? Vous avez le temps pendant que je prépare le bateau.

Éva s'assit à table et chaussa des lunettes fumées qui traînaient par là.

– Mais personne ne dort dans cette maison?

– Il ne s'est pas couché. Comme d'habitude, il fait de l'insomnie pour conquérir l'inutile : le passé des morts ! Le seul exemple d'une personne qui aurait mieux fait de connaître le passé est ce collectionneur d'objets orientaux qui a invité un Chinois à souper. La soupière était…

Éva bâilla à s'en décrocher la mâchoire.

– … un pot de chambre, dit-elle.

Andrew la dévisagea, tout surpris qu'elle connaisse la fin de son anecdote. Éva le chassa.

– Au revoir, Amour ! Je bois mon café et je retourne dormir.

Andrew lui enleva les lunettes fumées du bout du nez, déposa un baiser retentissant sur son front et sortit. Éva prit une gorgée de café noir en fermant les yeux. Du couloir, Andrew projetait sa voix de mégaphone vers Marie qui sortait de la chambre jaune.

– *Mary!…* Sais-tu ce qui est arrivé au collectionneur d'objets orientaux quand il a invité un Chinois à souper ?

– Euh… non…

– *Oh, good, good!…* Éva, dites à William de faire venir le jardinier. Le terrain commence à souffrir de ses vacances prolongées. Le gazon attrape la jaunisse. *William, do you hear me? What's the point of such extended vacations for the gardener?*

Un bref instant, Éva se demanda comment quelqu'un pouvait être aussi archétypal. Le Minotaure. Voilà, elle avait trouvé son archétype et le lui dirait chaque fois qu'il l'approcherait. Satisfaite de savoir désormais comment l'irriter autant qu'il l'irritait, elle se laissa bercer par le décor de la cuisine aux hautes armoires de bois d'acajou, avec son poêle à bois XIXe, sa glacière en érable, son plafond en étain et son plancher en damier.

Le compas dans l'œil, elle traçait dans le vide des lignes courbes, des lignes droites, des angles morts. «Il suffit d'actualiser le design, pas de l'altérer, encore moins de le détruire, mais d'amener la perception de la beauté et de la fonction d'une cuisine d'hier à trouver un écho dans le présent.»

Andrew sortit de la maison en claquant la porte. La porcelaine et le cristal carillonnèrent dans les armoires. Marie entra dans la cuisine.

– Aussi subtil qu'un poil au cul, j'avais vu juste, n'est-ce pas?

– Je croyais que vous vous étiez disputés.

D'un petit air coupable, Marie brandit un billet doux sorti de son chemisier.

– C'était hier. Aujourd'hui, j'ai envie de profiter de cette journée et de ce qu'elle a à offrir. Tu devrais venir avec nous, on a apporté assez de victuailles pour nourrir une famille nombreuse! Et Andrew a raison, tu devrais convaincre le rat de grenier de venir aussi!

– Ils ne sont plus fâchés, ces deux-là?

– Peut-être qu'Andrew a envie d'une trêve. Le temps d'un déjeuner sur l'herbe.

– Mais il est là-haut. Je ne veux pas le déranger. C'est son territoire privé.

– Conneries! Avec moi, le *private property*, ça ne prend pas. J'y vais!

– *Pax*, Marie! Je dors debout. Si je ne suis pas là dans dix minutes, partez sans moi.

Marie sortit en roulant des hanches. Éva décida aussitôt qu'elle n'avait pas envie de passer sa journée dominicale en compagnie du Minotaure. «Son tempérament fougueux, son humour douteux, ses conversations assommantes, l'amplitude de sa voix de basse, ses gestes énormes, son appétit gargantuesque – tous ses appétits, il a le sexe gravé dans la face –, et son rire ubuesque vont encore me mettre de mauvaise humeur. »

La pièce reprit son pouvoir d'attraction. Éva redessinait mentalement l'espace en sirotant son café tiède. Elle passa en revue les parties à restaurer.

Un léger trouble s'insinue en elle...

Les plans défilèrent dans sa mémoire photographique.

Une pensée germe dans sa conscience...

Elle les révisa, un à un.

La pensée perce le brouillard et apparaît comme une évidence.

« J'ai tous les plans, sauf ceux de la tour de l'aile gauche. »

Ce constat eut raison de son envie de dormir. Ça tournait au malaise innommable.

« Pourquoi est-ce qu'il me demande de ne pas le déranger quand il est là-haut ? Qu'est-ce qu'il y fait réellement ? Pourquoi il m'accorde des rendez-vous seulement le matin, alors que je devrais le consulter plus souvent ? Ça prendrait tellement moins de temps et d'argent. Pourquoi son temps de décision est si long alors que le processus est très coûteux ? Pourquoi est-ce qu'il insiste pour que je reste pendant les travaux ? Il veut que je reste, alors qu'il est visiblement intimidé par ma présence. »

Éva monta à l'étage presque malgré elle. Devant la porte de la tourelle, elle hésita, puis elle décida que le prétexte de l'invitation à déjeuner sur l'herbe était trop beau. Elle affronterait William devant témoins, car elle se sentait de plus en plus tendue face à cet ensemble d'énigmes. Elle cogna. N'obtenant pas de réponse, elle hésita entre rebrousser chemin et aller au bout de son geste. Mais, comme il arrive parfois, le corps fait ce que la raison refuse d'admettre : l'instinct animal prend la relève des analyses longues et obtuses. Sa main tourna la poignée.

Dans le bureau régnait une pénombre enveloppante. Ses yeux s'habituant au clair-obscur, Éva distingua des murs circulaires couverts de rayonnages de livres, du plancher au plafond. Seule la table de travail au fond de la pièce était éclairée par une lampe. Les rideaux étaient tirés.

Les sens aiguisés, elle avança vers la source lumineuse. La table de travail était recouverte de manuscrits et de notes. Tous les documents portaient le titre *TARA*. Jusque-là, Éva avait agi sous l'impulsion de l'instinct mais, en lisant ce nom, elle eut un mouvement de recul. Ses lèvres entrouvertes sculptaient les deux syllabes, encore et encore et encore. La pièce tourbillonnait un peu et une vague nausée lui prit le ventre. Ses yeux se plissèrent, son regard se vida et se tourna vers l'intérieur.

« TaraTaraTaraTa…Ra…Ta…Ra. TARA. »

Des images jaillissaient en elle, lumières brèves sur le subconscient. Comme au temps des perséides, elle vit défiler des bribes du cauchemar. Un homme. Une femme. Une robe blanche. Un salon victorien. La musique de Purcell résonnait en écho.

Éva bascula de nouveau dans la réalité. Prise par une fièvre funeste, une sensation brûlante de déjà-vu, elle réagit en ouvrant tous les dossiers et y trouva des notes, un acte notarié, des documents relatifs à un manoir anglais situé dans le Sussex.

« Tara, ce nom résonne en moi comme un coup de poing. Tara, je te trouve sans te chercher. Réponse ?... Question ?... Chimère ?... Est-ce toi qui vis en moi ? Ou moi qui vis en toi ? N'es-tu pas celle qui perd son sang ? Ta vie ? Ma vie ? La roue de la vie qui tourne, collante, gluante. Invisible et silencieuse. Les rouages d'une formidable mécanique où les corps s'engluent dans une gomme visqueuse. Qu'elle écrase en poursuivant sa course avide. Une ribambelle de mortels pris dans une ronde verticale, éternelle ? Tara, ce nom résonne en moi comme une envie de tutoyer les étoiles. »

Éva écrasa ses glandes lacrymales, empêchant les larmes de lever leurs murs d'eau. D'une pression de l'index sur le coin de l'œil, elle comprima le tourbillon de détresse et d'enchantement que transportait le nom de Tara. Fébrile, elle ouvrit un dossier sur des dessins d'enfant, des poèmes, des lettres, un journal, des photos. C'étaient les siens.

L'éclair mental faillit l'assommer : William était l'intrus, celui qui avait violé son intimité. Horrifiée, son attention bascula d'une preuve à l'autre jusqu'à se fixer sur un dessin froissé signé « Éva, 5 ans ». Le dessin d'un manoir entouré d'un jardin. Elle le prit du bout de ses doigts tremblants.

« Je n'ai pas la mémoire de ce dessin. Le souvenir nécessite que la mémoire ait retenu, conservé, classifié pour pouvoir projeter les images du passé. J'ai beau chercher, aucune image mentale ne ressemble à ces lignes rudimentaires, ces couleurs vives et ce soleil dévorant la moitié supérieure de la feuille. Rien. Pourtant, au fond de moi, je sais que je l'ai dessiné, un jour... »

Elle griffonne l'adresse du manoir situé dans le Sussex...

« Quand l'été sentait les pivoines et la menthe... »

... continue de fouiller dans les liasses de documents.

« ... et que je me réfugiais sous le grand arbre... à branches tombantes ? Un saule pleureur ! »
Une lointaine sonnerie de téléphone retentit. Éva sursauta. Affolée, elle mit le dessin en boule dans une de ses poches et fonça vers la sortie. La sonnerie s'était rapprochée. Tournant dans la direction du son, vers une faible lueur qui filtrait d'une tenture, elle s'approcha de cette dernière et la tira tout doucement. Un étroit escalier descendait à quelques mètres d'elle. Elle s'y engagea en s'appuyant aux murs de pierre qui l'entouraient comme une voûte exiguë, leurs aspérités blessant la paume de ses mains. Éva retenait son souffle. Tous ses souffles.

Arrivée presque en bas, elle s'accroupit. Au centre d'une alcôve sombre, William était assis dans un fauteuil de velours mité, l'air grave, concentré, le corps incliné vers l'avant. Il affichait un visage qu'elle ne lui avait jamais vu. Captivant, inquiétant, sublime... Il aurait été taillé dans le marbre qu'il n'aurait pas présenté plus de beauté classique pétrifiée ; une beauté empreinte d'une tension dramatisée par la réverbération de la lumière sur la surface opaline du visage. Des lignes de force dont le mouvement se lisait encore sur la carotide gonflée, la pomme d'Adam haute, le maxillaire inférieur avancé, la nuque et les yeux tendus dans la direction du geste bloqué pour guetter quelque chose. Éva s'accroupit et regarda dans la même direction, vers la source lumineuse. Par un miroir sans tain, elle vit la chambre bleue. Sur le lit, la sonnerie de son cellulaire retentissait en écho. Un haut-le-cœur la prit si fort qu'elle plaqua ses deux mains sur sa bouche.

Il fallait remonter l'escalier sans faire de bruit. Consciente de chaque geste, de l'effort de chaque pas sur chaque marche de pierre, Éva réussit à sortir du bureau de William en titubant. Tremblante, la sueur perlant sur ses tempes qui tambourinaient à l'unisson, elle s'appuya sur un mur en retrait pour calmer sa respiration.

«Qu'est-ce qu'il me veut? Mais qu'est-ce qu'il me veut? Marie et Andrew ont déjà pris le large. Je dois quitter cette maison!»

L'esprit en déroute, Éva fit taire les questions qui surgissaient à la puissance dix en se réfugiant dans le concret.

«C'est bien connu, les vieilles demeures, même en Amérique, regorgent de ces passages secrets.»

Malgré elle, un souvenir surgit. Comme une protection, un baume, une fonction automatique de l'être bouleversé. Une de ses amies d'enfance vivait dans une vaste maison victorienne négligée. Un jour d'ennui mortel, alors qu'elles faisaient la vaisselle, les parents étant sortis, sa copine avait ouvert une grande armoire, enlevé les boîtes de conserve et aussitôt grimpé sur le comptoir. Elle avait poussé sur une cheville au fond de l'armoire, et une porte s'était entrebâillée en grinçant. Munies de lampes de poche, les deux amies avaient gravi un escalier abrupt et étroit, abouti dans la penderie de la chambre principale et, de là, passé par une trappe et son échelle branlante pour se retrouver dans la cave. Couvertes de fils d'araignée collants, les vêtements empoussiérés, prises d'un fou rire victorieux, elles s'étaient juré une amitié éternelle et de mirobolantes aventures de par le vaste monde.

Les découvertes de l'enfance deviennent parfois des quêtes. Durant son baccalauréat en architecture, Éva avait fait une recherche sur le sujet et avait découvert, dans l'île de Montréal, beaucoup de vieilles maisons aux couloirs secrets, faux murs, cavités et annexes, niches et alcôves, trappes et souterrains clandestins.

« D'accord, c'est affaire courante, les planques, mais pourquoi m'épier ? »

Le cerveau envoie ses éclairs à la glande médullosurrénale, faisant gicler l'adrénaline.
L'organe émetteur traduit ses messages de survie :
Serrer les lèvres pour ne pas hurler.
L'affronter ici et maintenant.
Ordre de respirer !
Courir. Non, inutile dans une île...
Glandes sudoripares, ouvrez les vannes !
Appeler les policiers.
Trouver les clefs du bateau...
Marcher calmement jusqu'au quai.
Quitter l'île. Maintenant.
Assommer...
Ligoter...
Interroger...
Tuer...
Rester.
Feindre...
Attendre le retour de Marie et d'Andrew...
Feindre...
Fuir.
Faites vos jeux, mesdames et messieurs. Faites vos jeux. Rien ne va plus !

13

– Tu ne regardes pas du bon côté, le large est à bâbord !
La brume ouatée glissait sur l'eau. Elle s'écartait sur
leur passage en remontant mollement vers une direction
imprécise. À peine l'embarcation décollée du quai, Marie
scrutait le point de départ. L'île n'était plus qu'une maison
accrochée au brouillard, suspendue entre ciel et terre. Une
maison flottante. Un gîte dans le ciel. Une chose céleste.
Puis le brouillard barbouilla tout. Marie frissonna en rangeant son cellulaire. Elle n'était plus certaine de devoir
laisser Éva seule dans ce paysage effacé.
Aucune lueur. Aucun bruit. Aucun horizon. Seule
l'odeur sans relief de l'humidité blafarde. Marie regarda le
fond du bateau, à la recherche de ses pieds. Disparus eux
aussi. Elle pensa à une certaine Alice. «C'était dans un pays
merveilleux et, ici, les merveilles, rien de moins sûr !...
Pourquoi Éva n'a pas répondu ?»
– *Mary !* Si tu te voyais ! Il n'y a plus que ta tête. Tu as
perdu tout le corps. Dommage, vraiment dommage. *How
about me ?*
– Je vois une main sur le gouvernail – et elle a intérêt à
y rester ! – et un œil, un seul. Libidineux !
Andrew éclata d'un rire mouillé.

– Li-bi-di-neux… Je ne comprends pas. Libidineux. *Sounds dirty, no?*

Il naviguait lentement dans le blanc et sur le noir. Marie évita de répondre et se tourna de nouveau vers la terre ferme. Prise dans son coton mouvant, l'île restait invisible, ne dévoilant qu'une tourelle de la maison. « L'aile gauche où travaille William. » Elle frissonna encore.

– Andrew… tu crois vraiment que c'est une bonne idée de naviguer par ce temps? On pourrait croiser un yacht ou un voilier qu'on ne verrait jamais venir sur nous.

Andrew se riait de ses inquiétudes. Elle entrevoyait le cou massif, les dents blanches et régulières. « Une lèvre supérieure mince, sexuelle; une lèvre inférieure charnue, sensuelle. La perfection, quoi! » Elle bafouilla sa demande:

– Je crois que je préfère retourner dans l'île.

– Trop tard, elle a complètement disparu. J'ai mis les feux de brouillard. *Here, pull this!*

Il prit la main de Marie et la dirigea vers une corde qu'il tira avec elle. Une grosse cloche se mit à sonner. Profonde, grave, répandant un son sourd dans l'air liquide.

– *Look, Mary!* Fais comme moi, comme ça tu n'auras pas peur de disparaître.

Il s'était levé et brassait l'air en faisant de grands gestes disgracieux. La brume repoussée de toutes parts dévoilait des parties du corps robuste; un corps partiel, désarticulé, qui dansait dans une atmosphère primordiale de fin du monde, de début des temps, de voie lactée, de mort blanche. La cloche tintait dans les embruns. Dans l'atmosphère laiteuse, le corps de pantin disloqué dandinait sa tête tout en haut d'une taille sans torse, exposant un coude, un auriculaire, une oreille, un poignet, une langue. Marie se prit à sourire de plaisir. Andrew aussi:

– C'est un jour de sperme.

– C'est un jour de tétée.

Ils se jetèrent un coup d'œil si rapide qu'il révéla que tous deux avaient laissé échapper les mots limites par excès de santé. Le reste de la croisière se passa dans un silence chargé. Les vagues sensuelles faisaient plus de remous que toutes les gouttes d'eau de la rivière des Mille-Îles. Et tout ce désir coula sur un mur de désaveu.

«Quand le billet a glissé sous la porte, j'aurais dû rester tranquillement couchée avec Éva!»

14

Éva entra dans la chambre bleue en mâchonnant un bout de baguette. Elle semblait tout à fait détendue. Seul son regard dur trahissait son état réel. Se jetant sur le lit, elle prit le cellulaire, vit que c'était Marie qui avait appelé et composa son propre numéro. Au son de sa voix sur le répondeur, feignant de parler à une amie, elle inventa Clairette et son frère hospitalisé d'urgence et assura qu'elle allait arriver dès que possible.

Défiante, elle se mit bien en évidence devant le miroir sans tain. Soudain très consciente de chacun de ses gestes, se sachant observée, elle tentait de garder une certaine fluidité corporelle, mais c'était peine perdue. Tourmentée par la présence des yeux invisibles – miroir dans le miroir –, elle avait perdu son naturel et jouait l'art de se dévêtir. Elle retira lentement ses vêtements, dénudant son corps qu'elle ausculta, devenue, malgré elle, témoin d'elle-même.

De l'autre côté de la glace, William ne put s'empêcher de lever une main frémissante de volupté. Sans le savoir, Éva donnait la réplique silencieuse au murmure ardent d'un homme conquis.

« Mes jambes et mes bras sont trop longs, leurs extrémités trop effilées… »

– Sa musculature plus longue que large parle de grâce délicate plus que de force robuste…

« Mon teint est blafard… »

– Sa peau, comme du lait aux pêches à l'épiderme sensiblement tavelé.

« … avec un début de pigmentation de rousse ; ça va être de toute beauté en vieillissant. Taches de soleil et de rousseur garanties ! »

– La croupe délicieusement arquée aux fesses épanouies verse sur une vulve aux petites lèvres enserrées dans les lèvres légèrement bombées, et nichées dans des poils auburn bouclés. Un triangle parfait. Une terre d'asile.

« Un dos sans fin et sa courbe trop prononcée sur la naissance des fesses… pas mal. Un diamant trop coloré, je me demande si je ne devrais pas le raser. »

– De magnifiques petits seins rebondis.

« Des seins en forme de sucettes et leurs mamelons encombrants… »

– Leurs bouts exubérants d'abricot mûr.

« … qui m'obligent à toujours acheter le même modèle de soutien-gorge. »

Elle ajusta une mèche rebelle éjectée de sa pince et s'approcha du miroir pour mettre du rouge à lèvres terracotta, ton sur ton avec ses cheveux de feu.

« Rien à perdre, tu m'as déjà vue nue, salaud ! »

La main de William se tendit vers le miroir sans tain.

– Éva, tu es hypnotique comme un brasier et je suis un rat d'égout !

Éva enfila une robe d'été et posa un châle sur ses épaules, jeta ses vêtements dans son sac de voyage et sortit de la pièce en tremblant de rage, de peur, d'indignation et de toute une galerie de sentiments belliqueux.

Arrivée là-haut, elle inspira un bon coup et cogna à la porte du bureau.

– William, vous êtes là?

Il lui dit d'entrer. Malgré elle, Éva entra trop vite et se dirigea directement vers lui. William s'empressa de se poster devant la table de travail.

– Je suis désolée de vous déranger si tôt, mais je dois partir pour Montréal de toute urgence. Le frère d'une amie est à l'hôpital. Pouvez-vous me conduire au débarcadère?

William, l'air renfrogné, dévala sans un mot la pente jusqu'au quai. Éva embarqua sur le bateau en tentant de retenir ses tremblements. Le soleil cuisant avait déjà fait évaporer la brume et la rosée. Il s'apprêtait à torturer les parterres et les terrasses en grillant herbes et fleurs, arbres et bosquets.

Bientôt, ils filaient sur l'eau. Éva regardait la rivière en gueulant intérieurement contre ce salaud de voyeur qu'elle aurait dû assommer et faire arrêter sur-le-champ. «Pourquoi je ne l'ai pas fait?» Elle tentait de trouver une réponse rationnelle, mais une série de réflexes rapides l'avaient conduite à d'autres réactions. Elle assumait ses choix. Pourtant, dans cette coque de noix au milieu d'une rivière de 1 247 kilomètres de long, elle se sentait impuissante, séquestrée dans une peur sans nom. Pour ne pas être trahie par ses pupilles dilatées et leurs iris incendiés, elle pencha la tête vers l'eau. Une eau sombre, profonde, trouble, où se balançaient d'immenses algues brunâtres.

Faisant lentement surface, le visage de sa mère ondulait parmi les bulles et les vagues. Voilà bien longtemps qu'Éva n'avait pas défini le contour du visage aimé. Loin de l'apaiser, cette image la submergea: «Ma mère qui vit dans l'eau!»

Prise d'une frénésie irrépressible, la mémoire projetait ses images indésirables, au mauvais moment, et dans un délire de mots excessifs.

Malgré la rude morsure de novembre, ils sont venus. Nombreux.

Hommes de jais, luisants dans l'eau, mats dans l'air.

Des jours entiers passés sur le rivage à regarder plonger, remonter, replonger.

Fermer les yeux chaque fois que les bulles grossissent en surface.

Les mots noirs : grottes fluviales, courants, aspérités glissantes, visibilité nulle, tourbillons.

Les bulles qui remontent : regarder ailleurs.

Les hommes masqués qui disent d'attendre dans la maison. En vain.

Les palmes qui battent dans l'eau de mon corps.

Les curieux qui rôdent sur ma berge.

Le vent du fleuve qui pince la peau et engourdit les extrémités sensibles.

Mon corps flotte, ton corps coule.

Les crampons. Les crocs. Les harpes.

Silence.

Non, surtout ne pas harper !

Ma mère devenue mammifère marin – gonflée, lisse, bleuie.

Une baleine bleue.

Harpée, tirée pour finir échouée sur la berge ?

Ô ma mère qui vit dans l'eau.

La baleine bleue traquée n'a jamais refait surface.

Elle a conservé tous ses grands souffles.
Elle est descendue au fond de l'eau
visqueuse,
sale,
boueuse,
acide,
du vaste fleuve profané.
Et elle a poursuivi sa formidable migration.
... Je te salue, ma mère qui vit au fond de l'eau. »

Sur les berges montréalaises du fleuve Saint-Laurent, moins de dix années plus tôt, le regard d'Éva s'était arraché du fond, faisant remonter des cannettes de bière rouillées, des pneus éventrés, des eaux usées, des déchets industriels, des sacs de plastique quasi immortels. Mais pas de poissons. Surtout pas de baleines.

***

Au fond de l'embarcation, les mains d'Éva agrippèrent le banc rudimentaire, serrant le bois sec, le dur, le solide, la matière première. Le bleu des yeux de William semblait aspirer ses angoisses et voir à travers elle. Éva tenta de rediriger le cours de ses pensées, mais sa mémoire trop longtemps anesthésiée poursuivit le dégel de ses émotions. «Maman avait à peu près mon âge quand j'étais enfant et qu'on a quitté si vite l'île d'Orléans.»

Elle se souvenait d'une dispute avec sa mère. Elles venaient tout juste d'aménager à Montréal, et Éva, du haut de ses cinq ans, insistait en rougissant de colère ; elle voulait que sa mère lui raconte l'histoire de la petite fille qui vivait à Londres. Sa mère s'était fâchée, elle avait crié qu'elle ne connaissait pas cette histoire. Éva avait insisté encore et encore. Sa mère l'avait envoyée dans sa chambre. En grimpant les marches quatre à quatre, Éva criait :

— Il était une fois… Il était une fois… une petite fille comme moi, mais un peu plus vieille, juste un petit peu… et c'est mon amie… et elle vivait dans un grand ma… euh… noir, c'est plus grand qu'une maison. Elle portait une jolie robe… jaune… qui cachait ses genoux, et des jupons… de dentelle… et elle aimait jouer à la marelle, comme moi… et elle se bouchait les oreilles !

***

Une fillette de six ans se tient au garde-à-vous devant une porte close. Son visage se tend sous l'effort pour essayer de comprendre pourquoi ses parents se disputent. Elle veut entrer mais, persuadée que c'est sa faute, elle n'ose pas. Elle passe en revue son comportement des derniers jours pour trouver ce qu'elle a bien pu faire pour les mettre en colère. Ils crient si fort que l'enfant se bouche les oreilles.

— *It has gone far enough, Tara! My mother and brother are furious, and humiliated in front of our friends.*

— Je m'en balance, de ce que pensent ton frère et ta mère !

— Et de moi, tu t'en balances aussi ?

— Non ! Mais je ne vais pas rester là à ne rien faire juste pour te rassurer sur l'amour que je te porte et faire bonne figure face à une société qui infantilise les femmes. Chez moi, la révolution est déjà faite.

— Ah ! bravo, la France ! Vous avez remplacé le pouvoir aveugle des aristocrates par le pouvoir aveugle des bourgeois… et des empereurs ! Bravo ! surtout pour les empereurs ! Le peuple, lui, n'a pas eu son compte ! Le peuple n'a jamais son dû… Tu rêves, Tara !

– Et les femmes de la révolution ont payé le prix le plus élevé ! Absolument engagées dans la lutte, puis rejetées cruellement à leurs casseroles ou conduites à l'échafaud. Olympe de Gouges en tête de peloton. Les hommes criant partout que le mot « universel » restait un droit et un privilège exclusivement masculin.

– Tu vois bien que c'est peine perdue !

– Non ! C'est trop facile. On répudie tout et on baisse les bras ! C'est trop commode ! Tu commences à ressembler à Disraeli qui a créé le parti de l'opposition pour « s'opposer à tout et ne rien proposer » !

– Tara ! tu ne comprends rien à l'humour anglais, encore moins à la politique, alors…

– Le voilà, le problème ! Vous, les hommes de grandes familles, je vous entends dire vos énormités, le cigare au bec. Des choses qui blessent, qui classifient. Vous mangez du voisin et justifiez tout par de pseudo-savantes analyses, la pauvreté, les injustices, les guerres, les conquêtes, par pure jouissance du destin qui vous a fait naître dans la soie et le velours. Vous êtes d'une cruauté sans nom envers vos frères et vos sœurs de sang, alors les autres nations peuvent trembler. Et vous méprisez vos femmes, leur donnant le rôle social de potiches ! Je vais continuer, tu peux me jeter à la rue si tu veux, mais je vais continuer.

Le silence est revenu. La fillette colle l'oreille sur la porte et espère que son père ne va pas faire ce que sa mère demande et les jeter à la rue. « Il faudra être plus gentille à l'avenir. »

– Comme tu as changé, Tara.

– C'est toi qui as changé. Quand je t'ai connu, tu parlais de justice, de changements sociaux, de luttes à finir avec les inégalités, d'espoir. C'est toi qui as changé… Et il y a pire. Tu ne te souviens plus de qui je suis ! Celle que tu as choisie lors de l'Exposition universelle. Celle que tu trouvais révolutionnaire, justement, humaniste, amoureuse de la vie. Je suis la même.

La voix de sa mère devient un chuchotement.

– Je ne veux plus vivre dans cette maison avec ta mère et ton frère. Ni à Londres !

– Tara, je ne veux plus me disputer avec toi à cause des autres. C'est toujours à cause du regard des autres sur toi… Moi, quand je te regarde, j'ai juste envie d'être heureux.

Éva bascule dans la réalité. Elle s'arrache à ce tumulte en essayant de réduire l'impact des impressions. Son visage laisse poindre l'angoisse. « Je connais Tara ? Et William la connaît aussi ? Et maman la connaissait aussi ? »

Ces questions résonnent en elle comme dans un puits sans fond. Pourtant, elle sait ces mots. Depuis si longtemps, elle sent une histoire monter en elle, cherchant son chemin, s'égarant dans un dédale de ruelles de survie, bloquée à la porte de la mémoire, verrouillée par la peur de souffrir. Ressurgie en rêves pour mieux retomber dans la fosse commune de l'oubli.

William la regarde intensément. Éva essaie d'effacer toute trace d'inquiétude, lui sourit, sa bouche redessinée dans une grimace informe. Impassible et grave, il la fixe. Le corps gelé, menacé, Éva accroche son regard à la berge qui approche comme la seule voie du salut.

Bien que… William porte ce nouveau visage comme un masque de tragédie grecque, celui de l'alcôve, et Éva y est aimantée.

« Comme une sotte réaction de la victime tombant sous la fascination de son bourreau ? Ou est-ce l'habitude des

dernières semaines qui m'a rendue si vulnérable à ce faciès ?
Quand mes yeux s'ancrent aux siens, je sens que je me noie.
Non, je ne me noie pas, c'est ma mère, ce n'est pas moi, c'est
ma mère qui...

Maman...

J'ai tellement peur.

Je suis si seule.

Je ne veux pas que tu aies froid.

...

Maman...

Es-tu devenue un cachalot albinos ?...

As-tu trouvé le calmar géant ?...

... Je te salue, ma mère qui vit au fond de l'eau. »

15

De retour à Montréal en pleine nuit, Marie entra dans le bureau d'Éva, suivie d'Andrew. Elle eut beau appeler, le son de sa voix se répercuta dans le silence. Resté dans la pénombre, Andrew déposait les sacs de voyage.

– *Well...* je vais partir. *Week-end was great.*

Marie, penchée sur la table de travail à la recherche d'un mot d'Éva, acquiesça à peine. Andrew faisait du sur-place.

– *Mary...* pourquoi es-tu si préoccupée?

Elle se tourna trop vivement vers lui pour qu'il la crût sincère.

– Je ne suis pas préoccupée! Je suis contente d'être arrivée. La route a été longue. Et il est tard. C'est bien, les longues fins de semaine, mais nous sommes mardi déjà et j'ai du boulot. Je dois me lever très tôt.

Andrew pensa que Marie mentait avec autant de facilité qu'un enfant de trois ans interprète du Segovia à la guitare classique, mais il se contenta de sourire.

– *Well, then...* bye, *Luv!* Est-ce que je peux t'appeler? Je veux dire: pas pour le travail?

Marie hocha la tête dans un signe qui pouvait tout aussi bien dire «oui» que «non» ou que «ça m'indiffère».

Andrew se dirigea vers la sortie. Le cellulaire de Marie sonna.

– Éva?

– *It's me.* Marie… ce serait trop *tops* de pouvoir rester.

Pour la première fois, Andrew avait dit son nom en français. Touchée, Marie se tourna vers lui. Il la regardait avec une intensité qui la fit frémir de la tête aux pieds. Bien qu'il se confiât à elle dans la langue de Shakespeare, il répéta son prénom, Marie, en français, et elle trouva l'accent irrésistible.

– Depuis le déjeuner sur l'herbe, j'essaie de me convaincre que c'est dionysiaque de savourer si intensément le désir. J'essaie même de trouver ce qu'il révèle en prenant tout son temps. Je ne trouve pas. Je te vois allongée sur la nappe à carreaux à siroter le champagne, sonner la cloche dans la brume, faire des nœuds de cabestan, ramper pour surprendre un lièvre, nager à larges brasses. Je te vois, Marie, que c'en est devenu insupportable. Que j'en ai un serrement de couilles!

Andrew montrait des signes avancés de désespérante douleur.

Marie pouffa de rire et se détendit un peu.

– Je n'ai jamais invité un anglo. Trop formel, on m'a dit… Et je dois rester ici pour attendre Éva.

Andrew avançait vers elle, lentement.

– *Rumors*… Si ça peut te rassurer, mon arrière-grand-père avait un Écossais pour ami.

– Et alors?!

Andrew était de plus en plus près d'elle. Sa voix grave baissa d'un demi-ton, ce qui lui donna des harmoniques à faire vibrer les sourds.

– Il a eu une grande influence sur le comportement de ma famille… C'est bien connu, les Écossais sont très *animal where it counts.*

– Animal… hum…

Comme des fauves, les muscles tendus, prêts à bondir, ils se jaugeaient, se toisaient, retenant les brides du désir. Marie sauta sur sa proie. Elle l'embrassa en lui mordillant la lèvre inférieure, la sensuelle. Andrew la souleva de terre et l'assit sur une table ; Marie le poussa sur une chaise et l'enfourcha ; Andrew la porta à bout de bras et l'écrasa contre le mur. Marie le repoussa fougueusement. Elle le déshabillait du regard.

– Tu seras mon premier anglo.

Elle déchira sa chemise, couvrant son torse de baisers. Il la repoussa.

– *And you, my first Frenchy!*

Il glissa la main sous sa blouse et dégrafa le soutien-gorge d'une seule main et d'un seul geste sûr.

Pris dans un déchaînement fiévreux, les digues de la passion se rompant de toutes parts, ils coulèrent sur le plancher en poussant des gémissements de plaisir. Le cellulaire de Marie sonna. Andrew tenta de la retenir. À moitié dévêtue, essoufflée, Marie prit l'appel.

– Éva ! Mais où es-tu ? C'est qui Clairette ? Tu ne connais pas…

Andrew se leva en remettant sa chemise aux boutons éclatés. Marie lui fit signe d'attendre. Il s'approcha et lui lécha lentement le cou, de la base du trapèze jusqu'au lobe de l'oreille qu'il pompa à petits coups délicats.

– *I absolutely want to make love to you!*

Marie eut un frisson désagréable. Elle couvrit machinalement ses seins de son bras libre. Il l'embrassa sur la bouche, lui sourit et se dirigea vers la porte d'entrée.

– Quoi ?… Chez toi… Oui, oui, je suis seule… Qu'est-ce que tu crois ?!

Au claquement de la porte d'entrée, elle redressa sa jupe d'un geste sec.

– Qu'est-ce que tu dis ?… À la gare de Londres ! Qu'est-ce que tu fais à Londres ? Je savais bien que ça n'allait pas !… Oui, oui, j'écoute…

– Mon train arrive. Je m'en vais dans le Sussex au manoir de Tara à…

Marie n'entendait plus sa voix, seul l'appel des trains résonnait en écho.

– Éva, je te perds…

– C'est ma seule piste… En raccrochant, tu appelles… Non, demain matin pour toi ! J'oublie les méridiens… Il faut que j'arrête d'oublier, Marie ! Tu appelles William, demain matin. S'il est là, dis-lui que je suis toujours au chevet du frère de Clairette. Je le soupçonne d'être en route pour l'Angleterre. Il a essayé de me faire parler mais, voyant qu'il n'obtenait pas de résultats, il a joué le tout pour le tout. S'il ne verrouillait pas la porte de son bureau, c'est qu'il espérait que je monte, que je trouve les documents et que je me commette. Et c'est ce que je fais !

– Je ne comprends rien à ce que tu racontes. William est aux Mille-Îles, c'est lui qui m'a expliqué la raison de ton départ. Quand je suis partie, il y était encore.

– Rusé ! Marie, tu le fais, c'est tout ! Je t'en prie. On va perdre la communication, je dois embarquer. Je te rappelle demain… Tu avais raison : William est la cause de mon stress. Il en fait partie, du moins. Marie… je t'aime de tout mon cœur… et ma mère me manque de toutes mes forces.

La voix se fracturait. Marie entendait Éva courir sur le quai d'embarquement, monter dans un wagon, un train se mettre en marche.

– D'accord, Éva. À demain. Mais je ne dormirai pas de la nuit, moi...

La communication coupa net. Marie frissonna. Elle pensait à Andrew, à tout ce désir laissé en suspens, à sa douleur féminine.

« J'ai un serrement d'utérus et de vagin, mais évidemment les hommes n'en savent rien. Y a qu'eux qui ont de gros bobos ! »

Le silence transportait l'inconfort dans un mélange d'euphorie et d'aversion.

« Et puis, Éva qui se trimballe en Angleterre sans raisons claires. »

La solitude prit des airs d'isolement et le silence, des échos d'absence et de frustration. Marie sentit venir l'intempérie comme un premier signal à détecter rapidement pour éviter le spleen total. Elle alluma toutes les lampes et tous les plafonniers du bureau d'Éva, alla chercher la bouteille de fine, s'assit devant l'ordinateur et commença à rédiger un courriel.

Éva, c'est la première fois que tu me parles de ta mère avec autant de tendresse dans la voix. Est-ce la fin du déni ? Dix ans plus tard, es-tu passée à une étape où ta mère peut habiter en toi sans te blesser ? Je vais connaître le passé d'une amie qui ne semble connaître que le passé des pierres ? On va enfin voir nos mots grandir en conversations libres ? Si souvent je vois nos mots interrompus par l'architecte qui surfe sur une ligne parallèle en évitant de regarder les autres lignes qui, toutes tant qu'elles sont, convergent aussi vers le même point de fuite.

Et si c'était ça, rien que ça, tout ça… Un point de fuite à l'échelle cosmique! Est-ce qu'on continue à se battre? est-ce qu'on a commencé? à cause du regard de l'enfant universel qui lève les yeux vers les adultes avec confiance, amour, admiration et espoir?

(Éva, en ce moment, je bois ta fine et je m'aperçois que mon rouge à lèvres a taché le goulot, c'est absolument dégueulasse, je vais donc devoir finir la bouteille.)

C'est la première fois que tu me parles d'amitié. Ça fait des années que tu me laisses parler. Tu écoutes pour mieux te cacher. Tu te caches derrière un point de fuite, des lignes géométriques, des calculs savants. Si c'est vrai, comme tu le dis tout le temps, que l'architecture est l'art le plus près de sa fonction, acte social fondamental répondant au besoin de sécurité de l'être humain, alors je saisis un peu pourquoi t'es allée vers ça. Toi, l'orpheline… mon amie orpheline. On peut le dire, OK? que tu es orpheline, que tu as besoin de beaucoup de sécurité et de protection? On peut se parler de tout, sans tabou? Tu veux bien?

Je suis saoule et l'extase ne vient pas, alors je vais déserter la conscience pour quelques heures. À quoi bon rester éveillée, avec ma tête qui se prend pour un derviche tourneur, mon estomac qui monte et descend comme une montgolfière au bout de sa corde, mes yeux qui pèsent comme deux grappins et mon cœur qui prend l'eau? Si l'extase me boude, le luxe d'une beuverie sur de la fine, c'est de la foutaise!

Dormir tant qu'à me sentir si triste et en colère, et puis, y a le roulis, il va falloir que je jette l'ancre. C'est que je fais de l'inquiétude amoureuse, moi... Je veux que tu m'appelles le plus tôt possible. J'ai rien compris à ton histoire. Tu m'inquiètes. Je sais, je sais, ça fait vieux, l'inquiétude. « Appelle-moi si tu es en retard, fais-moi signe quand tu seras arrivée à la maison. Avertis-moi avant de crever. » Est-ce que c'est déjà le début du grand âge ? Ça commence à 27 ans, c'est ça ? Est-ce qu'on perd la télépathie et l'instinct en vieillissant ? C'est pour ça qu'on veut tellement s'assurer de la présence des autres, qu'on s'attarde de plus en plus au quotidien ?

Ma
xxx

P.-S 1 : Je suis désolée pour ta mère. Ta perte est infinie, mais je suis là.

P.-S 2 : Andrew a failli me faire perdre ma jupe mais j'ai résisté... Enfin, tu m'y as aidée en quelque sorte... C'est la même chose, le cul et le spirituel. Ça peut être la même chose si le cœur est bien accroché... C'est la même recherche de volupté et de désordre. C'est le même risque à prendre avec l'idéal.

Sa tête penchait de plus en plus vers la table de travail. L'intoxication faisait ses ravages. Marie n'avait pas l'habitude de vider une bouteille d'un trait ; le poison lui picotait déjà les yeux, le sang ralentissait ses marées, le cerveau perdait peu à peu son oxygène et ses circuits électriques s'illuminaient de loin en loin. Marie se relut à voix haute en bâillant, s'ébroua, lut plus fort avec l'illusion que ça la garderait éveillée. Elle secoua vivement la tête en soupirant.

« Décidément, c'est pas le siècle pour faire dans la confidence et la confession. Ça n'intéresse plus personne, les états d'âme. À moins que ce soit télédiffusé, là c'est permis, mieux, c'est adulé. Tout le monde adore quand le guignol reçoit des coups devant public. Et les modernes ont trouvé tellement mieux : on leur demande en prime s'ils savent pourquoi ils ont reçu, reçoivent et recevront des coups, et le public écoute la version de l'un, puis celle de l'autre. Et on joue la chicane de couple, le drame familial, la rencontre, le divorce : la vie par procuration. Aussi loin de l'intimité que peut l'être un studio de télé. Au secours, l'intelligence fout le camp, et, oui, le cœur prend l'eau. »

Marie soupira.

« De toute façon, les grandes révélations sous influence, ça vaut rien ! C'est comme un homme qui, à la fin de la soirée, mettrait le genou au sol en bafouillant son amour éternel, l'odeur fétide de l'alcool en guise de bouquet de fleurs et les narines poudrées pour sa nuit ! Ça vaut rien, mais rien du tout. Tu parleras d'amitié quand ta tête sera propre, chérie. Voyons voir si t'auras autant de courage… »

Elle avala la dernière gorgée de fine, cliqua sur « Supprimer » et se laissa glisser sur le tapis. À peine sa tête touchait-elle terre qu'elle ronflait à gros bouillons.

16

Assise sur la banquette rigide, Éva regardait par la fenêtre du train. Son reflet dans la vitre se mêlait au paysage londonien qui défilait lentement. Elle se passa la main sur le front et replaça une boucle derrière son oreille.

« Je dois réfléchir plus précisément, fourrager dans la plaie, dans le vif, le cru, l'aigu... Maman, pourquoi tu n'as jamais répondu?... Par où commencer?... Qu'est-ce que je te demandais? Quand est-ce que j'ai arrêté de poser des questions?... On venait de déménager à Montréal, je n'allais pas encore à l'école... Je voulais comprendre... la signification d'une histoire. Celle de la petite fille qui était allée dans le East End de Londres. »

***

Une fillette de six ans tient solidement la main de sa mère. À la hauteur de son visage, un panier de victuailles passe de bas en haut, de haut en bas. Elle lève les yeux vers sa mère qui tient le panier. Elle frissonne. Le quartier est sinistre; le temps, gris et humide.

– Maman, allez-vous me dire où nous allons?...

– Ma chérie! nous allons rejoindre des amies. Elles auront apporté beaucoup de nourriture. Nous allons faire une grande réunion et partager avec les mères qui ont faim…

– Pourquoi elles ont faim?

– Parce qu'elles sont pauvres.

– C'est grave, être pauvre?

– Dans ce pays, c'est un crime, d'être pauvre! Tu es maintenant assez grande pour comprendre ces choses. Il y a eu la *Poor Law*, avec ses maisons de travail où les déshérités sont obligés de travailler sans salaire et en état permanent de malnutrition. Et les années passent, et rien ne change. Jamais. Les *tea parties* ne suffisent plus! Alors, des amies et moi, nous avons décidé de faire une contre-offensive plus musclée. Donner de la nourriture et des vêtements, ce n'est pas assez. C'est un pas dans le sable. Il n'y a que l'autonomie, financière, affective et sociale, qui pourra changer les choses. C'est la voie longue, mais la seule durable.

La fillette fronce les sourcils, elle essaie de comprendre le langage des grandes personnes auquel elle se bute tous les jours. N'y arrivant pas, elle observe la crasse de la rue, les enfants à peine vêtus, les maisons étroites, ajourées, laides. La pierre et l'air noircis par le charbon. Elle frissonne de nouveau. La main gantée de Tara caresse tout doucement sa joue.

– Il ne faut pas avoir peur. Ce sont des gens comme nous. Et ne laisse jamais personne te convaincre du contraire. Des gens dangereux, tu en connaîtras. Tu devras être prudente. Mais ils sont beaucoup plus dangereux en haut qu'en bas!

« Bien sûr qu'ils sont comme nous. Ils ont deux jambes, deux bras, une tête, un corps, un cœur, comme moi. Pourquoi est-ce que maman pense que je ne le sais pas ? »

Et une envie pressante d'être grande lui fait taper le sol du pied.

***

Malgré elle, Éva tombait dans le flot continu des eaux rageuses, puis tendres, puis inquiétantes de sa mémoire éclusée. Elle se frottait le visage, respirait à petits coups pour chasser la nausée qui montait. Pour s'ancrer à la réalité, elle retourna aux notions des apprentissages universitaires.

« Dix-neuvième. Londres. La croissance démographique dépasse les capacités de gestion sanitaire et locative. Le peuple entassé dans des baraques de fortune. La Tamise charroyant ses eaux usées, chargées de choléra. Les enfants, pieds nus dans le purin des rues, les narines et le visage charbonnés, les poumons sibilants, chargés de sécrétions visqueuses qu'on crache sur les pavés souillés où rampent les bambins parmi les rats, et dans les égouts à ciel ouvert. La Grande Famine en Irlande. La migration du peuple, cent mille d'entre eux, vers Londres. Les enfants des peuples conquis. Les enfants, prisonniers dans les étroits couloirs des mines de charbon, coincés dans les hautes cheminées industrielles. Ils ont quatre ans, cinq ans. Les enfants, jusqu'à dix-huit heures par jour au travail. Atroce vie. Statistiquement très brève. La majorité ne dépassant pas la mi-vingtaine. Et une enfant de l'aristocratie témoigne des souffrances innommables du peuple. »

Éva tentait de freiner le torrent de mots et d'images qui déferlaient sur sa conscience comme une mare de boue nauséabonde. Elle s'obligeait à admirer le paysage et décida de compter les passages à niveau pour échapper à l'angoisse sans nom qui s'emparait d'elle. Mais l'histoire insistait comme si elle avait sa volonté propre. Éva tenta encore d'y échapper en révisant les notions apprises, comprises. Familières.

« Picadilly Circus… conception de John Nash sous George IV. »

Les yeux inquiets, les lèvres crispées, une barre au front, Éva regardait la projection des mots en images continues qui cherchaient leur histoire. Pire, leur auteur !

***

La fillette tient la main de sa mère. La journée est glaciale. Un attroupement de femmes avancent résolument dans la rue. Certaines donnent des tracts aux passants. Toutes déclament comme des coryphées :

– *The right to vote to women! Women's right to vote! The right to vote to workers! Workers' right to vote! Shame on us for child labor! No more child labor!*

La fillette réfléchit : « Le droit de vote pour les femmes, pour les travailleurs, la honte du travail des enfants. Qu'est-ce que c'est que ce vote qui m'oblige à marcher alors qu'il fait si froid ? Pourquoi je ne peux pas rester à la maison et jouer près de la cheminée ? »

Elle lève le visage vers les longues jupes sombres, les blouses aux multiples boutonnières, les parapluies noirs, les immenses chapeaux des femmes. Le ciel est chargé. Les femmes marchent d'un pas décidé. Éléonore doit presque courir pour ne pas lâcher la main de sa mère. Bruits de sifflets. Les policemen déchirent la masse humaine. La foule se disperse sous cris et sifflets, dans le désordre total. Éléonore laisse échapper la main de sa mère.

– Maman ! Maman ! *Mommy!*

– Éléonore ! Ne bouge pas ! Ne bouge surtout pas !

Bien qu'Éléonore essaie de ne pas bouger, la foule la soulève presque. Et elle doit courir, sinon elle va tomber et se faire piétiner. Elle reprend sa course en sens inverse. Elle veut rejoindre sa mère. Évitant les bras, les jambes, les parapluies qui lui frappent le dos, le buste, la tête, elle essaie de sortir de la nuée de femmes. À force de coups et de claques, elle atteint le bord du trottoir. Son chapeau envolé, son manteau déchiré, un gant égaré. Le ciel s'ouvre et laisse tomber ses averses.

Éléonore se met à pleurer bruyamment. Une main de femme l'agrippe et l'oblige à courir à toutes jambes vers les parterres environnants.

– *Come, Éléonore ! Tara has been arrested. We must not stay here ! We'll be arrested too !*

Éléonore voit bien que personne n'est arrêté, puisque tout le monde court partout. Elle en déduit qu'il lui faut aussi être arrêtée pour retrouver sa mère. Un peu plus loin, elle arrache sa main de celle de la femme qui l'éloigne de la rue. Elle se tourne vers la foule. Les policemen agrippent les femmes sans ménagement. Les femmes résistent à l'arrestation en se couchant sur le pavé mouillé. Les gendarmes tentent de les relever du sol alors qu'elles restent inertes. Les coups de sifflets ; la pluie battante ; les paniers à salade. « Est-ce que c'est ça, être arrêtée ? Si c'est ça… je ne peux pas… j'ai trop peur… Et je n'ai pas le droit de me salir… *Grandma* me le défend… Je ne peux pas me coucher dans la rue… Mais je dois… pour retrouver maman… »

Les lèvres d'Éléonore se mettent à murmurer sans cesse :

– Mamanmamanmamanmamanmamanmaman.

La femme reprend son bras, plus doucement.

– *Don't worry. I'll take you home !*

– Ça n'a pas de sens, une maison sans maman !
Elle piaffe, la femme la tire par le bras avec autorité.
– Non ! Je veux devenir grande. Je veux comprendre. Je veux maman !

***

Éva ne lutte plus, elle laisse les mots glisser hors d'elle, un à un, en les prononçant avec lenteur et précision. Et ils racontent une histoire qu'elle ne connaît pas, mais reconnaît d'instinct. La chaîne des mots se répercute dans le paysage anglais et sonne le glas.

« Hantée, je suis hantée. Et j'accepte de l'être. Je ne tairai plus ces images, ces voix, ces noms surgis du passé, ou de mon imagination. Peu importe. Tara. Éléonore. Ces noms résonnent en moi comme les vibrations d'un tremblement de terre. Si je dois retrouver la mémoire de ces noms et leur donner forme et visage, je le ferai dans l'action. Et peut-être qu'un jour les apparences s'uniront à l'être intime et déferont les nœuds et les égarements de mon esprit. »

Les mots désaliénés goûtent le sel de ses larmes.

« C'est vrai que ça n'a pas de sens, une maison sans maman. »

Et les lèvres d'Éva se prennent à murmurer en synchronisme avec l'image en boucle d'Éléonore projetée dans sa mémoire :

– Mamanmamanmamanmamanmamanmaman.

17

Malgré la beauté du littoral, qu'elle avait longé en se trompant de route, traversant les collines crayeuses, la région agricole parsemée de propriétés nobiliaires et de grands parcs, Éva ne voyait rien. Arrivée de très bonne heure dans le petit village du Sussex, elle gara sa voiture de location devant un *English pub*. Par habitude, elle étudia la bâtisse. « Il précède la mode de la restauration des pubs où l'époque victorienne a laissé sa marque indélébile en ajoutant des colonnes de faux marbre, des miroirs rutilants, de larges vitrines, des corniches ornées et ses multiples panneaux de publicité. »

Ancêtre intouché, ce bâtiment étroit et austère avait une façade qui ressemblait à s'y méprendre à celle d'une résidence, sauf pour sa pancarte grinçante ballottant au bout de chaînes rouillées, fixées au mur par une simple tige de fer fichée dans la pierre effritée, et où se lisaient ces mots défraîchis : *Open* et *Pub.*

Éva poussa la basse porte de bois massif. Tandis que ses yeux s'habituaient à la pénombre, elle s'approcha du comptoir où se tenaient une dizaine d'hommes qui discutaient avec animation dans un patois provincial prononcé.

– Good morning. Coffee, please. Black.

D'un seul coup, les hommes cessèrent leur babillage. Ils la dévisageaient à en oublier de boire leur porter. Le barman servit le café. Sentant tous ces regards peser sur elle, Éva devint très consciente de ses traits tirés, de ses cheveux en bataille, du mascara de l'avant-veille, de la sueur collante qui mouillait le dos de sa blouse. Elle but d'un trait le café trop dilué et se dirigea vers la sortie. Du comptoir, un vieil homme, petit et chétif, l'interpella. Éva se retourna, confuse ; elle n'avait rien compris de ce qu'il lui avait dit. L'homme releva le menton et répéta lentement dans un anglais un peu plus accessible, le timbre caverneux de sa voix résonnant dans le silence :

– Je n'irais pas là si j'étais vous. Faut laisser les morts en paix !

– Et je vais où, d'après vous ?

– Au manoir Tara.

Éva fixa le petit homme avec plus d'intensité.

– Et… comment le savez-vous ?

Les hommes la mangeaient des yeux, la stupeur inscrite sur leur visage. Pour éviter de s'écrouler, Éva leva le ton. Sous le coup de la colère mêlée à la peur, elle en oublia de traduire sa pensée en anglais et les mots français déboulèrent à toute vitesse :

– C'est William Blake qui vous l'a dit ? Il est ici, c'est ça ?

Pour seule réponse, le vieil homme, qui ne comprenait pas un traître mot de français, retourna à ses affaires et ne se préoccupa plus d'elle. Et tous les autres en firent autant. Ils reprirent leur discussion devenue chuchotements. Déconcertée, Éva les regarda un à un, puis sortit à toute vitesse en marmonnant :

– Quand tu auras atteint le bout du village, tu verras une route en serpentin et tu monteras la côte abrupte jusqu'à la grille de fer forgé. La déesse Tara y est sculptée dans son apparence blanche.

Éva s'arrêta net, se demandant d'où venaient ces mots qu'elle disait tout bas. Elle essuya la sueur qui pissait de son front, son corps se mit à trembler par vagues glacées et elle se sentit tout à coup étrangère à tout. Étrangère à ce pays, étrangère à ses pensées, distanciée d'elle-même. Elle ouvrit la portière de la voiture comme si le geste appartenait à une autre et démarra en soulevant la poussière du chemin.

Elle avait eu le pied lourd et, bientôt, la voiture s'immobilisait tout en haut de la côte, devant la grille du manoir. Une brume vaporeuse s'accrochait aux herbes comme un lait mousseux sur un café. Une fois sortie de la voiture, Éva s'avança, les jambes molles, la tête lourde. Un long frisson lui parcourut tout le corps : la représentation sculptée d'une déesse tantrique ornait la grille. Une déesse blanche qui tendait un voile où inscrit marqué le mot « Tara ».

Éva sentit ses jambes se dérober sous elle. Elle agrippa la grille en geignant. L'air sentait le sel et l'iode, le souffle du vent transportait des effluves de thym et de menthe. De grandes ombres concentriques se balançaient tout autour d'Éva qui tomba à genoux dans un tourbillon de brouillard laiteux. Elle serrait les barreaux de fer de la grille. Les pupilles dilatées, elle scrutait le jardin abandonné.

— Je me souviens, je me souviens…

À travers les brumes de son esprit se dessinait une scène familière, mais dont elle ne connaissait pas l'origine.

***

Un milord, sorte de cabriolet à quatre roues, s'immobilise dans la courbe du chemin en terre battue. Un homme en sort, les yeux bandés d'un large tissu noir. Coiffée d'un immense chapeau à voilette qui lui couvre le visage, Tara descend à son tour. Elle est vêtue d'une simple robe blanche à courte traîne. Son rire retentit comme un carillon. Éléonore saute de la voiture en frappant dans ses mains.

– *Daddy! Daddy!* Papa!

Oliver prend un ton faussement autoritaire.

– Qu'est-ce que vous avez encore fait? Ne me dis pas que je vais encore devoir payer une caution pour faire sortir ta mère de prison?

Éléonore fronce les sourcils.

– Non, non, papa! Maman n'a pas aimé la prison… Il ne faut plus en parler.

Tara fait tourner plusieurs fois Oliver sur lui-même. Puis elle défait la boucle du bandeau.

– Oliver, nous n'allons plus nous disputer à cause de notre vie à Londres et de ta famille. Maintenant, nous sommes chez nous!

Sous les cris de joie d'Éléonore, Oliver enlace sa femme.

– Tara! c'est le manoir dont je t'avais parlé…

Oliver embrasse sa femme et sa fille en riant. Éléonore bat des mains.

– J'ai gardé le secret. J'ai réussi. Et tu sais, *daddy*, j'ai dû ajouter dix pence pour aider maman à l'acheter.

Tara et Oliver courent vers le manoir en riant. Éléonore devient grave. Elle se tourne lentement vers la grille. Ses yeux pers s'ancrent dans les yeux versicolores d'Éva.

Le jardin reprend ses allures abandonnées. La brume couvre tout.

***

Ses mains quittant la grille, Éva ouvrit grand les yeux. Leurs eaux les faisaient briller comme des émeraudes. Tournant le dos au jardin, elle empoigna ses cheveux bouclés à deux mains, les serra, les caressa, puis se frappa l'arrière du crâne contre la grille, à petits coups répétés.

« Mais d'où vient cette histoire ? Pourquoi je vois ces gens de l'ère victorienne ? Pourquoi ? »

À peine redressée, elle tituba vers la voiture. « Il faut trouver par l'action. La pensée ne peut pas toujours réparer les égarements de l'esprit. La matière doit bien avoir son lot de solutions, elle aussi ! » se répétait Éva en s'engouffrant dans la voiture. Elle en ressortit avec un sac de plastique, y prit une lampe de poche, déchira l'emballage des piles neuves qui se répandirent sur la route de terre. Éva se pencha, puis se releva aussitôt. Insérant les piles dans la lampe, elle jetait à la ronde de petits regards de biche apeurée. Les ombres noires dansaient tout autour, le bruissement des grands arbres et des bosquets desséchés la paralysait d'effroi. Comme d'habitude, la peur racontait ses scénarios d'échec.

« Si je rebrousse chemin, si je retourne à Montréal, quel mal y aura-t-il ? Je ferai une déposition à la police. William Blake n'aura plus le droit d'approcher à moins d'un kilomètre de chez moi. Il sera forcé d'avouer ses intentions. Je reprendrai la vie là où je l'ai laissée – j'accepterai de vivre ma petite vie étriquée. Je pourrai essayer d'entrer dans un grand groupe d'architectes. Salariée. Derrière un ordinateur à dessiner les plans d'un autre toute la journée. Ne jamais voir les projets intéressants passer, oublier la création. Accepter le coup de glas du destin. Faire de grands compromis pour de tout petits gains. Prendre des dizaines d'années pour rembourser mon prêt universitaire. Comme tout le monde. Sauf quelques-uns. Devenir témoin passif des Radieux érigeant leurs destinées et leurs empires, construisant leurs tours de Babel, et tout remiser dans des coffres personnels. Faire partie du peuple obéré. Ne plus rêver d'une vie généreuse. Celle qui partage. Accepter mon ordinaire, prendre mon peu et fermer ma gueule. Vivoter. Accepter de vivoter. La grande majorité des êtres humains le font bien. Qui suis-je pour espérer devenir libre et généreuse, et chercher la connaissance et la création, un peu de lumière, juste un petit peu d'éclairage ? Il est peut-être préférable de ne pas savoir, de ne pas chercher à comprendre… L'inconscience volontaire crée-t-elle moins de dommages permanents ? Poursuivre la route vers l'oubli. Les limbes informes. Les chemins de traverse. La ruelle du peuple. L'impasse d'une fille du peuple. Ne pas rêver. Rêver comme on me l'a enseigné : sans sa force active. Rêver pour rêver. »

Soudain, la grille s'entrebâilla en émettant un long grincement de fer rouillé. Affolée, Éva se boucha les oreilles, ouvrit la portière de la voiture, hésita, puis la referma avec force. Elle se tourna vers la grille et lâcha tous les mots qui avaient si longtemps labouré son cœur faute de pouvoir en sortir :

– Tara ! C'est Éva de Rome, une fille du peuple. Aussi bien dire la fille de personne. Mes parents m'ont donné la vie et mon lot de fille du peuple qu'est la survie. Je n'aspire à rien pour moi-même. Ce que je veux atteindre, je veux le partager, le léguer à d'autres qui espèrent eux aussi, et ils le légueront à d'autres et encore à d'autres. Je ne suis pas responsable du monde dans lequel je vis ! Mais je l'accuse ! Et si un jour je peux ouvrir les bras pour que d'autres s'y réfugient, le temps de trouver leur niche, je le ferai ! Je ne crois plus en la bonté du monde – je crois en la détresse du peuple. En sa grande solitude exploitée. En ses mots qui sont autant de silences. Le pouvoir ne cédera pas un millimètre de son royaume. Le pouvoir, privé comme public, continuera toujours ses abus. Et en attendant que le peuple trouve ses révolutions, je transmettrai la beauté. Si je le peux. Partout où je le peux. Et Dieu sait que je le veux. C'est comme ça que je suis faite, moi, la fille du peuple, et vous ne me changerez pas. Tara! Tu m'entends? Je ne sais pas qui tu es, mais j'arrive! Aucune peur, même morbide, ne va m'empêcher d'aller au bout de mon enfer, de ma quête!

Éva marche vers le portail en chassant ses craintes d'un juron sonore et bien senti. Elle pousse la grille de fer qui s'ouvre à grands cris de protestation, s'ébranle, craque, grince, siffle, crisse, puis s'essouffle et continue sa route jusqu'à un arrêt net sur la terre battue. Éva s'engage lentement dans l'allée en essuyant les larmes figées dans ses cils. Des herbes folles et des arbustes ont envahi ce qui a dû être jadis un élégant parterre anglais. Le chemin est couvert de lierre rampant.

Au détour d'une courbe, au sommet d'une colline, le manoir Tara se dresse dans toute sa splendeur dévastée. Éblouie, Éva en oublie sa frousse et son anxiété; elle reste là, minuscule devant la grandeur. Clinicienne et amoureuse, elle dissèque l'enveloppe du manoir d'un regard à la fois expert et envoûté.

– Dix-neuvième, éclectisme néogothique... Un joyau!

Elle allonge le pas, pressée de pénétrer dans l'objet de son désir.

18

Dans le clair-obscur de la cuisine, un carreau de la porte se brisa et répandit ses éclats de verre. Une main chercha le loquet. Éva entra en allumant la lampe de poche. Le faisceau éclaira une cuisine rangée dont seuls des bouquets de fils d'araignée et une épaisse couche de poussière signalaient l'abandon.

De pièce en pièce, sous le craquement des lattes des planchers de chêne et de noyer, Éva distinguait des meubles couverts de draps jaunis, des fenêtres enfarinées, des murs enjolivés de toiles et de tapisseries. De porte en voûte, elle avançait à pas de loup dans un manoir où rien n'avait été déplacé depuis près d'un siècle et demi. Devant la porte vitrée d'un grand salon, elle hésita : tous les rideaux étaient tirés et l'obscurité ne lui disait rien de bon. Braquant la lampe de poche à travers la vitre, elle discerna des lampes torchères, un plafond voûté, des divans et des fauteuils enveloppés de draps, des tables enluminées de feuilles d'or. Et une cheminée.

Éva avait trop peur pour revenir sur ses pas et tout aussi peur devant cette porte fermée comme un sens interdit. Elle respirait à petits coups sonores quand elle tourna enfin la poignée de la porte vitrée en continuant d'éclairer la cheminée. Au-dessus, un voile avait bougé. Se maîtrisant pour ne pas s'effondrer tout en bas de ses jambes, elle dirigea le faisceau de la lampe vers le voile suspendu. Un courant d'air soulevait un de ses pans. La lumière suivait le voile tout juste retenu par le cadre d'un immense tableau défraîchi. Éva l'éclaira en avançant vers la cheminée.

Un pantalon noir à gauche; une jupe blanche à droite.

Quatre longues mains fines qui s'étreignent tout doucement.

Une redingote couvrant une chemise blanche; un corsage blanc.

Une fossette au menton; un menton oblong.

Deux sourires de porcelaine.

Deux nez fins.

Des yeux bleus; des yeux pers.

Des cheveux blonds; des cheveux rouges.

Un air de poète éthéré; une allure de rêveuse acharnée.

Éva recula. Elle ne pouvait plus détacher son regard du tableau. Son regard qui se brouilla de sel et d'eau. L'homme était le parfait sosie de William. La femme, son propre sosie. En tous points! Elle laissa échapper un long cri, buta contre un meuble et tomba à la renverse dans un divan qui leva son mur de poussière.

— *I didn't know ghosts suffered from anguish too.*

Éva avait sauté comme un chat. Derrière elle, le vieillard du café se tenait courbé, les deux paumes appuyées sur une canne. Elle tremblait de tout son corps. Il secoua la tête.

— *You're surely not a ghost! Dear old me! You would scare me, not me you!*

Le vieil homme alla ouvrir une tenture. Dans un dialecte anglais mêlé de mots celtes, il débitait tout rapidement, sans arrêt, gesticulant à qui mieux mieux. Pour le comprendre, Éva dut faire un effort qui la divertit de sa panique imminente. « Moi et mon double, William et son double ! »

– Au pub, ils m'ont traité de vieux fou quand j'ai dit que j'allais vous suivre ici. Bande de fieffés timorés ! Ils pensent que vous êtes le fantôme de *milady*.

Il éclata de rire, puis dut reprendre son souffle aussitôt en de courtes bouffées. Il continua son débit verbal à l'expiration comme à l'inspiration.

– Pas drôle de ne plus pouvoir rire sans s'étouffer ! *Damned* vieillesse ! Mon grand-père, Murray Pedee, était le *butler* de Sir Oliver. Mais il ne parlait que de Lady Tara. Quand je suis né, cela faisait bien longtemps qu'elle était décédée… Le 14 décembre 1861. Mon grand-père était là le jour de sa mort. Toute sa vie, il lui a demandé pardon de ne pas avoir compris ce qui se tramait, de ne pas l'avoir protégée… Personne n'a voulu revenir ici après. Défendu ! Trop de fantômes ! Personne, sauf moi, Malcolm Pedee. Je voulais admirer le portrait de sur laquelle mon grand-père ne tarissait pas d'éloges. *Well*… J'ai pris une photo, je l'ai toujours sur moi. *By Jove*, la légende disait vraie. Une grande beauté, *I'll say !* Le compliment va pour vous aussi, Miss… ?

Éva était abasourdie. Le vieil homme eut un geste d'impatience en reprenant son oxygène en staccato. Elle réussit à ouvrir la bouche :

– Éva de Rome.

Il continuait sa ronde du salon, ouvrant toutes les tentures, replaçant une table, époussetant un bibelot.

– *Of course. French.* Comme elle. Sir Oliver avait épousé une Française.

Il se remit à rire. Bientôt, le rire se transforma en toux sèche.

– *Damn!*… Sa famille était sacrément fâchée de cette union… Personne n'a compris pourquoi il l'avait assassinée. Il l'adorait. Mon grand-père pleurait des larmes de sang chaque fois qu'il racontait la soirée fatale. Il devait boire beaucoup pour en parler. Mais puisque le whisky était abondant!… *So*, Sir Oliver assassine la femme qu'il aime plus que sa propre vie. Étranglée, je ne vous dis pas! Un mystère. Pourquoi un homme détruirait l'objet même de son désir et de son bonheur? Bah… il devait avoir la grave maladie de la jalousie. *Anyhow*… J'ai visité le manoir. Magnifique, vous ne trouvez pas? Je voulais voir *milady*. Je me tenais exactement ici, pour la photo, quand… j'ai entendu de la musique, des rires, puis des cris. *I swear to God!* J'ai couru comme un lapin! La famille de Sir Oliver Fairlie n'est jamais revenue dans la région après, *you know*… trop heureuse de rester à Londres. Ici, personne ne voulait s'approcher du manoir. Le vieux Dunlop engageait des hommes d'un autre village pour l'entretien. Ils venaient une semaine, une fois par année. Le soir, au village, tout le monde se rassemblait au pub. Ils nous racontaient les choses étranges du manoir. *Haunted, we were!* Personne ne dormait cette semaine-là. On restait au pub jusqu'au petit matin. C'était devenu plus important à nos yeux que la *New Year's Eve*. *I must say*, vous lui ressemblez vraiment beaucoup. Vous êtes de sa famille?

Éva secoua la tête. Elle ne le savait pas. Elle ne savait rien. Tout ce qu'elle savait, c'était qu'une grande détresse s'emparait d'elle. Ses lèvres tremblaient, son corps était secoué de spasmes nerveux, sa tête pesait des tonnes et son cœur lui défonçait les côtes. Elle regarda le portrait.

– William et moi à une autre époque. Les mêmes personnes dans un autre temps. Un assassin. Une assassinée. Une Française. Un Anglais. Un grand amour funeste. Une Française tuée en anglais.

Le vieil homme n'avait rien compris des mots étrangers, et resta bouche bée quand, du couloir, un bruit se fit entendre. Malcolm leva sa canne et attira Éva vers le mur. Il lui tendit un tisonnier. Côte à côte, ils attendaient l'intrus. Malcolm tapa sur le bras d'Éva pour qu'elle brandisse l'arme. Et elle, si parfaitement ahurie, restait inerte.

Un homme entra à petits pas prudents dans le grand salon. Il semblait aussi centenaire que Malcolm Pedee, mais d'allure plus conventionnelle.

– *Well, look who's here?! Charles Dunlop! What's a skittish horse like you doing here?*

Charles Dunlop sursauta en se tenant le cœur. Reconnaissant son ami, il reprit rapidement une certaine contenance.

– *Well, if it isn't the butler's grandson!*

Apercevant Éva, il s'inclina bien bas.

– *Madam…* enchanté. Je suis Charles Dunlop. Mon grand-père était le notaire de Lady Tara. Après vous avoir vue au pub, je suis rentré à la maison et je l'ai dit à ma femme. J'étais très impressionné par la ressemblance. Ma femme dit que vous êtes sûrement la descendante de Lady Tara. Que vous êtes certainement ici pour signer les documents. Elle m'a dit de vous donner le bonjour et a préparé une collation.

Il tendait un sac de papier brun. Éva secoua la tête ; elle n'y comprenait moins que *niet*.

– Tu es chanceux d'avoir une femme qui a une tête sur les épaules, Charles Dunlop ! Au pub, tu tremblais comme un peuplier en pensant qu'elle était le fantôme de Lady Tara.

– Pedee ! N'essaie pas de jouer les héros. Tu as eu aussi peur que nous ! Ce doit être ton engouement pour Lady Tara qui t'a fait surmonter ta lamentable frousse.

Les deux hommes semblaient avoir oublié la présence d'Éva. Ils entraient de plain-pied dans un combat d'ego – un vieux jeu entre eux – et se répondaient du tac au tac.

– Tu confonds la prudence et la peur, Dunlop. Toi, tu étais si terrifié que tu avais l'air drôle pour faire changement. Tu n'avais plus ta face longue de notaire.

– Qu'est-ce qu'elle a, ma face, hein ? Et la tienne, tu as vu la tienne ? Momifié, voilà de quoi tu avais l'air, momifié !

– Mais avoue, Dunlop, pourquoi es-tu retourné chez toi ? Pour changer ta couche, *isn't it* ?

Malcolm se mit à rire à tout fendre. Son ami fulminait.

– Tu n'as pas honte de dire des choses pareilles devant une dame ? Vieux hibou !

– Vieille branche morte !

Pedee s'essoufflait et se mit à tousser violemment. Charles Dunlop changea de ton et vint lui tapoter le dos.

– Allez, allez… tu m'as eu… encore une fois. Ça suffit comme ça. Tu ne vas pas me crever dessus, Malcolm Pedee. *Not over a bad joke ?!*

Piqué au vif, Pedee bomba le torse.

– Pourquoi tu ne fais pas quelque chose d'utile pour changer un peu ? Fais visiter le manoir à Miss de Rome pendant que je prépare le goûter dehors… Pas question que je reste seul ici. On se retrouve dans le jardin !

– Ah !… *but of course !*… la fille d'Olympe de Rome.

Il se tourna vers Éva qui n'avait pas tout bien saisi de leur échange, puisqu'ils s'étaient mis à parler deux fois plus vite et avaient repris l'accent prononcé du Sud de l'Angleterre. Des gouttes de sueur froide se mirent à couler des tempes d'Éva :

– Olympe de Rome ?!… vous connaissiez ma mère ?

Dunlop acquiesça solennellement. Pedee s'approcha et lui serra vigoureusement la main en se présentant :

– Malcolm Pedee, *by the way!* Le vieux sec, là, Charles Dunlop, le notaire.

Éva leva les yeux sur le portrait. Sa voix sortit dans un couac minable :

– Pourquoi l'a-t-il tuée ?

Malcolm Pedee leva les yeux au ciel, l'air de dire qu'il s'agissait d'une évidence.

– C'est à cause du mystère, tiens !

Éva ne saisissait pas du tout.

– Il l'a tuée à cause d'un mystère ?

Charles ne comprenait pas plus.

– *What mystery are we talking about?*

– *It's so obvious!* Si on savait pourquoi il l'a tuée, on n'en parlerait probablement plus. C'est l'irrésolu qui garde une histoire en vie. Ce qu'on connaît perd rapidement de la hauteur. Ce qu'on comprend s'essouffle et meurt. On l'oublie. On bascule dans l'ennui quand on sait les choses et les gens. Mais les mystères demeurent toujours. C'est vrai pour la science, pour l'art, pour l'anthropologie, l'astronomie, la chasse aux trésors, l'amitié, le rugby, et la pêche en haute mer ! Pourquoi on regarde un film jusqu'au bout ? Et un match ? Pourquoi on veut absolument terminer la lecture d'un roman ? Pourquoi on vit avec la même personne et pourquoi on garde les mêmes amis pendant des années ? Pourquoi on sonde les mers ? Pourquoi on contemple les astres ? Parce qu'on ne connaît pas la fin. Voilà pourquoi. L'humain a soif d'infini. *Go now!*

Il poussait doucement Éva vers Dunlop qui acquiesçait gravement :

– Ah ! Pedee ! bien dit. Si bien dit ! Prends-en bonne note, j'aimerais qu'on en discute ensemble.

Pedee et Dunlop se serrèrent la main. Le premier, gonflé de fierté ; le second, les yeux brillant d'émotion.

Éva restait plantée là, l'air du Petit Poucet égaré dans la forêt de Sherwood. Dunlop lui prit le bras. Pedee et lui échangèrent un regard rapide avec un haussement de sourcils qui disait quelque chose comme : « Très vulnérable, la petite dame ! »

Éva avançait comme une somnambule. Au pied de l'escalier, elle sembla se réveiller et hésita à monter. Charles Dunlop lui sourit.

– Rien à craindre, Miss… Si les fantômes sont là, ils seront sûrement amicaux avec le sosie de Lady Tara.

Ils montèrent bras dessus, bras dessous. Pourtant, à mi-chemin, Éva s'arrêta net. Les yeux mi-clos, elle entendit de la musique, comme dans un souvenir, celle de Purcell.

***

Suzon, l'amie de Tara, descend les marches quatre à quatre, le visage crispé par l'angoisse :

– Oliver ! Entrez vite, Oliver !

***

Charles Dunlop était devenu blême comme un drap.

– Ils sont là, n'est-ce pas ? Vous les avez sentis ? L'air froid qui est passé à toute vitesse, de haut en bas ?

– Je n'ai rien senti du tout.

Éva s'aperçut qu'elle serrait le bras de Dunlop trop fort. Le lâchant, déterminée à ne pas céder à la panique, ni aux mirages, elle continua de monter en comptant les marches.

À l'étage, Charles Dunlop ouvrit une porte et la laissa passer. Deux petits lits de fer étaient disposés côte à côte. Le mobilier était intact. Dunlop tira les tentures sur une chambre désolante d'immobilité poudreuse et de silence lourd.

– Lady Tara était très proche de son amie Suzon. Quand Suzon a appris que Tara quittait la France pour se marier avec un Anglais, elle l'a suivie dans l'exil. Lady Tara laissait le fils de Suzon dormir dans la même chambre que sa fille Éléonore. C'était très révolutionnaire, vous savez. Suzon était une fille-mère. La famille de Sir Oliver était outrée. *Mind you*, ces gens n'étaient d'accord avec rien de ce que faisait Lady Tara. Elle était trop…

Charles toussota, rougit et se risqua à dire le mot en français.

– … *d'avant-garde*. Elle aurait été plus heureuse si elle avait vécu à notre époque. Trop évoluée pour son temps.

D'un ton un peu plus assuré, il lâcha une autre expression dans la langue d'Éva.

– Et *libre-penseur*. Imaginez! Pour une femme, et dans l'Angleterre victorienne!

Éva l'écoutait en parcourant la chambre d'enfant du regard. Elle prit une poupée dont la tête de porcelaine aux cheveux roux reposait sur un oreiller. Lorsqu'elle la souleva, des fils de poussière s'étirèrent sans fin.

Charles Dunlop se dirigea vers une porte intérieure. Éva replaça la poupée sur le lit en lissant sa longue jupe de velours.

– Et voilà la chambre de Lady Tara.

Comme il allait tourner la poignée de la porte, Éva se retourna vivement vers lui.

– Non! Descendons!

Éva, blanche comme neige, serre ses mains, puis, le picotement devenant intolérable, les frotte l'une contre l'autre dans un geste de plus en plus frénétique. Dunlop recule en fixant la porte qu'il allait ouvrir ; il y remarque un mouvement dans le blanc du bois peint. « La robe blanche de Lady Tara ! »

Faisant un effort héroïque pour ne pas prendre ses jambes à son cou, il offre le bras à Éva en bafouillant :

– Indeed, time for tea.

19

Malcolm Pedee avait déniché une vieille table en fer forgé et trois chaises rouillées. Installés dans les hautes herbes du jardin, Éva, Charles et Malcolm dégustèrent la collation. En fait, les deux hommes mangèrent avec appétit tandis qu'Éva ne but que quelques gorgées de thé.

Charles Dunlop toussota et prit son air grave de notaire, conscient qu'il devait trouver des mots anglais simples pour faciliter la compréhension de sa cliente.

– Comme vous le savez maintenant, votre mère a communiqué avec moi à quelques reprises. Tout comme l'avaient fait votre arrière-grand-mère Éléonore et votre grand-mère Yvonne avec mon grand-père et mon père, elle m'a informé qu'elle viendrait un jour prendre possession de son héritage. Elle m'a vaguement enjoint de poursuivre le maintien du « matrimoine », comme disait Lady Tara. Et tout comme mes prédécesseurs, j'ai œuvré à titre de conservateur du manoir. Lady Tara avait laissé une somme assez rondelette à son notaire, mon grand-père. Comme Éléonore, puis votre grand-mère Yvonne, votre mère refusait de vendre en promettant de venir un jour. Sans aucun revenu, il y a quelques années, l'argent a manqué. J'ai bien essayé de joindre les deux bouts, et votre mère pour le lui annoncer, mais sans succès. Par fidélité, j'ai continué l'entretien, les menus travaux et je payais les frais, les taxes… Contrairement à la croyance populaire, quelqu'un du village venait ici régulièrement. Moi. Comme l'avait fait mon père avant moi et son père avant lui.

Pedee allait protester, mais le notaire leva une main autoritaire. Il avait des affaires importantes à régler et ne se laisserait pas interrompre. Malcolm marmonna quelque chose et retourna à son assiette.

— Puis j'ai dû laisser la nature suivre son cours et, cette année, faute d'héritière et d'argent, j'ai mis en vente. Il y a un peu plus de deux mois, nous avons reçu une offre. L'acheteur potentiel m'a révélé que votre mère… *well*… était décédée et m'a envoyé cet article comme preuve.

Charles tendait l'article d'un journal à grand tirage. Gros titre portant sur la noyade d'Olympe de Rome, née Drouin, dans les eaux du fleuve Saint-Laurent à Montréal. Éva eut du mal à contenir son émotion.

— William Blake, c'est lui, n'est-ce pas ? Il veut acheter le manoir. Il savait pour ma mère. Depuis toutes ces années, il m'épiait comme un vautour ?…

Charles Dunlop se raidit et l'interrompit d'une voix autoritaire :

— En tant que notaire, je ne suis pas autorisé à révéler le nom de mon client, Miss Éva. Donc, je disais… J'ai demandé un délai de trois mois. Je voulais vérifier si Olympe de Rome avait une fille. Le testament de Lady Tara est très précis à cet égard : le manoir doit être légué à la fille aînée de chaque génération. Avec tous les détails que vous lirez sur le document. Si aucune héritière ne se présentait, Tara demandait à mon grand-père de rester conservateur du matrimoine jusqu'à ce que les sommes reçues soient écoulées, puis le manoir suivrait son propre destin.

Le vieil homme semblait de plus en plus nerveux, s'épongeant le front, essuyant chacun de ses doigts avec son mouchoir de poche. En fait, il se sentait formidablement coupable d'avoir négligé ce dossier.

– Vous devez savoir que trois générations de Dunlop se sont occupés du manoir. Votre ancêtre, Tara Fairlie, née Dulcinée de Bissé, avait laissé assez d'argent à mon grand-père pour assurer la sécurité financière des générations à venir. Nous lui devons beaucoup. Je ne suis plus très jeune… Je n'ai pas d'enfants… J'aurais emporté le secret de Tara dans la tombe. Alors, de vous voir ici est ma plus grande consolation. Vous savez, j'allais commencer la recherche de la fille d'Olympe de Rome, et voilà que vous arrivez, Miss Éva.

Malcolm n'en pouvait plus : son ami était un enculeur de mouches et il mentait avec une maladresse d'amateur. Il pouffa de rire.

– Ah ! Dunlop, mais qu'est-ce qui t'arrive ? ! Ça fait deux fois que tu me fais rire aujourd'hui !

Le notaire ne tint pas compte de la boutade et poursuivit, ému :

– Je n'ai jamais mis de pancarte « à vendre ». J'ai seulement fait passer une annonce, il y a environ un an, dans un journal de Londres et de Montréal. Un tout petit texte, et seulement pour quelques semaines. Secrètement, j'espérais vous atteindre. Personne n'avait jamais fait d'offre jusqu'à tout récemment. Et vous voici. Mon grand-père doit sourire dans sa tombe. Donc, tout sera vite réglé. Il vous faut uniquement payer les frais accumulés depuis huit ans. Pour ce qui est de l'acheteur potentiel, il peut payer, j'ai déjà tout vérifié. Mais ça n'a plus d'importance. Ah, je me sens si soulagé ! J'étais incapable de laisser aller, et vous arrivez. Mon grand-père ne m'aurait jamais pardonné…

J'ai eu des instructions très strictes de mes prédécesseurs. La dette d'honneur des Dunlop à l'égard de Lady Tara est éternelle. *God bless her! And the Queen!*

Éva jeta un coup d'œil sur le livre des dépenses méticuleusement tenu depuis 1861 ; le montant des frais des huit dernières années était astronomique. Malcolm lâcha un sifflement qui le confirma.

– Je n'ai pas les moyens de payer une somme pareille… encore moins de restaurer le manoir.

Charles parut surpris.

– Le testament de Lady Tara est formel : l'héritière aurait la somme. Votre mère vous l'aura sûrement léguée, puisqu'elle n'y avait pas touché…

Le vieux notaire s'interrompit et regarda le manoir, l'air solennel. Se levant, il tendit à Éva le testament de Tara.

– Éva de Rome, comme cela a été demandé à votre arrière-grand-mère Éléonore par une lettre de mon grand-père, à votre grand-mère Yvonne par un pneumatique de mon père, à votre mère Olympe dans une conversation téléphonique, et heureux du privilège de votre présence auprès de moi, Charles Dunlop, notaire attitré, je dois vous poser l'énigme laissée par votre ancêtre Tara Fairlie, née Dulcinée de Bissé, en 1861, quelques jours avant son trépas : « Chère enfant, que Dieu te garde et me rappelle à ta mémoire. Te souvient-il des strophes et des rythmes ? des mots de l'innocence qui te conduiront à moi ? »

– Qu'est-ce que je dois répondre ?

Confondu, Charles Dunlop bafouilla la réponse avec compassion :

– « Oui, je les connais et ne les révèle point. C'est Tara, l'Étrangère, qui me les dicte ! »

Éva bafouilla à son tour :

– Est-ce que ma mère vous a révélé quelque chose ?
Parce que, voyez-vous, je ne sais rien.

Charles Dunlop fronçait les sourcils.

– Pourquoi votre mère aurait-elle brisé le sceau du secret ? Lisez le testament, vous verrez, Lady Tara y est formelle ! Peut-être qu'un détail va ressurgir ?... Votre mère savait, puisqu'elle a répondu correctement à l'énigme. Votre mère...

– ... est partie, Mister Dunlop. Elle ne peut plus rien me transmettre, et je ne sais absolument rien.

Éva avait repris ses airs de Petit Poucet qui aurait perdu tous ses cailloux. Ce qui ne présageait rien de bon. Charles secoua négativement la tête. Malcolm Pedee soupira :

– Le jour n'est pas encore venu où les choses seront simples avec le legs de Lady Tara...

Éva se tourne vers le manoir, son regard attiré par le balcon couvert.

– C'est là qu'elle est morte, n'est-ce pas ?

Les deux hommes acquiescent gravement. Malcolm ne tient plus en place. Il se lève et ramasse à toute vitesse ce qui traîne sur la table.

– La nuit tombe. Time to go !

20

Vêtue d'un court t-shirt et d'une petite culotte assortie à pois verts, Éva défaisait son sac de voyage en tenant le cellulaire coincé entre son épaule et son oreille. Sur son visage ensommeillé, les marques laissées par l'oreiller avec lequel elle s'était battue toute la nuit; sur le lit, les feuillets épars du testament de Tara.

– ... Pas question que je dorme là hier soir! Je me suis réfugiée dans une auberge!... Oui, je sais, c'est fou, mais oui, de parfaits sosies, lui comme moi!... Non, je sais pas... Ni pourquoi ni quoi... C'est angoissant... Tout ce qui est clair, c'est que Tara était la mère de mon arrière-grand-mère, Éléonore. Et Oliver, son père. Une Française et un *Brit*... Et le testament ne laisse aucun doute : je devrais savoir, comme toutes les générations passées... Un legs, il semble. Je dois garder la tête froide. Mais Marie... c'est très difficile. Tout se bouscule. Toutes ces révélations, les visions et le manoir si beau dans sa désolation... J'ai envie de tout restaurer maintenant, sans attendre de trouver une solution pour les frais – faramineux, comme montant! Et ma mère à qui je pense enfin. Je ne lui reproche plus l'abandon en négligeant de penser à elle. J'ai tout revu... les jours après sa noyade, la maison quittée rapidement, le fleuve que je ne regarde plus jamais. Montréal qui a toujours un arrière-goût de mouroir. En fait, c'est trop cruel, ça ressemble trop à notre départ abrupt de l'île d'Orléans. Deux fois arrachée à sa vie sans l'avoir choisi! C'est beaucoup pour une seule personne... À cause de la mort!... Qu'est-ce que tu dis?!

Éva écoutait la voix de Marie lui répéter que c'était assez pour devenir sans-dessein.

– Sans-dessein... J'oubliais... j'oubliais encore quelque chose! Le dessin!

Elle courut vers sa valise et la vida sur le sol. Passant en revue tous les vêtements, elle trouva le bout de papier froissé qui dépassait d'une poche. Fébrile, elle prit le dessin qu'elle avait chipé dans le bureau de William. En le défroissant, ses mains se mirent à trembler, tout comme sa voix.

– Quand je l'ai trouvé, j'ai pensé à un grand arbre aux feuilles tombantes, l'été, le fleuve. Un saule pleureur, c'est ça!

Éva observait le dessin, ses yeux verts s'injectaient de jaune et d'ocre. Tout devenait perceptible.

– Grand-mère... l'île d'Orléans... Notre maison dans l'île... Marie, je te rappelle... Sois pas fâchée... Je sais... Promis, je te rappelle...

N'attendant pas la réponse, elle raccrocha. Elle scrutait chaque détail du dessin de ses cinq ans: un manoir anglais entouré de verdure et de jardins, avec ce soleil qui mangeait la moitié supérieure de la feuille blanche. La ressemblance avec le manoir était indéniable. Elle enfouit son visage dans le dessin et le froissa pour la troisième fois – ce qui est beaucoup dans la vie d'un seul dessin d'enfant. Éva se mit à geindre comme un petit vent qui se serait perdu dans une impasse.

***

Une femme aux cheveux blancs duveteux est allongée sur une chaise longue, à l'ombre d'un immense saule pleureur. Malgré la chaleur de l'été, ses jambes sont recouvertes d'un long châle de laine. Une fillette approche d'un pas vif en détachant ses cheveux, libérant une tignasse flamboyante.

— Éva ! Ta mère va être furieuse si tu détaches encore tes cheveux.

Un sourire malicieux plisse le petit nez tavelé. Éva arrache ses chaussures et, victorieuse, tend un dessin en caressant le camée de sa grand-mère Yvonne.

— Elle ressemblait à ça, sa maison ?

La vieille femme sourit.

— C'est ainsi que me l'ont décrite la vieille Suzon et ma mère, Éléonore. Tu sais, la petite fille dont je te parle souvent…

Éva fronce le front.

— Oui, celle des histoires… Tu l'as jamais, jamais vue, sa maison ?… Pourquoi ?

— Tu sais, Éva, il y a toutes sortes de maisons… Celle-là est triste. Elle a été à ma mère Éléonore, à moi, bientôt elle sera à ta mère, un jour elle sera à toi… Mais aucune n'y est jamais allée…

— Pourquoi ?

— On a toutes eu peur, je crois.

— Peur de quoi, grand-mère ? Tu as peur parfois, toi aussi ?

— Ma chérie… tous les êtres vivants ont peur. Tu sais quand ton chien Neo jappe et qu'il se cache sous la table de la cuisine ? Il a peur. Et moi aussi, j'ai eu peur. J'ai eu une vie très active. J'ai poursuivi le rêve de Tara. Comme elle, je me suis battue pour l'égalité des chances. Il y a encore tellement de travail à faire et… je ne peux plus. J'ai eu tous les courages, mais pas celui de faire face au passé de ma grand-mère Tara. Pourtant, je suis allée en Angleterre. J'ai acheté le billet de train. J'ai débarqué à mi-chemin. J'étais si oppressée que j'ai pris le traversier. Je me suis réfugiée en France, là où je me sens si bien… Je craignais de découvrir la vérité, que le passé soit plus fort que tout. J'ai eu peur de basculer dans la tragédie et que ma vie en soit toute bousculée; peur de la terrible responsabilité; peur d'aller dans le sens du remords. Je préférais ne pas savoir et laisser la légende intacte.

La vieille dame ferme les yeux en soupirant. Éva réfléchit, elle sait qu'elle ne doit pas la fatiguer, mais elle aime bien parler avec elle.

— Il ne faut pas laisser ce qui est triste tout seul. Moi, je vais aller la consoler…

— Tu me le promets?

— Oui. Bien… pas tout de suite… quand je serai grande comme toi.

— Non, moi, je suis vieille. Quand tu seras grande comme ta maman.

Yvonne pose son index sur les lèvres de sa petite-fille. «Chut… c'est notre secret.» Éva met tous ses petits doigts devant sa bouche et acquiesce gravement. Sa grand-mère regarde le dessin. Puis elle tend les bras. Éva s'y réfugie et l'embrasse sur la bouche. Elle la serre très fort en collant son oreille aux lèvres de sa grand-mère qui chuchote comme souvent auparavant:

— Quand tu auras atteint le bout du village, tu verras une route en serpentin et tu monteras la côte abrupte jusqu'à la grille de fer forgé. La déesse Tara y est sculptée dans son apparence blanche. Il faut trouver Tara, n'oublie pas. Tara sera là et t'aidera. Promets-moi que tu iras… Que tu n'auras pas peur de ta peur de Tara !

La petite Éva promet encore. Le dessin glisse des mains d'Yvonne. La fillette le ramasse et veut le remettre dans la main ouverte au ras du sol. Elle lève les yeux vers sa grand-mère qui semble dormir, la tête penchée sur sa poitrine et la bouche entrouverte. Les yeux d'Éva se remplissent d'eau. Elle serre son petit poing sur le dessin et le froisse en boule.

– J'irai. Je n'aurai pas peur de ma peur ! Je le jure !

21

Éva entra dans le pub en coup de vent et se dirigea vivement vers Malcolm Pedee, debout au comptoir avec des copains.

– Malcolm, je dois vous parler.

– J'écoute.

– On peut s'asseoir par là ?... Garçon, un café. Noir. Bien serré, *please!*

Prenant un air important, Malcolm quitta ses amis pour suivre Éva vers une table en retrait. Les hommes se mirent à chuchoter entre eux. Une fois assise, Éva leva une tête si candide et si vulnérable vers Malcolm qu'il vit clairement que l'enfant universel était toujours vivant en elle, qu'il venait de revenir d'un trop long voyage.

– J'ai compris, Malcolm. Les visions, les cauchemars, l'impression que je me noie quand un grand stress me visite.

Le barman vint porter le café. Préoccupé par une tache sur la table, il s'attarda.

– Décampe, Archibald! Ceci est une conversation privée!

Le barman s'éloigna en protestant. Les hommes au comptoir chuchotèrent de plus belle. Malcolm en eut un coup de sang.

– C'est ça, l'emmerde des villages ! Je l'ai toujours dit. Il ne se passe rien, alors tout le monde veut coucher dans le lit des autres.

Il baissa le ton et tapota la main de celle qu'il voyait en quelque sorte comme sa jeune protégée.

– Enfin, façon de parler... À nos grands âges, vous savez... Mais quand nous étions jeunes...

« Les vraies amitiés naissent toujours spontanément, les autres s'essoufflent dès la première bourrasque. » Éva sourit. « Derrière ses airs de vieux bougon perce une jeunesse faite de fougue bagarreuse et l'impétuosité d'un passionné. Celle d'un cœur généreux et idéaliste. » Et elle sentit une grande affection poindre derrière cette rencontre fortuite.

– Depuis que je suis enfant, je fais des cauchemars. Toujours les mêmes. Et au réveil, j'ai tout oublié, ou presque... Depuis quelques jours, les cauchemars se sont transformés en visions. Je croyais que je perdais la tête...

Les yeux de Malcolm brillaient d'espièglerie et d'astuce.

– La folie, n'est-ce pas une des plus grandes peurs universelles ? J'ai assez vécu pour l'affirmer : l'animal humain craint tellement ses dragons intérieurs qu'il accuse les autres de tous ses maux. Écartant tous ceux qui sont différents. Réflexe de survie, réflexe de tribu ; réflexe défensif. Avez-vous remarqué qu'on n'aime pas ce qui ne nous ressemble pas ? Plusieurs s'éloignent de ceux qui questionnent la vie autrement. Qui osent se montrer sceptiques face aux moyens qu'ont pris les êtres humains pour vivre. On a peur quand l'intelligence exerce son droit de s'éloigner des manières admises de vivre ou de faire... Ainsi font tous ceux qui ont fait taire leur force vitale. Tous ceux qui acceptent le rôle du mouton qui va à l'abattoir – ou, pire, qui y envoient l'autre – en se disant : « Bah, c'est la vie. Qu'est-ce que j'y peux ? » Pourquoi ? Parce qu'on reste près des gens qui partagent la même folie que nous. On méprise le reste, ou on le juge, ou on l'étiquette, ou il nous indiffère, ou on s'en débarrasse. Le pouvoir, n'est-ce pas folie volontaire, consentie ? ! Vieillir, c'est la folie fatale ! Et puis, mourir, c'est pure folie ! Alors, on craint cette folie plus que toutes les autres. Si on comprenait bien le mécanisme de la peur de la folie, il y aurait plus de sérénité et d'évolution dans ce monde de fous. *Now, now.* Vous voyez, même en le sachant, je tombe dans le piège… N'est-ce pas fascinant ?… Connaître n'est pas guérir, je dois m'en souvenir.

Malcolm sortit un petit calepin usé et prit des notes en marmonnant. Éva était si interloquée qu'elle en avait oublié ce qu'elle allait lui dire. Malcolm leva la tête et lui fit signe de continuer.

– *Don't mind me. Go on.* Si ce n'était pas la peur de la folie, qu'est-ce que c'était ?

Attendrie, Éva contempla Malcolm tout appliqué à prendre ses notes de philosophie humaniste, puis elle reprit le cours de sa pensée :

– C'est ma grand-mère Yvonne… Jusqu'à mes cinq ans où elle est décédée, elle me racontait la vie de sa grand-mère, Tara. Je croyais que c'était un conte. Je m'identifiais au personnage d'Éléonore, puisqu'elle était une enfant elle aussi. Tous les jours, elle me racontait un épisode, et les mêmes revenaient plusieurs fois dans l'année. Patiemment, elle m'expliquait les mots anglais, les situations complexes, répétait, me faisait répéter, sortant l'encyclopédie, me montrant l'Angleterre et la France sur le globe terrestre. Et elle m'enseignait la lutte contre la pauvreté, les suffragettes, la belle-famille, la mort de Tara… Je m'en souviens maintenant.

– Ah, les modernes s'étoufferaient dans leur pédagogie et leur psychologie aussi hypocrites que basiques s'ils entendaient ce que tu révèles! Une si jeune enfant! Une si terrifiante histoire! Ah! laisse-moi rire. Puis-je te dire sans broncher que je suis d'accord avec ta grand-mère? Elle t'a préparée à vivre sur la planète Terre. Telle que les êtres humains se la refont tous les jours. Sans cesse, comme une boucle en huit qui tournerait dans l'espace, et d'une courbe à l'autre, revient au même point. Elle ne t'a pas fait croire que tout irait bien, que la vie est une partie de plaisir. Elle t'a révélé le cœur humain et ses guets-apens. C'était ton conte de *La Petite Dorrit* ou de *Dr. Jekyll and Mr. Hyde*. L'histoire tragique de ta famille. Pas une fiction. Une mise en garde, un avertissement. Mieux vaut savoir que ce ne sera pas facile et apprécier tous les petits moments de bonheur furtif que croire que tout ira bien et souffrir en découvrant l'absolu contraire. Sage, sage grand-mère que tu as eue. Tu lui dois beaucoup de respect, à cette dame.

Éva s'essuyait le nez avec la manche de sa blouse.

– Ma grand-mère m'aimait, Malcolm… Je l'adorais. Elle avait compris qui j'étais. Si jeune et, déjà, la personnalité s'imposait… Si jeune que j'ai tout oublié. Elle connaissait mon goût du vrai, même de l'atroce vérité. Elle me voyait aventurière, curieuse, obsédée par la connaissance… Pourquoi, pourquoi, pourquoi? Je n'avais que ça en tête. Et Éléonore était comme moi. Tapant du pied, piaffant… «Pourquoi? Je veux comprendre. Je veux connaître. Je veux vivre avec un V majuscule!» Et Tara, mon premier modèle de battante, si je comprends bien…

Sa voix se cassa sous l'impact des mots. Plus elle parlait, plus la mémoire lui revenait, plus la souffrance de la perte s'imposait à elle. Elle savait ce qu'elle avait perdu désormais. Elle avait perdu la mémoire en perdant l'amour de sa grand-mère. Et sa mère n'avait jamais voulu poursuivre le dialogue. Elle avait coupé le cordon, fui l'île d'Orléans tout de suite après l'enterrement d'Yvonne, fui ses souvenirs. Elle avait mené une vie solitaire dans le brouhaha d'une grande ville. Illusion de mouvement, illusion des corvées à terminer, du travail à ne pas manquer, de la petite qui a besoin de bottes d'hiver… Rien d'autre. Ce n'était pas en elle, d'aller si loin dans la passion de vivre. Et la passion de vivre inclut toujours la mémoire. Éva en était dorénavant persuadée.

— Le silence, le non-dit, les secrets et les mensonges, l'essentiel qu'on immole sur l'autel du fonctionnel, du raisonnable, et les gestes répétitifs du quotidien. Les inquiétudes du cœur qu'on remise dans des maisons nettes. Les jambes qui avancent à petits pas dans de tout petits espaces de vie qui ne mènent jamais nulle part. Le corps vidange ses essences vitales sur les autoroutes de l'ennui quotidien, sur des leitmotivs répétitifs de survie et de myopie consentie… Se laisser définir par la vie des autres et non pas combattre pour celle qu'on veut… celle qui serait en accord avec nos aspirations les plus nobles… Comme une grande histoire d'amour… Se battre pour l'obtenir… Ne jamais croire que ceux qui ont tout vont céder du terrain… Ne plus croire en la bonté du monde… Ne plus laisser nos rêves courir derrière nous, mais se retourner résolument et leur faire face… Ne pas tourner avec le temps circulaire comme un somnambule… Ne pas vivre sur le pilote automatique des habitudes, toujours les mêmes… Ne pas vivre par procuration… Ne pas baisser les bras même si on est seul à tenir… Refuser l'oubli, se souvenir, se souvenir, se souvenir… Se réaliser.

Malcolm l'écoutait chuchoter ces mots déchirants. Il ne comprenait pas le français, mais le ton de la voix était sans équivoque : Éva se débattait avec la fin de son amnésie. Il souffrait avec elle.

— Éva, le retour de la mémoire est toujours affreusement douloureux. À cause des constats, qui sont durs à encaisser ! Je le sais, j'ai été jeune aussi. J'ai aimé et j'ai perdu. Pendant quarante ans, je me suis emprisonné à l'intérieur de moi-même. La pire perte de mémoire n'est-elle pas celle qui nous fait oublier d'aimer ? Quand j'ai refait surface, il était trop tard. *Now*, c'est d'une infirmière que j'aurais besoin. Quand le besoin d'être deux est plus fort que le seul désir d'aimer, il faut l'admettre et poursuivre sa route seul. Accepter que cette mémoire-là est venue trop tard et ne sert plus à rien… *But go on.*

— Le besoin, les choses pratiques… c'est ça. Ma mère… Malcolm, ne va pas croire que je ne l'ai pas aimée… On était si différentes. Elle était une femme rangée, disciplinée, responsable, discrète, elle acceptait son sort, ne se plaignait jamais. Je crois qu'elle savait qu'il ne servait à rien de se plaindre, puisqu'elle ne bougerait pas. C'est comme ça que je la vois, Malcolm. C'est comme ça qu'elle m'a élevée. Dans un silence qui redoute les mots qui s'éloignent du quotidien, ceux qui réveillent les monstres et les désirs, ceux qui lui faisaient toujours dire cette chose terrible pour le développement de la confiance en soi et le droit à la différence : « Tu exagères ! » ou « Arrête d'exagérer ! ».

La voix d'Éva s'étranglait. Pour l'encourager, Malcolm lui tapota les mains.

— On a déménagé à Montréal tout de suite après la mort de grand-mère Yvonne, et elle faisait la sourde oreille quand j'essayais de lui en parler. Sensible au point de tout taire ? Fataliste au point de laisser la vie s'égrener jusqu'à ce que mort s'en suive ? Ou tout simplement par manque d'amour de la vie, cet amour qu'on se doit de transmettre? J'avais cinq ans… On ne peut pas poursuivre la lutte contre un adulte buté qui fait comme si de rien n'était, comme si tout ça n'avait jamais existé. J'ai oublié… Comme on oublie nos amis imaginaires en vieillissant. Je me suis réfugiée à des années-lumière de ma bonne étoile, grand-maman Yvonne. Puis ma mère est décédée. J'ai oublié encore plus. J'étais à l'université. J'ai dû trimer dur pour payer mes études. Je viens tout juste d'en sortir avec un doctorat et une dette excessive. Toutes ces années, j'ai engourdi mes sens, et fait un autodafé de la mémoire émotionnelle… J'ai oublié d'aller dans le sens du remords. J'ai besoin de m'installer au manoir… Je crois qu'en étant sur place, la mémoire va revenir plus précisément et…

Terrifié, Malcolm protesta.

– Pas question! Ah! je te vois venir, Éva de Rome! Même pas pour toi qui lui ressembles tant. C'est la maison du malheur, tu le sais. *And haunted!*

– Je ne peux pas croire qu'un homme aussi actif, critique et réfléchi puisse croire à l'existence des fantômes!

– Laisse-moi mes contradictions, Miss. Et puis, je sais ce que je sais!

Éva l'avait blessé. Elle se passa la main sur le front, tentant de trouver une autre façon de dire les choses pour qu'il comprenne l'urgence. « Choisir les bons mots. Être comprise dans mes intentions qui sont justes. Et s'il refuse, au moins être certaine qu'il a bien compris mes mots. Le sens de mes mots. Ce qu'ils sous-tendent. Ma solitude. Ma quête d'hier pour mieux comprendre aujourd'hui et peut-être trouver un sens à demain. »

Confiante en lui, elle lui prit la main. Les hommes au comptoir regardaient la scène à la dérobée.

– Malcolm, je suis une contemplative, mon action est sur papier, sur écran, ou dans ma tête. Je ne suis pas très performante dans l'action ; pourtant, je cherche la façon de trouver dans l'action. J'ai besoin de toi. Accepterais-tu de venir au manoir juste dans la journée ?

– Tu ne peux pas rester là seule la nuit ! C'est non !

– Seulement dans la journée, d'accord ? Tous les jours ? Jusqu'à ce que je trouve… Je ne sais pas encore quoi, mais je dois le faire. Mon ventre me le dit et, tu sais, quand une femme se met à l'écoute de son utérus… Une maison n'est-elle pas le prolongement de la vie utérine ? D'un ventre à un antre. On peut redonner vie au manoir. Je dois le faire. Pour trouver. Pour me trouver.

Embarrassé par la métaphore, Malcolm toussota. Éva rougit, étira sa longue chevelure roussâtre en marmonnant qu'elle était encore dans le microscope, ses mots trop près de son désir, trop limitrophes pour être compris. Pourtant, Malcolm avait bien compris, mais restait dans le déni.

– Pourquoi réveiller le passé ? Laisse en paix…

Éva s'appuya au dossier de la chaise en fermant les yeux. Elle prit une longue inspiration et dit sobrement ce qu'elle avait à dire :

– Je n'ai plus rien. Ma grand-mère, ma mère, parties. Je n'ai jamais connu mon père, ni même mon grand-père. Je n'ai pas de frères et sœurs. Maintenant, je trouve Tara. C'est tout ce que j'ai. Cette mémoire et le manoir à restaurer. C'est tout ce que j'ai… Il n'y a pas de fantômes, Malcolm. Seulement de la tristesse, et je veux consoler cette maison triste. J'irai. Je n'aurai pas peur de ma peur ! Je le jure !

– C'est comme moi…

Pause.

Il marmonne…

– Je ne me suis jamais marié.

Soupir.

... tape le sol de sa canne, lève les yeux vers les copains debout au comptoir...

– Eux savent la blessure que je traîne comme un pathétique mendiant du cœur !
Silence.

Il feuillette son petit carnet de notes à la recherche d'une phrase toute faite...

Silence.
Silence.
Silence.

– Quand j'étais jeune, je croyais que ça n'avait aucune espèce d'importance. Je me suis jeté dans l'enseignement de la philosophie, des sciences, du rugby. Mais quand tu te mets à aller plus souvent au cimetière qu'aux fêtes du village, quand les jeunes migrent tous vers la ville et que tu ne vois plus que des visages fanés, fatigués, déçus…

... referme son calepin...

– … que la vie ne se renouvelle plus. Et la vie, on la veut ! Plus on vieillit, plus on a soif de jeunesse et de rêves. Vieillir est une abomination. Vieillir seul, un supplice damnant. Et vivre sans amour est la pire de toutes les détresses humaines. Maintenant je le sais. Tout le reste a sa place mais, sans amour, c'est cruellement inutile.

Il met son calepin dans une poche.

— Je n'ai jamais eu de fille…

Le vieil homme se leva lentement. Du comptoir, ses amis le fixaient, oubliant d'avaler la gorgée de porter qu'ils venaient de mettre dans leur bouche. Ils savaient que Malcolm Pedee allait parler haut et fort. Avec le cœur. Et le cœur, quand il en a assez de souffrir, il attrape la vie par les cheveux et la traîne de force.

— Va te préparer. Je vais chercher le scooter. Prends ta voiture. Nous devons faire des courses et redonner vie à cette maison du malheur. Tu as raison, ça a assez duré! Je vais venger la mémoire de mon grand-père qui ne s'est jamais pardonné pour Tara! Je vais être là pour toi! Fantômes ou pas. Mais uniquement quand le soleil est haut dans le ciel. *Go!*

Éva le serra longuement dans ses bras.

Du comptoir, les amis de Malcolm levèrent leurs bocks de bière en lui donnant du «*I dub you knight*» et du «*white knight of Sussex, valiant knight of Lady Éva*».

Ce jour-là, le cœur du «chevalier» Malcolm Pedee rajeunit de vingt ans! Tout à la joie d'une nouvelle raison de vivre, il resta jeune jusqu'à sa mort qui, dit-on, vint très tard dans sa vie d'homme.

22

Dans la cuisine, depuis plusieurs heures, Éva et Malcolm frottaient, nettoyaient, astiquaient, polissaient, emplissaient les armoires de victuailles.

– Allez, Malcolm, encore…

– Je t'ai dit tout ce que je sais… Elle n'a vécu ici que quelques années. Aimée des gens. Crainte par l'élite. Détestée par sa belle-famille qui ne voulait pas perdre le moindre de ses privilèges et qui était outrée, le mot est faible, qu'elle ait quitté Londres pour s'installer ici avec Oliver et Éléonore. Menant ses actions révolutionnaires, pour le droit de vote universel, contre la pauvreté, contre le travail des enfants dans les étroits couloirs sombres des mines et dans les hautes cheminées des usines, des journées de quinze heures pour des bambins de cinq ans ! Avec une réduction à dix heures après une agitation radicale en 1847. Mais pas respectée par les industriels ! La destruction des innocents… Une espérance de vie ne dépassant pas vingt-cinq ans dans les mines de fer et de charbon. Une chose terrible. Impensable. Et la lutte dure encore aujourd'hui. Elle a seulement changé de noms, de pays, de visages… Toutes les luttes des suffragettes, des féministes, des visionnaires, des écologistes, des humanistes, des artistes, et qui encore ! toutes sont encore à mener. Toutes ! Les grands pouvoirs toujours sourds aux cris du peuple. *Drives me so bloody mad!...* Et Suzon qui suivait Tara partout où elle allait, son bébé dans les bras. Une fille-mère. Tu imagines bien les représailles, dans ce temps où la femme n'était qu'un accessoire muet de la vie privée. Et Tara qui ne tarissait pas d'idées, allant jusqu'à marcher sur Londres, rédigeant des notes révolutionnaires en prison. Encourageant les femmes à poursuivre la lutte. Le peuple l'aimait et elle le lui rendait bien.

– Et son mari, Oliver, comment voyait-il les actions de sa femme ?

– À la fin de sa courte vie, il était très occupé. Il travaillait de concert avec le Fine Art Workmen...

– Je connais ! J'ai étudié cette association. L'architecte William Morris en a eu l'idée pendant la construction de Red House avec Philip Webb, Burne-Jones et... D. G. Rossetti. Ils excellaient dans le design de vitraux, tissus, tapisseries et meubles décoratifs qui ont révolutionné les goûts victoriens.

– Quel est ton métier ?

– Architecte.

– Comme Sir Oliver... Incroyable.

– Il était architecte ? !

Malcolm interrompit son travail.

– *Yes, yes*... Mais assez de questions pour aujourd'hui, je fatigue !

Comme Éva allait protester, il la poussa doucement vers le couloir, le ton ferme :

– Allez, hors de la cuisine ! Il y a encore beaucoup à faire avant le coucher du soleil.

Éva ne voulait pas que Malcolm travaille si fort. Depuis leur arrivée, elle lui demandait de s'asseoir, mais l'homme était déterminé à faire les choses comme il l'entendait. Elle l'avait traité de tête de mule, ce qui n'avait rien changé à l'affaire.

Elle s'engagea donc dans le couloir, à tout petits pas incertains. Incapable d'entreprendre l'exploration du manoir, encore sous le choc de la découverte d'un passé qui la révélait toujours un peu plus à elle-même, elle se retrouva dans le grand salon. Tout au fond, de lourdes tentures de velours rouge étaient tirées devant une double porte française. Malcolm avait pris soin de ne pas s'en approcher. Éva aurait voulu ne pas craindre le balcon couvert qu'elle avait étudié du jardin, mais c'était plus fort qu'elle. Mieux valait attendre que les superstitions taisent leur déraison. Elle leva les yeux vers le portrait.

« William… Il lui ressemble trop, je ne sais plus où j'en suis… Oliver. L'architecture est donc un trouble génétique de la famille ? »

Hypnotisée par le regard de son ancêtre fixement posé sur elle, elle se souvint qu'enfant, elle n'arrivait pas à comprendre comment les yeux d'un portrait pouvaient suivre la personne qui le regardait, peu importe la position que celle-ci occupait devant la toile. Ce mystère l'avait pourchassée longtemps, jusqu'à ce qu'elle apprenne les lois de la perspective. Elle fixa Tara qui la fixait également, recula, se dirigea vers la gauche, vers la droite, et toujours les yeux étaient braqués sur elle. Quand elle se tourna et vit Tara derrière elle, Éva plaqua ses deux mains sur sa bouche ; Tara en fit autant. Voyant son reflet dans une glace, Éva avait cru voir une apparition. S'approchant du miroir, elle observa son reflet, puis le portrait où Tara la regardait toujours. Elle passa de l'un à l'autre en explorant ses traits du bout des doigts : « La ressemblance est vraiment frappante. Terrifiante. »

Bientôt échouée dans un fauteuil, en boule, pour chasser les questions sans réponses, Éva pensa à William Morris, architecte, visionnaire, décorateur, designer, poète, socialiste. Elle fouillait dans ses souvenirs d'études, toutes ces connaissances qu'elle allait oubliées si elle continuait à être guide touristique au lieu d'architecte. « Si on n'a pas l'occasion de vivre dans le cœur de sa passion, tous les apprentissages se perdent dans l'abrutissant quotidien. Doctorat tant qu'on veut ! » Elle passait ses fichiers victoriens en revue dans sa mémoire.

Pour William Morris, l'art embrassait l'environnement créé par l'être humain. Elle se souvenait de son système de valeurs : « À moins que les gens ne décident de vaquer à leurs affaires avec soin et sans rendre le monde hideux, comment peut-on prétendre à l'Art ? » Et il utilisait un mot qui résonne gravement. Un mot fatigué à force d'exister. Certains mots préféreraient avoir droit de mort – vestiges inutiles d'un monde qui aurait évolué. *Squalor…* Morris se réfugiait dans la beauté, la poésie, le design lyrique, byzantin, romantique, épique, mythologique, néogothique, éclectique pour repousser « *the dull squalor of civilization* ». *Squalor…* Misérabilisme, crasse, fumier ? Il faudrait demander à Malcolm la signification exacte de ce mot vieilli, mais encore vif.

Vieilli mais encore vif. L'image de sa grand-mère Yvonne, celle des jours heureux. Éva voulait retrouver la voix, les mots qui s'égrenaient, l'alphabet qui s'organisait en dialogue intérieur, consciente qu'ils ne serviraient que de médium pour mieux entrer en communication avec son passé enfoui dans quelque recoin perdu. Forcer la voie aux impressions. Retourner chaque syllabe, chaque phonème, voyelle, consonne, semi-voyelle ; retrouver les sonorités de la joie furtive de sa petite enfance. Ne pas émettre de conclusions, ces affreuses impasses qui ne démontraient qu'une seule petite chose insignifiante : qu'on était fatigué de chercher, qu'on avait abdiqué.

« Grand-mère… Grand-maman Yvonne. Raconte-moi une histoire… Comme quand nous vivions à l'île d'Orléans et que les milliers d'oies sauvages jacassaient sur les berges au dégel, et que je devais bien tendre l'oreille, car tu chuchotais de ta voix la plus douce et elles faisaient tellement de vacarme. Quand on se mettait à plat ventre dans les broussailles du sous-bois, contre le vent pour ne pas alerter leur odorat sensible, et qu'on approchait à pas de loup pour ne pas les effrayer. La terre argileuse sentait la vase et le limon du fleuve. Et la pourriture des feuilles mortes délavées par le long hiver. Tu passais ton temps à m'empêcher de bouffer de la terre. Et tu pointais le doigt vers les grands oiseaux au long cou. Les oies. Blanches comme tes cheveux. Maman riait tellement quand elle nous voyait réapparaître en haut de la côte, couvertes de boue, de brindilles et de chardons… car on y tenait, à nos « pic-pics » accrochés à nos vêtements de camouflage ! Les inséparables, main dans la main, un air vainqueur sur la frimousse, lui annonçaient qu'elles venaient de battre leur propre record. Qu'elles avaient approché à moins de cinq mètres des oies… »

***

Devant la fenêtre passe à grand bruit un vol d'oies blanches. Grand-mère Yvonne borde la petite Éva en chantonnant une chanson du folklore français : « V'la l'bon vent, v'la l'joli vent, v'la l'bon vent, Mamie m'appelle. » Du bout des doigts, Éva joue avec le camée de sa grand-mère. Celui qu'elle porte tout le temps et qui appartenait à sa grand-mère Tara – un cadeau de son mari qui l'avait fait faire à son effigie. Éva aime les chatoiements de l'opale sculptée en relief. Elle sait qu'un jour il sera à sa mère, plus tard à elle.

– Grand-mère, tu avais promis de me raconter la suite…

La vieille femme retire la petite main d'Éva de son camée et la contemple avec une grande affection. Elle chuchote en regardant la porte de la chambre :

– On va finir par se faire prendre…

– Non. Je n'ai rien dit à maman et je ne dirai rien.

Éva met tous ses doigts devant sa bouche et serre les lèvres. Sa grand-mère sourit, elle pose son index sur ses lèvres : « Chut… » Elle entrouvre la bouche. Éva se redresse un peu et lève des yeux gourmands vers la conteuse.

– Un jour, de l'antichambre, Suzon entendit une conversation entre Tara et Oliver.

– Éléonore n'était pas là ?

– Elle devait jouer au jardin…

***

Dans le grand salon du manoir, Éva se dressa sur un coude et se tourna vers le portrait. Tara portait le camée. Jusqu'ici, ce détail lui avait échappé. C'était le même, celui que sa mère avait rangé sans jamais le porter. Pourtant, après, Éva avait eu beau chercher, elle ne l'avait plus retrouvé. Elle fit un effort suprême pour dire tout haut ce qu'elle avait tu durant toutes ces années :

– Quand maman… quand maman a perdu pied et a dévalé l'abrupte pente boueuse derrière la maison, marquant le sol d'un tracé précis de glissement, de griffures, d'éboulement, avec des endroits intacts là où elle avait plané et des endroits profondément creusés là où elle avait atterri encore et poursuivi sa chute vers le fleuve… quand ma mère, la mienne, a perdu la vie un jour de novembre et que, arrivant à la maison par une fin d'après-midi maussade, sous la bourrasque d'un ciel barbouillé qui crachotait ses flocons mouillés, j'ai aperçu son foulard de soie accroché à un maigre bosquet nu, son foulard qui claquait comme un étendard en berne, et que, l'entendant claquer, j'ai su… j'ai tout de suite su qu'on venait de m'arracher un morceau d'âme. Oui, je suis entrée dans la maison. Oui, je l'ai appelée mille fois. Oui, j'ai ouvert toutes les portes, parcouru toutes les pièces, mais je savais. Et, ce jour-là, elle portait le camée de Tara? Celui qu'elle avait remisé sur une haute étagère dans une pièce de rangement en disant que le passé n'apportait que du malheur? Ce jour-là, malgré sa croyance, elle a tenté le sort et le malheur s'est abattu sur elle. Et m'a éclaboussée à mort!

Des larmes coulaient sur les joues d'Éva, grosses et rondes comme des gouttes de pluie tropicale. Elle voyait l'histoire que racontait sa grand-mère et fixait le tableau où souriait Tara. Éva regardait le présent et les passés ne devenir qu'un, former un tout, un grand cercle de protection autour d'une lignée de femmes. Elle sentit un nœud se défaire en elle, et une sensation de détente qu'elle n'avait pas ressentie depuis la petite enfance lui réchauffa tout le corps. La voix de sa grand-mère résonnait en écho:

— Un jour, de l'antichambre, Suzon entendit une conversation entre Tara et Oliver.

— Éléonore n'était pas là?

— Elle devait jouer au jardin…

— Elle jardine avec maman qui est allée cueillir un bouquet de roses avant la nuit?

***

L'enfant retrouvait la femme qu'elle était devenue. Toutes deux étaient enfin réunies devant ce constat de double : « Hier, aujourd'hui. Oliver et Tara, William et Éva. Deux architectes. Ma grand-mère Yvonne, sa mère Éléonore. Ma mère Olympe, sa fille Éva. Une lignée de femmes, toutes mères d'une seule fille. Et deux orphelines en bas âge : Éléonore et moi. » Cela la troublait énormément. « Ma vie et son funeste double ! »

Le scénario était toujours le même. Elle allait couler à pic dans des eaux troubles. Se redressant, Éva s'arracha à son naufrage. Elle suait des clous, tapa du pied, se renfrogna et refusa en bloc de sombrer encore une fois. Quand enfin elle s'apaisa, les berges du fleuve Saint-Laurent s'éloignèrent : les lumineuses, celles de sa petite enfance à l'île d'Orléans ; les obscures, celles de sa jeunesse à Montréal. Elle savait qu'elle pouvait désormais y retourner à volonté et sans s'y asphyxier.

Un autre chapitre de l'histoire s'érigeait dans sa conscience. Avec des yeux d'enfant : étonnement, gourmandise, apprentissage, texte troué. Avec des yeux de femme : étonnement, gourmandise, désir, œuvre complète. Sa grand-mère lui avait révélé qu'Oliver était architecte. Éva s'en souvenait maintenant. Une fois de plus, Yvonne avait sorti le dictionnaire pour expliquer le nouveau mot – architecte – à sa petite-fille.

Les personnages prenaient la forme et la psyché de William et d'elle. « Mes souvenirs m'appartiennent et je décide de les exprimer comme je les ressens aujourd'hui. Car la mémoire toujours se mêle au reste et ça fait, parfois, une grande œuvre ; souvent, des phantasmes exigeants, ou un dialogue intérieur riche, complexe, touchant. Adieu, censure ! »

Éva ferma les yeux ; ses lèvres se gonflèrent de volupté.

***

Tara et Oliver sont allongés, nus, sur le mince drap d'été. Tara lui couvre le torse de longs baisers humides. Il lui caresse les cheveux. Elle lève les yeux vers lui. Il lui embrasse le front.

– Je dois aller au Red Lion Square…

– Oh non! tu en reviens tout juste…

– Ce n'est que pour une petite semaine. Je dois rencontrer Morris. Il travaille sur une exposition de meubles et d'art décoratif pour l'an prochain… Le Fine Art Workmen progresse et élabore de nouveaux points de vue avec l'éclectisme. C'est fascinant, Tara… Je sens que nous allons sortir définitivement de ce siècle et atteindre de nouvelles visions architecturales et artistiques.

Tara caresse le mamelon d'Oliver, tout doucement, du bout des doigts.

– Je serai de retour quelques jours avant ton anniversaire. Et…

Il cesse de parler, lui prend les doigts, les met dans sa bouche et les suce délicatement. Le regard de Tara devient ténébreux.

– Et?…

Oliver saisit son visage et la regarde avec une tendresse infinie.

– Ma mère et mon frère arrivent de Londres. Ils veulent préparer un bal, pour ton anniversaire…

Tara s'est redressée.

– Non, Oliver, je ne veux pas qu'ils viennent. On va encore se disputer comme quand on vivait ensemble à Londres… et tu ne seras même pas là…

– Sois raisonnable. Je ne peux pas toujours être pris entre eux et toi. Voilà des mois que tu ne les as pas vus…

– J'ai été très occupée…

– Justement, c'est ce qui les dérange, que ma femme soit occupée !

Tara devient de plus en plus anxieuse.

– Oliver… on ne va pas encore se disputer…

Il prend une boucle de ses cheveux de cuivre brûlé et l'enroule autour de son petit doigt.

– *No, my angel.* Promets-moi seulement que tu ne feras pas de réunions subversives pendant mon absence. Donne des vacances à la House of Commons.

Oliver veut mettre la boucle de cheveux dans sa bouche, mais Tara se redresse avec fougue.

– Tu crois qu'on réussit vraiment à déstabiliser les dinosaures ?…

– L'opinion publique est soulevée. Et, tu le sais bien, quand le peuple commence à murmurer : « C'est assez » d'une seule voix, alors, bien sûr que ça les dérange. Le peuple a un grand pouvoir entre les mains. S'il ne s'attardait pas tant aux divisions, aux factions, aux détails circonstanciels, si d'une seule voix il murmurait : « C'est assez » et avançait sans reculer, il forcerait le Grand Mouvement. Mais il y aura toujours ceux qui rêvent du nouveau pouvoir et non de paix, de bonheur partagé et de justice, et ceux-là divisent, et la division est si profitable au pouvoir en place… Mais n'abuse pas de ma position sur l'échiquier pour obtenir plus de détails. Promets-moi que tu te tiendras tranquille pendant mon absence.

Tara le toise. Elle n'aime pas se faire dicter sa conduite. Oliver semble si préoccupé. Elle tergiverse, il lui caresse le bout du nez. Elle lui sourit.

– Promis. Mais juste pour cette semaine. Après mon anniversaire, je reprends les grandes manœuvres, et le gouvernement va devoir répondre de ses actes élitistes.

Oliver devient songeur. Il reprend la boucle et la met dans sa bouche.

– Ces choses-là prennent du temps, Tara. Tu risques de ne voir aucun résultat de ton vivant.

– Je sais. Je ne suis pas dupe. Mais il faut bien un début. Le rôle de pionnier est terrible… C'est comme les enfants aînés. Ils souffrent des excès d'insécurité et d'autorité des parents. Les cadets en bénéficient et, souvent, ne s'aperçoivent même pas de ce qui a été exigé des plus vieux. Tu crois que les générations futures se souviendront ? qu'elles ne vont pas oublier et devoir tout recommencer ? Tu crois qu'elles seront plus heureuses ? que le Grand Mouvement va avoir lieu ?

Oliver ne répond pas. Il lui sourit de ses yeux bleus translucides. Le regard de Tara se perd dans les fleurs de la tapisserie. Absorbée dans l'analyse des prochaines actions à entreprendre pour faire avancer la cause du peuple et des femmes, elle s'assoit en amazone, les jambes pendant entre le lit et le tapis, si prête à se projeter dans l'action que son corps sautille d'impatience. Oliver regarde danser les seins blancs dont les mamelons rose tendre se contractent dans la fraîcheur de la chambre. Sentant le regard suave posé sur elle, Tara revient à leur intimité.

– Tu me trouves idéaliste, je sais…

– Oui. Mais les idéalistes sont de grands amoureux de l'humanité, de la nature, de la vie. Des passionnés… Et c'est moi qui en profite le plus.

Il l'attire vers lui.

– Tu m'aimes ?…

– Plus que tout. Oliver…

Elle se redresse, hésite, se mordille les lèvres, pose son index sur le visage d'Oliver et en trace le contour, le relief.

– Voilà quelque temps que je suis revenue de mon long séjour en France… On n'en a jamais discuté et il le faut…

– Tu es revenue, c'est l'essentiel. J'ai eu si peur de te perdre. Que tu restes là-bas.

Il se penche sur elle. Elle retient le geste.

– À mon anniversaire, je vais t'en parler. À ton retour, si tu acceptes de comprendre, ce sera pour toi le plus beau des cadeaux. Qui va te rendre heureux, très heureux.

Oliver l'écoute à peine.

– Qu'as-tu encore à te faire pardonner ? Et comment pourrais-je être plus heureux ? Impossible.

Il approche les lèvres de ses seins. Il les hume, les prend à pleines mains, les collent l'un à l'autre, lèche les mamelons durs et dressés, et, enfouissant la tête, il ne les embrasse pas, il les embrase, chaque pore envahi du feu brûlant de ses lèvres. Tara tend le cou vers l'arrière. Le visage ouvert, la bouche grossie de désir.

∗∗∗

Quand Malcolm entra au salon, il vit un large sourire aux lèvres arrondies éclairer le visage d'Éva. Intimidé, il déplaça une chaise, épousseta un fauteuil. Éva ouvrit les yeux et lui tendit les mains. Il s'approcha et lui prit le bout des doigts.

– La mémoire revient ?

– Ma grand-mère était une merveilleuse conteuse. Et j'ai beaucoup trop d'imagination ! Elle m'a raconté leur grand amour, mais voilà, je ne vois plus les choses comme une enfant, je regarde comme une adulte ! Tara et Oliver… J'étais comme tout le monde, dans un train à grande vitesse filant sur des rails qui ne mènent nulle part. Je suis descendue et je contemple le paysage. Celui au-dessus duquel j'avais accroché une lune noire… Voilà que je suis conteuse à mon tour !

– *Good, good*… Maintenant, il faut manger…

Le vieil homme voulut s'éloigner. Éva lui attrapa la main, le front crispé, le visage tendu. Malcolm la voyait venir ; il soupira bruyamment et tenta de se dégager, mais elle le tenait bien, ses doigts enlacés aux siens, comme en prière.

– Pourquoi Tara est allée en France pendant quelques mois ?

– Pour accompagner Suzon qui a accouché d'un petit garçon. C'est incroyable, ce qu'elle a fait ! Les grandes familles étaient offusquées qu'elle parte, puis ramène la mère et l'enfant à la maison. Mais le peuple était réjoui !

– Parle-moi du jour où elle est morte.

Malcolm devint de glace.

– Je ne sais rien…

– Oui, tu sais.

– Non.

– Malcolm, je n'ai pas beaucoup de temps. Et c'est difficile de retrouver la mémoire d'un seul coup. Il faut unir la mienne à la tienne. Parle-moi du jour où elle est morte, je t'en prie.

– Pas maintenant.

Éva sauta sur ses pieds et s'approcha de la tenture de velours rouge. Malcolm voulut l'arrêter, mais se figea d'effroi.

– Vais-je devoir te saouler comme ton grand-père pour que tu parles ?

– Pas ici !

Éva agrippe la tenture, elle va la tirer et dévoiler le balcon couvert. Un courant d'air froid siffle longuement et fait bouger le lourd tissu. La porte vitrée du salon se ferme d'un coup sec.

Malgré son grand âge et ses rhumatismes, Malcolm soulève Éva de terre et court vers la porte du salon en priant tous les saints du London Church qu'ils ne soient pas faits prisonniers.

23

La porte de la cuisine s'ouvrit si violemment qu'elle en sortit de ses gonds. Branlante, elle interrompit sa course sur le mur de pierre à grand fracas de carreaux brisés, puis resta là, pendouillant sur le chambranle. Malcolm tenait deux verres et une bouteille de whisky d'une main, et le bras d'Éva de l'autre. Il s'éloignait à toute vitesse. Arrivé près de la table de jardin, il s'arrêta net, le souffle court, et secoua sa jeune protégée.

– Je t'avais avertie : tu ne parles pas de ça dans le manoir ! Tu les as réveillés ! *Too late, too late.* Ils ne nous laisseront plus en paix !

Tourmenté, Malcolm pointa l'index vers le manoir. Le doigt se dressait, menaçant, puis se repliait dans un vif tremblement. Éva avait beau protester, assurant que ce n'était qu'un courant d'air, Malcolm fulminait en répétant que c'était trop tard, trop tard, trop tard !

Désespérée, excédée par ses souvenirs en dents de scie et par la lenteur du retour de sa mémoire qui la faisait agir comme une idiote, Éva baissa la tête, la releva vers le manoir, frotta son visage de ses deux mains, scruta le jardin, fit quelques pas, tourna sur elle-même, prit ses longs cheveux dans ses mains, puis serra. Malcolm la tira jusqu'au scooter et démarra comme un fou.

Contournant le manoir, à l'ombre des ormes bicentenaires, ils s'approchèrent d'un monticule envahi de chiendent. Deux pierres tombales noircies par le temps s'étaient penchées l'une vers l'autre jusqu'à se toucher. Malcolm freina, descendit du scooter et se dirigea d'un pas décidé vers le cimetière à deux places. Éva le vit prendre des poignées de terre et les lancer haut dans les airs en psalmodiant une sorte de prière des morts en langue celtique. Puis, après avoir versé sur la terre remuée un peu de whisky de sa flasque de poche, il mit un genou à terre. Il resta sans bouger un très long moment, assez pour qu'Éva réussisse à lire quelques mots gravés qui n'avaient pas été effacés par les affres du temps. Des graminées ondulaient devant les inscriptions en faisant un joli bruit de frissons duveteux, les oiseaux gardaient le bec clos, les grands ormes étiraient leurs ombres jusqu'aux confins du jardin, la lumière filtrait de-ci de-là selon l'humeur du vent aux effluves iodés du proche littoral.

1861Oliv r Fa rlie Tara F born d Bis é.

Malcolm se leva et recula, dos courbé, jusqu'au scooter. Il démarra tout doux et se dirigea vers la grille. Derrière, Éva le serrait très fort. La tête appuyée sur le dos de Malcolm, elle regardait le monticule, puis le balcon couvert. Fixement.

Passé la grille, Malcolm la referma solidement. Il sortit la bouteille de whisky et les deux verres de la sacoche du scooter et choisit une zone couverte de mousse. Perdue dans ses pensées, Éva caressait la déesse blanche Tara.

— Malcolm, je ne t'ai pas tout dit… Il y a un homme au Canada. Je l'ai rencontré il y a quelques semaines. Il m'a fait venir aux Mille-Îles pour restaurer sa maison. Il a fouillé chez moi et a pris tout ce qui concernait mon passé… Des choses sans valeur, des dessins, des photos, mon journal d'enfant. Il m'épie. Je suis certaine que c'est lui qui a fait l'offre d'achat à Charles Dunlop. Je dois trouver Tara. Avant qu'il ne prenne la seule chose qui me reste. Tu comprends?

Malcolm aussi était perdu dans ses pensées. Il eut un geste irrité.

– *Sit down!* Tu ne vas pas aimer cette histoire. Je crois même que tu vas la détester. Je ne peux pas croire qu'il me faut la transmettre comme mon grand-père l'a fait… Maintenant je comprends sa détresse quand tout le village insistait pour qu'il raconte encore et encore. Ça a gâché sa vie. Il est devenu tragédien malgré lui. Mythomane à force de… Il voulait raconter d'autres anecdotes, inventer des fictions moins dangereuses pour lui. *But no!* On voulait le vrai, le cru, le sensationnel – un récit est plus excitant quand il porte la mention «fait divers, fait vécu, histoire vraie, sordide histoire vraie»… Et venaient les enfants des enfants des enfants, et les nouveaux propriétaires et les cousins de la ville. Et lui buvait, racontait, encore et encore, jusqu'à plus faim mais toujours soif.

Il versa une goutte de whisky dans le verre d'Éva, mais remplit le sien à ras bord. Il sortit la photo de Tara de sa poche, leva son verre dans sa direction et le vida d'un trait. Son visage se durcit.

– Sir Oliver était à Londres depuis une semaine pour son travail avec le Fine Art Workmen. Sa mère et son frère, Lawrence, étaient ici pour préparer un bal pour l'anniversaire de Tara. Au début, elle s'en sortait assez bien. Puis, deux jours avant son anniversaire, une dispute, terrible, a éclaté entre Tara et sa belle-mère. Tous les domestiques s'étaient réfugiés dans la cuisine. Lady Fairlie criait, hurlait, s'égosillait. Il était question des activités sociales de Tara, de la façon dont elle élevait Éléonore, loin de Londres, des bonnes manières à lui enseigner afin qu'elle devienne une épouse vertueuse, de la répressible spontanéité d'Éléonore, le portrait craché de sa mère, du bâtard de Suzon. Tout y est passé!... Dans la cuisine, la tension montait. Les femmes pleuraient, se signaient, chuchotaient; les hommes brandissaient le poing, blasphémaient: ils voulaient botter le cul de la vieille sèche. Par la suite, Lawrence s'est montré plus autoritaire et acariâtre avec les domestiques. Comme s'il était dorénavant chez lui! Tara était devenue l'ombre d'elle-même. Il faut savoir comme elle mettait de la joie dans la vie de tous les jours. Des rires, des fleurs, des soirées entières à discuter avec les domestiques. Faisant venir le médecin pour le jardinier, payant la dette de jeu du chauffeur en lui faisant promettre de ne plus recommencer, réparant le cœur meurtri d'une servante, aidant à la cuisine, s'affairant dans le jardin, faisant les lits en chantonnant avec les femmes de ménage qui apprenaient les paroles des chansons françaises en riant de leurs sonorités étrangères... Alors, imagine l'émoi quand elle s'est enfermée dans sa chambre avec Éléonore, Suzon et son bébé... Et Sir Oliver qui n'arrivait pas. Le jour avant son anniversaire, Tara est sortie en cachette. Après sa mort, mon grand-père a su qu'elle était allée chez le vieux Dunlop. Pour son testament et ses dernières volontés. *Hell!* elle n'avait que vingt-sept ans...

— Moi aussi, j'ai vingt-sept ans...

Éva avait lâché ces mots dans un couac grelottant. La coïncidence était trop forte. Une énorme peur de mourir la prit au ventre et pourrit l'air qu'elle respirait.

Malcolm s'envoya une grande rasade de whisky, redressa le torse et poursuivit en baissant la voix :

– Le soir fatal, le temps était étonnamment doux pour le mois de décembre, et l'orage menaçait. Le manoir était éclairé de tous ses feux. Les invités arrivaient de tous les coins d'Angleterre. Il faut savoir que la mère d'Oliver et de Lawrence était une veuve très puissante. Et Tara ne descendait pas pour accueillir les invités.

***

Murray Pedee monte les marches en suant à grosses gouttes. Il déteste être porteur de mauvaises nouvelles, encore plus lorsqu'elles s'adressent à Lady Tara. Ces derniers jours ont été si pénibles pour elle, devenue une sorte d'automate spectrale qu'il ne voit plus que dans l'embrasure de la porte de sa chambre. Ses rires, disparus ; ses chansons françaises, tues ; même les éclats de voix d'Éléonore et les gazouillements du bébé de Suzon semblent s'être éteints. Plus rien. Que ce mauvais silence plein des gestes autoritaires de la veuve Fairlie qui fait déplacer un vase, une causeuse, un tapis, un grain de poussière. Sans arrêt. Et l'air hautain de Sir Lawrence qui ordonne de cirer ceci, de polir cela, de mettre la hache dans les bosquets.

Arrivé à l'étage, Murray fait une pause et s'essuie le visage avec son mouchoir de poche. Suzon cogne à la porte de la chambre en suppliant Tara de descendre, ordre de Lady Fairlie, furieuse que les invités soient pris en otage par les caprices de sa belle-fille. De l'intérieur, Tara pose la question, la même ultime question depuis deux jours :

– Oliver est arrivé ?

Murray se remet à suer, « comme une bête de somme », se dit-il.

– *Milady*, il faut descendre. Monsieur aura reçu votre pneumatique et arrivera d'ici peu.

La porte s'entrouvre sur Tara vêtue d'un peignoir usé. Elle est pâle comme un rayon de lune, ses yeux verts devenus opalescents, ses lèvres d'une terne lividité. Elle murmure quelques mots en tendant la main à Suzon. Murray voudrait lui insuffler toute sa force vitale, sous peine d'en crever. « Car je meurs déjà, pense-t-il, de la voir si malheureuse. »

– Viens, Suzon, je dois te parler.

– Mais Tara…

– Murray, je vous prie de dire à mère que je suis presque prête. Je descendrai dans quelques minutes.

– *Milady*, est-ce que je peux faire quelque chose ?

Tara a un sourire mélancolique en lui demandant encore d'aller voir si Oliver est arrivé. La porte se referme.

Bouleversé par les événements des derniers jours, sourdement inquiet, Murray descend en s'épongeant le front. Peu pressé de s'adresser à Lady Fairlie, il fait une pause en bas de l'escalier, un détour par la cuisine, scrute l'horizon pour la centième fois pour voir si Sir Oliver n'est pas en vue. Puis, traînant les pieds vers le salon, il s'approche de Lady Fairlie et lui parle à l'oreille. Comme prévu, elle s'offusque en insistant pour qu'il aille sommer sa belle-fille de descendre immédiatement !

C'est à ce moment précis que Tara fait son entrée dans le grand salon, vêtue d'une superbe robe blanche en mousseline, ouverte sur son dos gracile. L'orchestre entame un air d'anniversaire, version feutrée. Les convives applaudissent du bout des doigts.

Murray est ébloui par la beauté vibrante de Tara. Et furieux d'entendre les invités délier leurs langues et crachoter leurs mots déliquescents. La rumeur monte comme un souffle du diable : on parle de sa robe, trop blanche, trop diaphane, trop échancrée dans le dos, un scandale ! On critique ses activités : criminelles ! Car si on donne voix au peuple, où ira la civilisation ? On plaint Sir Oliver pour le manque de féminité de sa femme. Car la féminité exige la discrétion, l'obéissance, l'éducation stricte des enfants, de la tenue et de la retenue, une indifférence placide face aux sujets politiques et sociaux – les hommes savent ce qu'ils font, diantre ! On se demande aussi pourquoi Oliver n'est pas arrivé, puis on ajoute qu'il est compréhensible qu'il préfère ne pas être auprès d'une femme subversive, que le divorce est sûrement en préparation, et serait légitime dans un cas pareil, et bla et bla et reblabla. Murray voudrait tous les jeter à la porte à grands coups de pied au croupion.

Tara s'approche de sa belle-mère en souriant et a droit à un baiser furtif sur la joue, suivi d'un hochement sévère de la tête. Elle se tourne vers son beau-frère, Lawrence, qui l'embrasse sur la joue et lui tend un écrin. Tara l'ouvre et voit le collier de rubis enchâssés dans de l'or rose. Lawrence prend le collier. Livide, Tara offre sa nuque. Lawrence entonne le chant d'anniversaire, invitant les convives à en faire autant.

Murray croit voir la main gantée de Lawrence caresser furtivement le dos de Tara, mais il n'en est pas certain, car tout se passe trop vite. Ce qui est sûr, c'est que le visage de Tara change ; son sourire s'efface et ses yeux se chargent d'angoisse. Murray suit le parcours d'une goutte de sang qui, de la nuque de Tara, coule entre les omoplates. Lawrence s'excuse, prend son mouchoir de poche, veut essuyer la goutte de sang, hésite, puis se ravise et lui chuchote un mot à l'oreille. Tara n'a aucune réaction.

L'angoisse de Murray vire au tourment quand il la voit faire un petit signe à une femme, qui acquiesce et se dirige vers l'orchestre qui a repris une plate musique d'ambiance. L'orchestre entame l'introduction du chant funèbre de Henry Purcell. Les chuchotements de désapprobation s'intensifient parmi les convives.

When I am laid, am laid in earth...

Tara regarde les invités un à un, gravement. Ils détournent le regard. Elle regarde sa belle-mère qui maintient son air étranglé, allant même jusqu'à lever le menton dans un excès d'autorité.

May my wrongs create...

Tara sourit à la mezzo-soprano qui lui fait un large geste affectueux de la main. Enfin, elle se tourne vers la porte du grand salon où Murray se tient. Ses yeux l'implorent et Murray souffre de devoir lui répondre par un signe négatif. Elle le fixe encore en pliant légèrement le bout des doigts.

No trouble, no trouble in thy breast...

Murray comprend qu'elle veut qu'il aille aux nouvelles. Il la contemple une dernière fois. Sourdement inquiet, mais ne sachant pas pourquoi, il s'éloigne en marmonnant, en blasphémant, il maudit et accuse le sort! Oliver entre en coup de vent, trempé de la tête aux pieds. Murray, qui a accouru à sa rencontre, prend son manteau d'un geste brusque. Oliver le regarde, surpris.

– Murray… merci! Un arbre est tombé juste devant la grille. Je suis en retard.

– Oui, de deux jours !

Tendant l'oreille, Oliver entend l'aria de Purcell.

Remember me, remember me…

– Qu'est-ce que c'est que ce chant mortuaire ? Ce n'est pas pour un anniversaire…

Murray l'interrompt avec brusquerie :

– *Go to her!* Elle ne cesse de vous réclamer.

Murray ne s'était jamais adressé de la sorte à Sir Oliver. Voyant son air terrifié, Oliver se précipite vers le salon. Dans le hall, il croise Suzon qui s'accroche à lui.

– Oliver ! enfin ! Tara ne va pas bien. Je n'y comprends rien. Elle m'a fait plein de recommandations et m'a parlé de la musique qui changerait si…

… but ah! forget my fate.

Oliver ne l'écoute déjà plus. Entré en trombe dans le salon, il scanne la pièce du regard. Les invités ont beau s'approcher de lui, il passe au-delà sans mot dire et va directement vers sa mère.

– Où est-elle ?

– Tu ne peux pas commencer par souhaiter santé et prospérité à ta mère ?

Il insiste d'un ton dur et percussif :

– *Where is my wife?!*

Remember me, but ah! forget my fate.

Les invités cessent leur babillage. Lady Fairlie a un mouvement de recul et pointe le balcon couvert du doigt. Oliver bouscule tout le monde.

Du fond du salon, Lawrence s'excuse auprès des convives de la morbidité de la musique, un autre caprice de sa belle-sœur. Il envoie la main à sa mère. Elle lui fait signe d'approcher.

— N'as-tu pas vu Oliver arriver?

— Il est là?

— Oui. Va. Je crains un nouveau scandale.

Lawrence s'approche du balcon, ouvre la double porte vitrée et la referme derrière lui. Lady Fairlie va dire quelques bons mots aux invités qui s'offusquent des manières brutales d'Oliver. Puis, n'y tenant plus, elle risque un œil par un carreau. Elle ouvre si brusquement les deux portes vitrées qu'elles lui échappent des mains. La lumière du salon s'infiltre sur le balcon.

Sous pluie et vent, Oliver tient Tara dans ses bras. Les pans de la robe claquent comme un étendard dans le vent.

Les invités s'approchent.

Un éclair fend le ciel en deux.

Oliver pleure, la tête enfouie dans les cheveux de Tara.

Lawrence se tient roide à quelque distance de lui.

Oliver relève la tête, le visage noyé de larmes.

La tête de Tara se balance mollement dans le vide.

Lady Fairlie pousse un long cri d'horreur.

La mezzo-soprano cesse de chanter l'air de Purcell.

La musique s'arrête.

La bourrasque et la pluie battante s'engouffrent dans le salon, renversant verres et tables.

Oliver contemple Tara. Il prend sa tête et la soutient.

– Je l'ai tuée. J'ai tué mon amour...

Sa voix prend de l'assurance :

– Je prends l'entière responsabilité de sa mort.

Il la serre plus près et lance un cri d'animal blessé à mort :

– Tara !

***

À l'ombre de la grille du manoir, Malcolm se versa un autre verre de whisky et fit cul sec.

— Le chaos total ! Tout le monde criait. La veuve Fairlie a perdu connaissance. Lawrence hurlait comme un enragé qu'il allait tuer Oliver. Lui, il caressait Tara, embrassait ses lèvres, chuchotait des mots inaudibles. Seul mon grand-père, Murray Pedee, a pu s'approcher de Sir Oliver qui lui a confié *milady*… Il l'a déposée sur un divan. Les hommes ont sauté sur Sir Oliver et l'ont malmené, puis attaché à une chaise dans le boudoir. Un voisin est entré en brandissant un télégramme : « Le prince Albert est mort, le prince consort est mort ! » Quelle nuit horrible ! Les invités hurlaient de plus belle. Le corps de Lady Tara est resté seul sur un divan du salon. Quelqu'un en a profité pour voler le collier de rubis ; il n'a jamais été retrouvé. Les gens fuyaient sous la pluie et l'orage sans prendre le temps de trouver leur manteau, leur chapeau. Le chaos. Suzon et les enfants ont disparu cette nuit-là. Personne ne les a jamais revus. Sir Oliver a été jugé… Il n'a jamais voulu revoir sa famille et n'a plus ouvert la bouche, sauf une fois, pour donner ses instructions au vieux Dunlop et pour accorder le pardon que lui demandait mon grand-père Murray Pedee – qui, malgré cela, ne s'est jamais pardonné lui-même… Puis, Sir Oliver a été passé aux armes.

Devant la grille du manoir Tara, à l'ombre des grands arbres, la tête d'Éva ne tient plus, elle penche sur l'épaule. L'angoisse dit son rien, entièrement vidée de mots, de sons, d'images, de sens, funeste. Comme il en va de tous les grands chocs.

24

Éva dormait à poings fermés, la bouche ouverte, les cheveux en broussaille. On cognait à la porte. Elle gémit dans son sommeil. Les coups se firent plus empressés. Elle enfila une robe de chambre en soie et ouvrit sur l'air penaud et intimidé de Malcolm Pedee et de Charles Dunlop. Charles tendait un sac contenant un goûter, mais Éva prenait déjà son cellulaire en leur faisant signe d'entrer.

— Mais c'est impossible ! Marie a dû perdre son cell. J'essaie de la joindre depuis ce matin…

Malcolm alla s'asseoir sur une chaise droite et tira sur la manche de son ami Charles qui se retrouva assis dans un fauteuil, à côté de lui.

— Tu veux dire : depuis hier…

Éva regarda Malcolm sans comprendre.

— Éva, tu dors depuis que je t'ai raccompagnée… C'était hier après-midi.

Sceptique, elle ouvrit le rideau sur la nuit tombée en prenant le sandwich que lui tendait Charles.

— C'est pour ça que j'ai si faim ! Merci, Charles. J'ai mal dormi. Je me suis battue avec le vent et la pluie.

Malcolm fit de gros yeux à Charles qui baissa la tête bien bas. Malcolm toussa, Charles le regarda d'un sale œil. Éva observa leur manège en se dirigeant vers la salle de bain.

– Bon, bon, qu'est-ce que c'est?

Malcolm toussota de nouveau.

– Quelque chose se trame…

Tandis qu'Éva faisait couler l'eau du bain, il donna un coup de coude à son ami, le notaire. Charles Dunlop parla tout doucement. Malcolm lui prit les épaules et les redressa avec vigueur.

– *Come on! Speak up!*

Charles essayait de garder son calme. Tapant le bras de Malcolm du revers de la main, il lui commanda de se mêler de ses affaires. De la salle de bains, Éva entendait les deux hommes se parler tout bas. Le timbre de leur voix frappait les notes aiguës.

– *Get lost, asshole!*

– *You're such a jerk, Pedee!*

Éva sortit, l'air grave. Du coup, ils se redressèrent en contemplant qui le vide de l'air, qui la brèche dans la faïence de la lampe. Charles se racla la gorge, lissa ses cheveux, puis regarda Éva d'un seul œil, puisque l'autre avait perdu sa trajectoire et flottait dans l'orbite. Malcolm lui donna un coup de coude.

– Dunlop, ton œil est encore écarté. *Focus, Dunlop, focus!*

Charles cligna des yeux en secouant la tête. Il sortit des gouttes de la poche intérieure de sa veste et s'en aspergea le nez, la joue et, enfin, atteignit sa cible. Malcolm haussa les épaules en soupirant:

– *Jeez…* toi et ta galopine de l'œil!

Offensé, Charles donna une claque sur la main de Malcolm. Éva s'impatienta:

– D'accord, je le reconnais, vous êtes deux guignols. Heureux ?... Maintenant que c'est dit, est-ce que je peux savoir ce qui vous amène dans ma chambre ?

Malcolm et Charles se levèrent en se rappelant qu'effectivement, ils étaient dans la chambre d'une femme, belle, jeune, en robe de chambre de soie. Nerveux, Malcolm frappa le sol avec sa canne. Charles toussota, tira sur sa veste, ajusta son col, reprit un ton incertain.

– Je vous ai parlé d'une offre pour le manoir... Ce que j'avais omis de dire, c'est que je n'avais jamais vu l'acheteur potentiel... Tout se discutait par téléphone ou par la poste. *Well...*

Éva s'approcha d'eux.

– Et ?

Les deux vieux amis étaient de plus en plus mal à l'aise. Malcolm prit la parole en regardant les murs, le plafond, le plancher. Tout, sauf Éva !

– Il est ici. Et pressé d'acheter.

– Et vous, Charles Dunlop, vous allez lui vendre le manoir, c'est ça ? Pourquoi ne pas m'avoir réveillée plus tôt ?

– Éva, ne te fâche pas contre Dunlop. Tu avais besoin de dormir...

Éva ne contint plus sa colère.

– Vous avez raison ! Je devrais me détendre et laisser aller ! C'est ça ? Toute ma vie se résume en une série de pertes, de ruptures, d'oublis. Même ma seule amie est fâchée, parce que j'ai trop souvent interrompue nos conversations téléphoniques, elle ne retourne plus mes appels. Et maintenant, je perdrais Tara ? !

Malcolm prit Éva par le bras et l'obligea fermement à s'asseoir.

– *Sit, young girl !* Il y a plus encore...

Bouillant d'impatience, il se tourna vers Charles Dunlop qui, les jambes molles, s'effondra dans le fauteuil. Le notaire marmonna dans un seul souffle que l'acheteur potentiel était venu le rencontrer la veille. Qu'il portait un long imperméable, des lunettes fumées et une casquette, mais que ça ne l'avait pas empêché... empêché de... Alors que le vieil homme cherchait une approbation de la part de son ami, son œil repartit en orbite. Malcolm termina sa phrase en hésitant :

— C'est le sosie de Sir Oliver !

Éva se leva lentement. Elle devint trop posée, trop concentrée.

— Charles, vous lui avez dit que je suis ici ?

Charles voyait Éva devenir plus grande que nature. Il se racornit dans son fauteuil.

— *Indeed*... j'ai certainement mentionné ce fait.

Malcolm vint à sa rescousse :

— Mais ça n'a pas semblé l'affecter du tout...

— Tu étais là, toi aussi ?

— Non...

— Alors ?

— C'est ce que Charles m'a dit.

— C'est la stricte vérité, Miss Éva.

— Ah, tu vois ! Qu'est-ce que je disais ?!

Éva avança vers Charles.

— Et où est-il maintenant ?

— Euh... il a effectivement exprimé le désir de voir le manoir...

— Quand ?

— Hier...

— Il est allé au manoir hier ?!

— Non, non, il a dit ça hier... Il voulait y aller aujourd'hui.

— Et vous le lui avez permis ?

– Je ne vois pas comment je pouvais empêcher un acheteur de voir ce qu'il allait… euh… voulait acquérir. Et j'étais très impressionné par le fait qu'il ressemble au portrait. Comme deux gouttes d'eau.

Éva en avait assez entendu. Elle se dirigea vers une commode.

– Messieurs! tournez-vous!

Dans sa colère, elle avait oublié de traduire sa pensée dans la langue du pays. Charles et Malcolm se regardèrent sans comprendre. Éva enleva sa robe de chambre et la lança sur le lit. Les deux hommes, comprenant tout à coup le français, baissèrent vivement la tête. Malcolm osa à peine poser la question qui lui brûlait les lèvres:

– Pouvons-nous savoir où tu vas?

– Où donc, crois-tu! Au manoir. Et tu viens avec moi, Malcolm Pedee!

En colère à son tour, Malcolm leva les yeux vers elle. Elle était à moitié vêtue. Il se détourna aussi vite. Charles lui lança un regard réprobateur. Malcolm se renfrogna, puis lâcha son indignation:

– Pas question! Le soleil se couche!

– Malcolm, j'ai besoin de toi…

Charles regardait son ami secouer négativement la tête, ses épaules suivant le mouvement en de larges saccades. D'un air paternel, il lui chuchota à l'oreille qu'Éva avait raison, qu'il ne pouvait pas la laisser aller là toute seule. Malcolm s'entêtait; il murmura en crachotant son fiel au visage du notaire:

– Et pourquoi pas?! De quoi je me mêle?

– Elle a besoin de toi. Ce pourrait être dangereux. On ne sait rien de cet homme… Je crois qu'il est le fantôme de Sir Oliver venu se venger!

Terrifié, Malcolm se redressa et éleva la voix:

– Dans ce cas, Charles Dunlop, tu viens aussi !

Il prit un ton mielleux et lui pinça la joue.

– Tu es mon ami et j'ai besoin de toi. Et on ne sera pas trop de deux pour combattre le fantôme de Sir Oliver ! Éva, tu t'arrêteras d'abord chez moi, j'ai un plan !

Charles Dunlop afficha tout à coup une mine terrorisée. Malcolm Pedee lui sourit méchamment en lui saisissant le bras d'une poigne d'acier. Dunlop se remit à loucher, son œil écarté se perdit dans l'espace.

25

Éva, le visage fermé, les yeux ayant viré au vert lime, le pied pesant, était au volant de l'auto devenue bolide de course. Malcolm, assis à ses côtés, mettait le pied sur un frein invisible dans chaque courbe, par pur réflexe de survie. Sur le siège arrière, Charles boudait. Malcolm sortit des tresses d'ail de son sac à dos et en orna le cou des chasseurs de fantômes! Charles marmonna que ce vieux pet de Pedee se croyait dans un film de vampires et qu'il ne manquait plus que le pieu, le crucifix et le missel.

Malcolm passa en revue le plan qu'il avait élaboré.

– Chacun connaît sa position?

Éva fixait la route. Charles jeta le collier de gousses d'ail sur la banquette en marmonnant des injures. Malcolm prit un ton de commandant en chef en lui remettant le collier autour du cou:

– *Come on, Dunlop!* Du nerf, du panache! *À la guerre comme à la guerre!*

Il avait lâché l'axiome en français avec un terrible accent anglais, puis il pointa résolument la route du doigt. Éva accéléra. Alors qu'ils approchaient de la grille, Malcolm lança d'un air guerrier:

– *Soooo!* on laisse la voiture à la barrière. Nous allons surprendre notre oiseau de nuit !

Éva freina sec, sortit de la voiture et ouvrit la grille. Elle revint d'un pas assuré, jeta le chapelet d'ail dans la nature, démarra sur les chapeaux de roues et fonça dans l'allée. Malcolm s'agrippait au tableau de bord.

– *I see…* Nous nous arrêterons juste avant la courbe, n'est-ce pas, Éva ? On prend les bâtons, juste au cas où. Personne n'est obligé de les utiliser. À moins que la merde ne nous tombe dessus. Charles, tu entres par la porte de la cuisine. Nous, par la porte principale. Si quelqu'un voit un fantôme, voici le signal.

Il jappa comme un chien enroué, dans l'indifférence générale.

Éva dépassa la courbe ; le salon du manoir était faiblement éclairé. Elle défonça l'accélérateur. Charles grommela ses blasphèmes :

– *Old fart! Asshole! Damned old fool! Horseshit! You poor excuse for a…*

Malcolm voulut prendre le volant, mais Éva lui donna un coup de coude dans les côtes.

– Éva, ne change pas le plan ! Tu vas lui faire peur et il va s'enfuir. Ou, pire encore, il va penser à une stratégie en nous voyant arriver… Éteins les phares, au moins !

Éva freina sec, la voiture se tordit sur la terre battue et la poussière se leva en particules pulvérulentes. Aussitôt descendue, Éva fonça vers la porte principale. Énervé, Malcolm tentait d'ouvrir la portière dont la poignée lui glissait des mains.

– *Oh shit!* Dunlop, sors tes fesses de cette voiture !

Charles Dunlop se croisa les bras.

– Tire donc ta lèvre par-dessus ta tête et étouffe-toi, Pedee !

Le temps que Malcolm descende de la voiture et tire sur son ami pour l'obliger à en sortir, Éva était déjà entrée dans le manoir. Il empoigna Charles par le bras et courut vers la porte principale.

— Elle est complètement hors de contrôle, cette fille ! Elle va tous nous faire tuer, *I swear!*

26

Immobile devant la cheminée sous le portrait de Tara et d'Oliver, William attendait depuis des heures. Au moindre bruit, il levait la tête vers la fenêtre, le cœur battant la chamade et le rouge lui montant aux joues. Dix fois, vingt fois, il avait répété son laïus d'introduction à voix haute, en modifiant l'intonation, les mots, le sens, jusqu'à ne plus savoir lequel choisir, ni comment se tenir : le coude sur la cheminée, les bras croisés, la main tendue, de profil, de biais, de face, les jambes croisées, non, droites ; la tête haute, basse, avec le sourire, sans le sourire ; les yeux rivés sur le portrait, l'air nostalgique et tristounet, déterminé et noble ? Et il tremblait d'impatience en reprenant depuis le début : « Bonsoir, Éva, je vous ai manqué ?... » « Tiens, Éva de Rome ! Que faites-vous là ?... » « Éva, je suis honoré de votre présence chez les Fairlie... » « Ah ! Éva ! enfin !... Je suis si heureux de vous... te... revoir ! »

Perdu dans ces variations infinies de souhaits de bienvenue, il n'entendit pas la voiture arriver. Éva entra en trombe dans le salon. Surprise par cette irruption, William devint cramoisi. Pendant quelques instants, ils restèrent pétrifiés l'un en face de l'autre. Éva, constatant à quel point il ressemblait vraiment à Oliver, eut un geste de recul. William, accroché à ce visage ovale à la chevelure incendiaire et aux yeux vert lime aussi vibrants que ceux du portrait au-dessus de lui, la fixait sans respirer. Il se ressaisit et opta finalement pour un ton dégagé et ironique : — Je t'attendais, *dearest!* Dois-je t'appeler Tara ou Éva ? Dois-tu m'appeler Oliver ou William ? *Shall we dance?*

Il n'eut pas le temps d'ajouter un mot qu'Éva lui tomba dessus. Dans un formidable bond en avant, elle l'agrippa par le collet et, survoltée, lui flanqua des claques.

— Je ne suis pas Tara ! Et tu n'es pas Oliver ! Ne joue pas ce jeu avec moi ! Ça ne prend pas ! Tu n'as pas le droit d'être ici ! Et tu m'épiais dans l'alcôve de ton trou perdu ! Sale voyeur ! Tu as toujours su qui j'étais… Et tu es entré chez moi, tu as volé mes souvenirs. Des souvenirs que je n'avais plus jamais regardés…

— Je n'ai rien volé du tout !

— Menteur !

Elle le projeta au sol. En tentant de retenir ses mains, William roula sur elle, lui saisit les poignets et plaqua ses bras en croix sur le plancher.

— Et toi, qu'est-ce que tu croyais ? Que j'allais te laisser tout prendre sans rien faire ? Et sans jamais comprendre ?

Derrière eux, une voix sévère se fit entendre. C'était Charles Dunlop qui, au grand étonnement de Malcolm, s'indigna puissamment :

— *That's enough! Get up, both of you!*

Voyant qu'ils continuaient à se battre, il empoigna la canne de Malcolm et leur asséna un coup sec sur les flancs. Éva et William s'arrêtèrent net.

— *I said: get up! And behave!*

William se leva et tendit une main à Éva. Elle la repoussa avec force, se leva à son tour, épousseta ses vêtements, tira ses cheveux vers l'arrière et s'assit, la tête entre les mains.

William choisit le fauteuil le plus éloigné. Charles Dunlop s'installa entre les deux et se tourna vers eux. D'abord consterné par cette ressemblance inouïe, il finit par sourire de sa peur ridicule et prit le ton calme mais ferme du bon père de famille :

– *Now, let's hear it.*

William et Éva se mirent à parler en même temps. Charles leva un bras autoritaire et les fit taire.

– Pedee, va chercher des rafraîchissements. Ça va être une bien longue nuit, je le crains !

– *But, but...* les fantômes...

Malcolm bafouillait, tellement il craignait de quitter le salon seul.

– *Here, take these!* Après tout, c'est ton plan, il devrait bien marcher !

Charles lui lança la tresse d'ail qu'il portait autour du cou. Pétrifié, Malcolm fixa la porte du salon qui donnait sur le couloir. Le notaire lui jeta un regard sans équivoque. Malcolm leva les yeux au ciel, prit une lampe à pétrole et sortit du salon en protestant :

– Mais ils sont réveillés... J'espère que mes ablutions ont fonctionné.

Il frôla les murs du couloir, passant vite devant les portes vitrées des pièces qui n'avaient pas été ouvertes, marmonnant qu'il aurait au moins dû enlever les housses des meubles et des lampes qui ressemblaient à des fantômes allongés, accroupis, debout, raides, froids, prêts à bondir.

Bientôt, il entra dans la cuisine au pas de course, le souffle court. Éclairé par une lampe à pétrole et une chandelle, il empoigna la bouteille de whisky et but à même le goulot. Pour retrouver son flegme, il se mit à chantonner un air baroque, prenant la voix de tête du fausset, mais bémol et écorché sur toute la ligne mélodique !

O solitude!
My sweetest choice.
O solitude! O solitude!
My sweetest, sweetest choice.

Tout à coup, il entendit un bruit suspect. Attrapant la lampe à pétrole, il éclaira derrière lui. Le bruit avait cessé. Malcolm retourna à ses préparatifs en reprenant, d'une façon moins assurée :

Places devoted to the night,
Remote from tumult, and from noise,
How you my restless thoughts delight.

De nouveau, un bruit sourd. Malcolm se retourna si vivement que la bougie s'éteignit. Ne bougeant plus, retenant sa respiration, il tendit l'oreille. Rien. Reprenant la préparation du médianoche, il but une autre lampée de whisky, mais n'osa plus chanter. Balançant pâtés, fromages, fruits et biscottes sur un grand plateau, il jetait des coups d'œil nerveux tout autour. Derrière lui, un interminable bruit de glissement dans le mur lui fit empoigner le plateau et déguerpir de la cuisine.

Malcolm revint en catastrophe au salon en jappant comme un chien enroué, tel que prévu dans le plan. Il peinait à retenir le plateau où cliquetaient les verres, tant il tremblait d'effroi.

– Il faut sortir d'ici. Les fantômes sont réveillés !

Personne ne se préoccupa de lui. Éva et William se tournaient résolument le dos. Charles réfléchissait à une façon de rétablir le dialogue, de mettre un terme à la guerre froide. Il se leva, enleva le plateau musical des mains de Malcolm et le déposa sur une table. Il servit le whisky.

Irrité que personne ne l'écoute, Malcolm alla s'asseoir dans la partie la plus éclairée du salon, tout près de la porte d'entrée.

– Comme vous voulez! Mais quand ils vont attaquer, c'est chacun pour soi!

Évaluant la distance qui le séparait de la sortie et le temps qu'il lui faudrait pour l'atteindre, il s'escrimait avec sa canne en marmonnant les positions, les coups et les mouvements dans un français très approximatif:

– *Appel, attaque, dégagement, battement, botte, coupé, coup d'arrêt. En gââârde!*

La canne sifflait en battant l'air et Malcolm, comme un enfant, bombait le torse, levait son bras libre, tournait sur lui-même en chancelant, prenait appui sur le mur, soulevait l'arme qui s'accrochait à son cardigan, se reprenait en la pointant vers le couloir.

Bientôt, il sentit les regards peser sur lui. William affichait un rictus cynique, Éva retenait un fou rire et Charles le fusillait littéralement du regard! Désarçonné, Malcolm se rassit en bougonnant. Charles résuma les faits:

– Ainsi, Mister Blake, vous avez reçu un colis peu de temps après le décès de votre père. Il vous écrivait qu'il avait fait des découvertes sur le passé de votre famille et vous demandait d'acheter le manoir. Il laissait des photos et quelques informations sur Lady Tara et Sir Oliver. Il vous exhortait aussi à surveiller Éva de Rome, au cas où elle serait sur la piste de ses ancêtres. Vous étiez ravi d'avoir enfin des indices concrets. Vous avez donc épié Éva de Rome pendant quelque temps, puis, ayant vu le portrait de Lady Tara, vous avez eu une sorte de grand choc, constatant que Miss Éva était son sosie parfait. Et vous avez trouvé une façon plus simple de chercher à comprendre: vous lui avez proposé de restaurer votre maison qui en avait de toute façon bien besoin. Vous espériez qu'Éva révèle des informations sur son passé, qui semble être le vôtre également, puisque votre ressemblance avec Sir Oliver est, il va sans dire, frappante. Bien que rien encore ne le confirme, vous croyez également être un descendant de la famille Fairlie. C'est bien cela?

William fit un signe affirmatif de la tête, aussitôt suivi des coups d'œil défiants qu'Éva et lui échangèrent. Charles prit une rasade de whisky, fit une pause et reprit:

— Et vous ne saviez pas que votre père faisait des recherches?

— Non. Je l'ai compris juste à ce moment-là. Je sais que mon grand-père Julian a essayé de trouver ses parents naturels. Il avait été adopté. Mais je ne savais pas pour mon père. Il m'avait toujours dit qu'il n'en avait rien à faire, du passé! Que c'était une perte de temps! Que le présent est la seule réalité. Vous y comprenez quelque chose?

Charles Dunlop eut un geste vague. Il ne voulait pas perdre le fil de sa pensée.

— Et vous, Éva, vous ne saviez rien de votre passé, puisque votre mère est – *so sorry* – décédée avant même d'avoir pu en parler. Elle avait promis de le faire à votre vingt et unième anniversaire. *Now*… Toute cette situation vous a permis de vous souvenir de plusieurs faits que votre grand-mère Yvonne vous avait révélés. Vos souvenirs remontent à la surface, mais vous ne comprenez toujours pas ce que Tara a voulu dire dans le message laissé à son héritière et que, rassurez-vous, je ne vais pas répéter ici en raison du secret professionnel. Et vous n'avez pas d'argent pour payer les dettes du manoir, encore moins les frais à venir, c'est bien cela?

Éva fit un signe contrit de la tête. William jubilait:

– Ça fait de moi le seul acheteur possible !

Éva sauta sur ses pieds.

– Espèce de salaud ! Tu ne peux pas faire ça ! C'est mon héritage !

William allait répliquer, mais Charles se leva, attrapa Éva par le bras et l'assit fermement tout près de William. De retour à son fauteuil, Charles ferma les yeux et sembla méditer sur le problème. William et Éva en profitèrent pour relancer la dispute en chuchotant, le ton amer :

– Tu te crois tellement dans ton bon droit, Éva de Rome. Regarde-toi. Ton avidité crève les yeux !

– C'est faux ! Et toi, tes motivations vicieuses ?

– Mes motivations sont aussi nobles que les tiennes, *my dear* Éva !

– Ha ! ha ! ha ! Très drôle, ton humour anglais !

De son côté, Malcolm boudait toujours et marmonnait que Charles était trop fort.

– Il se prend pour Sherlock Holmes ou quoi ? !

Le notaire ouvrit les yeux et rugit :

– *Enough !* Voici ce que nous allons faire. Vous avez une semaine pour trouver la solution. Puisque c'est ce que vous m'avez demandé séparément, je vous accorde de rester au manoir : tous les deux ! Et on verra dans une semaine !

Voyant qu'ils allaient protester, Charles leva un index autoritaire et marcha résolument vers eux.

– Une semaine ! Ensuite, on verra !

Éva se sentit piégée.

– Je ne peux pas rester ici avec cet homme. Il va essayer de me tuer, j'en suis sûre !

William s'indigna :

– Je ne suis pas un tueur !

– Ni un sale voyeur, peut-être ?

Le ton montait de nouveau. Voyant que l'engueulade allait reprendre, Charles Dunlop se fâcha pour de bon :

– Écoutez-moi bien ! Il se fait tard pour un homme de mon âge ! Et je n'ai jamais aimé les combats de coqs ! Éva, puisque je sais que William est avec vous, ça vous assure qu'il se tiendra tranquille ! William Blake, je vous ai à l'œil, alors je compte sur votre savoir-vivre ! Malcolm, allons dormir !

Voilà que Malcolm s'énervait à son tour en disant qu'ils ne pouvaient pas rester au manoir à cause des fantômes. Charles le prit par la manche et l'entraîna vers la sortie.

– Oh! *rubbish!* Vieux fou ! S'ils veulent tellement le manoir, ils ont intérêt à apprendre à y vivre ! Fantômes ou pas !

Il se tourna vers Éva et William qui étaient devenus sages comme des images.

– *If you prefer, you can all go home!*

Éva et William firent signe que non.

– *Very good!* Demain matin, Malcolm sera de retour, comme il a été convenu avec Miss Éva. Et tous les jours, il sera là ! Comme ça, j'aurai des nouvelles fraîches !

Malcolm sortit à la suite de son ami Charles en répétant qu'il ne viendrait que quand le soleil serait levé. Plus jamais le soir ! Il ferma la porte qui claqua comme si un courant d'air s'était infiltré dans le grand salon.

Éva et William ne bougeaient pas. Ils écoutaient la maison redevenue silencieuse. Ou presque. Éva tentait de se calmer en se répétant que chaque maison a ses petits bruits bien à elle. Et que les craquements, frottements, tapements, gargouillements, sifflements des courants d'air et explosions des clous claquant dans le bois d'œuvre étaient tout à fait normaux dans les vieilles maisons.

– Surtout les abandonnées, se dit Éva.

Prenant son courage d'une main et un candélabre de l'autre, elle empoigna une jetée sur un divan et monta, suivie de très près par William qui, lui, avait pris une lampe à pétrole.

À l'étage, la lumière de la lune éclairait le parquet devant une fenêtre. Éva jeta un coup d'œil dehors. Le jardin se dévoilait en patchwork. Sous un éclairage jaune profond, les ombres s'allongeaient jusqu'aux limites du jardin désolant d'abandon. Un nuage passa et une obscurité opaque couvrit tout. Éva et William collèrent ensemble le nez à la vitre, scrutant la nuit. Le nuage se dissipa et la lune illumina le monticule recouvert de mauvaises herbes. Deux pierres tombales côte à côte : sculptées, rudimentaires, altérées, étreintes de lierre et de chiendent ; deux pierres tombales noircies par le temps, penchées l'une vers l'autre jusqu'à se toucher. William et Éva reculèrent ensemble. Elle joua les braves.

– Tout va bien. C'est là que Tara et Oliver sont enterrés.

Se tournant vers les portes contiguës de la chambre de Tara et de celle d'Oliver, Éva hésita à ouvrir. William se tourna vers elle.

– On peut dormir dans la même chambre, si tu veux…

Éva tourna résolument la poignée et entra dans la chambre de Tara. William, dans la chambre d'Oliver. Chacun ferma sa porte.

Éva ausculta la pièce en tenant le candélabre très haut pour bien éclairer tous les coins d'ombre. Elle s'en voulait de n'être pas remontée à l'étage après le premier jour avec Charles. Le jour où elle avait cru voir un mouvement ondulatoire dans le blanc de la porte de la chambre de Tara. Elle secoua la tête : « Foutaises de bonne femme qui a trop lu Edgar Allan Poe ! » Cependant, elle s'avoua qu'elle aurait vraiment préféré voir la chambre en plein jour. «Pour faire taire l'imagination que j'ai en trop grande quantité!»

L'ameublement victorien était intact: le lit poussiéreux dans sa niche sombre, les murs tapissés, la carafe et le bol en céramique, la grande armoire, le tapis moelleux. Trop épuisée pour se payer le luxe d'une frousse prolongée, Éva déposa le candélabre et s'enroula méticuleusement dans la jetée. On frappa. Elle se tourna vers la porte intérieure qu'elle n'avait pas vue auparavant; les flammes du candélabre vacillèrent et les mèches pétillèrent de manière inquiétante.

– Éva, est-ce que je peux entrer?

– Je suis surprise que tu le demandes!

William ouvrit la porte séparant les deux chambres. Dans la lueur tremblotante de la flamme, son visage prenait des formes insolites; l'ombre et la lumière sculptaient le faciès, le faisant ressembler à un masque mortuaire animé. William ouvrit de grands yeux apeurés en voyant Éva, enroulée de la tête aux pieds dans la jetée fleurie, et qui paraissait figée de terreur. Il tenta de rester calme, mais sa voix trahit sa frousse morbide.

– Je voulais voir si tu avais besoin de quelque chose.

Éva lui fit signe que non. William resta là sans bouger. Éva fit encore un geste négatif bien que l'envie lui prît de lui balancer tout ce qui lui tomberait sous la main. «Après tout, c'est à cause de lui si je me retrouve ici, en pleine nuit, et pour une semaine!»

– Bon. On s'est tout dit, maintenant dehors!

– Est-ce qu'on ne devrait pas laisser cette porte ouverte?

– Pour quoi faire?

– *Very well!* Bonne nuit, Éva.

Sans bruit, William referma la porte. Sur les murs dansaient les ombres des grands feuillus du jardin. La chambre sentait le renfermé, le moisi et la poussière incrustée. La maison craquait de partout. Le vent sifflait dans les branches, s'infiltrait par les interstices de la fenêtre fermée et venait caresser le visage et le bout des pieds d'Éva. Du coup, elle ne se sentit plus aussi brave. «Oui, on devrait laisser la porte ouverte, mais j'ai mon orgueil, quoi!»

Pour éviter de faire voler la poussière, elle s'allongea lentement sur le lit de Tara. Elle allait se lever pour éteindre le candélabre, mais se ravisa. «Je préfère dormir avec la lumière.» Elle entendit William marcher dans la chambre d'Oliver, puis plus rien.

Allongée sur le lit de son ancêtre Tara, morte à vingt-sept ans, «mon âge», se rappelle-t-elle, recroquevillée sur elle-même, Éva ferme les yeux en les crispant et relève la jetée par-dessus sa tête. Pour une fois, elle n'a pas peur de s'endormir et de rêver. Elle sait que le cauchemar l'a rattrapée, elle sait qu'elle le vit!

27

Malcolm s'affairait dans la cuisine depuis un bon moment quand Éva y entra, le visage bouffi, encore enveloppée dans la jetée fleurie sur ses vêtements froissés. Il était de belle humeur et s'amusa à ses dépens :

– Je vois que tu as bien dormi ! Tu as l'air aussi fraîche qu'une rose !

Éva n'était pas d'humeur à plaisanter et se contenta de fixer un point sur le mur.

– Ils sont venus ?

Elle ne répondit pas. Malcolm l'examina minutieusement.

– Non, ils ne sont pas venus ! Sinon, je le verrais au fond de ton œil ! Dunlop vient tout juste de partir. Pas question que je reste ici tout seul. Quand j'ai entendu que tu te levais, je l'ai libéré. Faut être fou pour dormir ici !

Éva baissa les épaules, regarda le plancher. Elle affichait un air si abattu que Malcolm la prit par les épaules.

– J'ai une surprise pour toi ! *Come !* Tu ne devineras jamais ce que j'ai trouvé !

Il l'amena dans un coin de la cuisine d'été, ouvrit un rideau et montra un bain de bronze rempli d'eau fumante.

La valise et le sac de voyage d'Éva étaient posés sur une chaise.

– À l'auberge, j'ai demandé à une femme de chambre de faire tes bagages. *One black coffee coming up!*

Éva s'extasia devant la perspective de prendre un bain. Elle lui fit une bise sur la joue.

– Comment je vais faire pour te rendre tout ce que tu fais pour moi ?!

– À la campagne, il ne se passe jamais rien ! Grâce à toi, je suis devenu l'homme le plus populaire du village. Le pub est bondé de monde depuis que tu es là. Quand j'entre, on me bichonne, on me paie une pinte, je me laisse prier. Ils attendent la suite de l'histoire de la fille d'Amérique.

Éva sourit en pensant qu'heureusement, Malcolm était là, sinon elle se serait écroulée sous le poids de cette chose étrange qu'elle vivait à cause d'une ancêtre dont elle était le sosie. Le vieil homme lui tendit un café noir et la poussa derrière le rideau.

Éva arracha ses vêtements et entra dans le bain de bronze. Buvant son café à toutes petites gorgées jouissives, elle écoutait Malcolm chanter faux :

O solitude. O solitude. My sweetest choice…

Elle allait s'assoupir quand Malcolm arrêta de chanter d'un seul coup.

– *Good morning, Malcolm.*

« Tiens, l'ennemi juré est debout ! » songea Éva en entendant la voix de William Blake.

Malcolm ne répondit pas.

– Formidable ! Vous avez fait du café ! J'en prendrais bien une tasse…

– Sers-toi, garçon ! Je ne suis pas à ton service.

– Ah oui ! j'oubliais ! Vous êtes à SON service ! Est-ce que vous ne voyez pas qu'elle manipule tout le monde ?

Elle joue les amnésiques ! Très bonne comédienne, d'ailleurs ! Je vous parie qu'elle a un plan. Mon père m'a écrit de m'en méfier, de la rouquine !

Malcolm se tourna vers lui, menaçant.

– Un autre mot contre Miss Éva et je te donne une fessée dont tu te souviendras jusqu'à la fin de tes tristes jours, gamin !

Le rideau s'ouvrit d'un coup sec. Éva, enveloppée d'une grande serviette de bain et une plus petite autour de la tête, toisait William. Ses traits tirés révélaient qu'il avait aussi mal dormi qu'elle.

– Est-ce que cet homme te dérange, Malcolm ?

Malcolm haussa les épaules, l'air de s'en contrefoutre. Éva lui sourit.

– Tu me donnes une minute ? On va se préparer un bon *breakfast*. William Blake, tu n'es absolument pas invité !

Une fois ces mots dits sur un ton défiant, elle referma le rideau aussi brusquement qu'elle l'avait ouvert. Malcolm riait dans sa barbe. Stoïque, William se servit un café en lançant une boutade d'un humour bien britannique :

– Si c'est comme ça que tu le prends, Éva de Rome, je vois bien qu'il est inutile de te demander de me garder l'eau du bain !

28

William s'était installé dans le bureau d'Oliver, au rez-de-chaussée. Il lisait de vieux manuscrits. Tout autour de lui, des livres de comptes, des carnets de notes, des piles de lettres. Depuis le matin, il regardait passer Éva et Malcolm qui allaient d'une pièce à l'autre. Il les entendait farfouiller, fouiner, tout déplacer. William se demanda ce qu'Éva cherchait et s'il ne ferait pas mieux de la suivre partout, au cas où elle trouverait. Puis il se dit que non, il ne la voulait pas dans ses pattes, la rouquine! Par moments, il se prenait la tête à deux mains, Éva faisait décidément beaucoup de bruit. Pendant qu'il grignotait un sandwich, il vit encore passer Malcolm, les bras chargés de draps et de sachets de lavande. Juste derrière lui, Éva transportait un seau d'eau fumante et des chiffons.

– Éva! viens voir! J'ai trouvé leurs lettres d'amour! Tu veux lire? Il y en a une où Tara lui écrit: «J'ai rencontré Mary Smith qui, en 1832, a soumis une pétition au Parlement en faveur de l'inclusion des femmes propriétaires dans le droit de vote, pétition qui, comme elle l'explique, n'a soulevé aucun intérêt chez ces messieurs.»

Bien que l'envie la tenaillât de connaître ce passé qui l'avait hantée si longtemps, Éva résista:

— N'essaie même pas, William Blake ! J'ai une semaine pour trouver une solution et te jeter à la porte ! Ensuite, j'aurai toute ma vie pour lire des lettres.

Elle lui avait balancé le fond de sa pensée sans même s'arrêter et montait déjà les marches de l'escalier, quatre à quatre. William prit une autre feuille au hasard et retourna à sa lecture :

— « Je suis plus heureuse que je ne pourrais l'écrire. La vie à Tara m'apporte toute la paix, l'autonomie, l'indépendance et le silence nécessaires pour bien préparer la prochaine action. Je veux que tous soient aussi heureux que nous, Oliver. Pour atteindre le bonheur, le premier tremplin est l'autonomie sociale et pécuniaire. Pour tous, sans exception ! Depuis quelques semaines, nous formons des dames à l'enseignement pour régler le premier et le plus grave problème après la faim et le froid : l'analphabétisme ! C'est l'astre que je suis et qui me garde dans une grande forme morale et physique. Quand reviens-tu de Londres, mon amour ? Que j'embrasse ton torse adoré et que je sente enfin, sous mes doigts caressants, la chair de poule soulever chaque parcelle de ta peau au moment ultime ? »

William eut chaud et mit cela sur le compte de la journée d'été. Dehors, le soleil déclinait et il dut allumer la lampe à pétrole.

De son côté, Éva était dans la chambre des enfants. Accroupie devant la commode, elle ouvrit un tiroir et en sortit un vêtement de bébé : une longue chemise de nuit en lin. Elle la tenait au bout de ses bras, au bout de son regard, et fut obligée de s'asseoir sur le petit lit de fer. Malcolm toussota.

— Le soleil baisse, Éva... Il faut préparer le souper.

— Quel était son nom ?

– Je ne sais pas. Mon grand-père n'a jamais parlé du bébé de Suzon. Tu sais, même à l'époque de ma jeunesse, une fille-mère, c'était tabou.

Il s'approcha d'Éva, prit le vêtement, le replia avec soin et le remit dans le tiroir.

– Tu n'as pas mangé de la journée. Viens. Ça va aller ? Je veux dire : pour cette nuit ?

Éva lui fit un petit signe de tête et se leva lentement. Elle sentit ses jambes lourdes comme si on les avait coulées dans du béton.

– Bien… je t'accompagne à la cuisine et je file. Je serai là demain matin, à l'aube.

Prostrée, Éva se sent couler à pic, des blocs de ciment attachés aux mollets. Elle contemple la chambre d'enfant, puis ouvre la porte intérieure. Dans la chambre de Tara, les ombres du soir s'allongent de nouveau. Un long frisson lui gèle la colonne vertébrale de bas en haut. Malcolm lui offre le bras. Ils sortent de la chambre d'enfant en refermant soigneusement la porte derrière eux.

29

La chambre de Tara était beaucoup plus en ordre que la veille. Sous l'éclairage de la lampe à pétrole, les murs jouaient à ombre-lumière, lumière-ombre. Éva avait aussi mis une lampe dans la chambre d'Éléonore et du bébé, et elle avait laissé la porte intérieure ouverte. Elle tendit l'oreille du côté de la chambre d'Oliver. Pas un bruit! William et elle s'étaient croisés dans la cuisine à peine quelques minutes plus tôt, mais rien! Pas même un regard. Éva avait joué l'indifférence; c'était sa façon de ne pas piquer une sainte colère contre l'intrus. Bien que… «Il y a sûrement une explication à sa grande ressemblance avec Oliver.» Irritée par cette idée, elle haussa les épaules et s'allongea dans les draps propres qui sentaient bon la lavande.

Épuisée, elle sombra en regardant les deux petits lits d'enfant et s'en voulut de ne pas avoir rangé la poupée de porcelaine dans un tiroir. Dans la faible lumière, son visage blême dansait et sa bouche semblait vouloir s'ouvrir et raconter ses délires. Éva était trop impressionnée pour se lever et la jeter par la fenêtre, bien qu'elle en eût terriblement envie. Elle s'endormit enfin, les mains crispées sur l'oreiller, la couverture par-dessus la tête. Le vent murmurait et Éva se mit à lui répondre en écho. Agitée, elle tournait sur elle-même, une mince couche de sueur couvrant son visage.

***

Suzon tient la main d'Éléonore qui sanglote. Elle court dans toutes les directions, heurtant les passants qui se hâtent sur les quais. Elle en arrête certains, tire Éléonore par le bras pour ne pas la perdre. Suzon crie, désespérée :

– Qui a pris le bébé ?… Où est le bébé ?… Rendez-le-moi, de grâce !… Monsieur, s'il vous plaît, avez-vous vu quelqu'un s'éloigner avec un bébé ?

Les gens l'évitent, pressés de quitter les quais. Suzon poursuit sa course en criant à l'aide. Puis elle se retrouve loin des quais, au bord du grand fleuve, vaste comme une mer. Elle s'assoit, accablée. Éléonore ne pleure plus, elle reste debout, le visage vide, son cœur de neuf ans brisé par la fatigue, l'angoisse, la peur.

Suzon regarde l'eau au fort courant, puis, plus loin, une île où le soleil couchant fait rutiler les vagues qui s'abattent sur les berges de terres fertiles. Un pêcheur passe tout près. Suzon l'interpelle :

– Pardon. C'est une île qu'on voit là-bas ?

– Quoi, l'île de Louis ?

– L'île de Louis ?

– Ouais, enfin, les Algonquins la nomment « le Coin ensorcelé ».

– Elle est habitée ?

Le pêcheur fait un signe affirmatif et s'éloigne. Suzon regarde l'île de nouveau. Elle prend la main d'Éléonore et pointe son doigt vers le large, le cœur rempli d'espoir.

– Voilà notre nouvelle demeure en Amérique, Éléonore. Le Coin ensorcelé !

Suzon éclate en sanglots.

– Oh! Tara, pourquoi? Tara, je l'ai perdu… On me l'a pris!

En écho, un bébé pleure à s'en arracher les poumons.

***

Éva se redressa dans le lit, réveillée d'un seul coup, la respiration haletante, le visage mouillé, la tête en feu, les yeux exorbités. Elle tenta de mettre de l'ordre dans ses pensées, regardant tout autour d'elle, ce qui n'était pas pour la rassurer. Elle essaya de se calmer. Bientôt, elle posa la tête sur l'oreiller et contempla le plafond. Son cœur battait trop fort, ses tempes pompaient le sang trop vite. Elle allait sombrer, mais se raidit pour que ça ne lui arrive pas encore une fois.

Les ombres des grands feuillus louvoyaient, le vent sifflait, les feuilles bruissaient, et la lampe à pétrole éclairait de moins en moins. La flamme s'éteignit. Il fallait aller chercher la lampe dans la chambre des enfants. À peine le pied d'Éva posé sur le tapis, la chambre bascula. Éva ne sentait plus le sol, elle coulait à pic, tête en bas! Dans son combat contre le délire montant comme une inondation, elle tendit l'oreille et se figea sur place. Les sons s'organisaient:

– Év… Év…ah… Év… ahhhh…

Éva se tendit comme la corde d'un arc. La voix devint plus claire:

– Éva… Éva… Éva… Viens!

Éva ne put retenir un petit cri d'effroi. Elle ouvrit la porte qui donnait sur le couloir. La voix était plus près encore. Éva tourna dans tous les sens avec, au ventre, la peur de voir une apparition. Les deux mains sur la vitre, elle scruta le jardin.

Elle ouvrait la fenêtre quand William sortit de sa chambre, livide comme s'il avait vu un revenant. Il s'approcha de la fenêtre. Éva sortit la tête et regarda dans toutes les directions. La pleine lune jetait un éclairage cru sur le jardin.

Sur le monticule, devant les pierres tombales, une femme aux longs cheveux détachés, vêtue d'une longue tunique blanche, se dressa lentement. Elle avançait, la tête levée vers Éva, les bras tendus.

– Éva. Tu dois te souvenir! Tu le dois!

Éva eut un mouvement de recul. William aussi. Tous deux tombèrent sur le plancher. Il s'accrocha à elle. Éva se dégagea, se releva et scruta de nouveau l'horizon. Il n'y avait plus rien dans le jardin. Elle retomba assise près de William, tremblant par vagues. D'un spasme à l'autre, elle fixait le mur d'en face. William jetait des coups d'œil affolés d'un bout à l'autre du long couloir aux murs lambrissés de panneaux d'orme.

Éva fut la première à se lever. Elle entra dans la chambre des enfants, sursauta en voyant la poupée de porcelaine vêtue de sa robe blanche, la tête ornée de ses longs cheveux roux détachés. Dans une poussée d'adrénaline, elle saisit la poupée et la balança dans un coin sombre. Après avoir pris la lampe, elle descendit l'escalier avec William si près d'elle qu'il lui rentrait dedans dès qu'elle ralentissait.

Sans dire un mot, ils avaient allumé tout ce qu'ils pouvaient trouver de lampes de poche, à huile, à pétrole, de bougies, chandelles, candélabres et lampes-tempête. Ils avaient déplacé le grand divan en angle pour tout voir. Enfin, chacun à une extrémité du divan, enroulés dans une couverture, un tisonnier entre eux, ils guettaient.

William but une rasade de whisky et passa la bouteille à
Éva qui regardait en direction du balcon couvert, là où
il était défendu d'aller, selon Malcolm. Selon elle aussi.
Les tentures fermées devant les portes vitrées du balcon
bougeaient tout doucement.

– William, demain, pourrais-tu regarder s'il y a un
carreau brisé, là?

Elle pointait l'index vers les tentures rouge sang.
William suivit le doigt incertain.

– *No way!* Malcolm le fera!

– Il ne veut pas.

– Alors, on n'a qu'à pas y aller!

– Mais… regarde comme ça bouge.

William observait le mouvement de la tenture. Il était
à bout de nerfs. Éva avait des larmes accrochées aux extrémités des yeux. L'adrénaline montait. William se leva en
jurant et ouvrit les tentures d'un coup sec. Tellement vite
qu'Éva sursauta et se mit en boule sur le divan. Derrière,
dans la pénombre, une grande ombre couvrait presque tout
le balcon couvert. Un de ses doigts avait traversé un carreau
de la vitre. William recula en lâchant un cri sourd et tomba
assis sur le divan. Leurs yeux s'habituant à la pénombre
du balcon, ils virent une immense branche d'arbre qui, en
tombant sur le balcon, avait cassé un carreau. Les nuages
se dissipèrent et la pleine lune éclaira le balcon couvert,
rendant la scène encore plus sinistre. La branche était
très grande, entièrement couverte de mousse et de lierre.
Éva lâcha un cri de rage, se leva à son tour et referma les
tentures d'un geste brusque. Puis elle s'emmitoufla dans sa
couverture, ne laissant que le bout de son nez à l'extérieur.
Elle but le whisky jusqu'à s'en étouffer.

Au moindre son, ils tendaient la main vers le tisonnier,
prêts à bondir! Éva, en chuchotant, raconta son cauchemar

à William. Celui-ci semblait effrayé, ahuri, dépassé par les événements.

– Ce cauchemar, Éva… Il faut que je te dise… On n'a plus le choix maintenant, il faut partager ce qu'on sait.

– Je ne suis pas certaine que je puisse en prendre beaucoup plus. J'espère que c'est rigolo.

Pour toute réponse, William lui arracha la bouteille de whisky des mains. Éva se recroquevilla dans sa couverture car, de toute évidence, ce ne serait pas rigolo. William avait une voix caverneuse qu'elle ne lui connaissait pas.

– Le bébé de Suzon… c'était mon grand-père, Julian.

Estomaquée, Éva leva la couverture par-dessus sa tête.

– Après la mort de mon père, tu sais, dans les documents qu'il m'a laissés, j'ai trouvé des notes là-dessus. À la fin de leur vie, les parents adoptifs de mon grand-père Julian lui ont révélé qu'un inconnu leur avait vendu à prix d'or un bébé tout rose et en parfaite santé près du port de Québec. L'inconnu leur a dit qu'il avait été abandonné sur les quais. Ne pouvant avoir d'enfants, ils étaient trop heureux pour poser des questions… Julian a fait des recherches. Il a découvert qu'une plainte avait été déposée en 1861 à Québec… par une certaine Dulcinée de Bissé, une Française qui arrivait d'Angleterre, pour signaler le kidnapping d'un bébé.

Éva lâcha la phrase maudite :

– Mais Dulcinée, c'est Tara… Elle était morte !

– Je sais. Maintenant, je sais. La piste de mon grand-père s'arrêtait là. Ce n'est que quand j'ai remonté ton passé que j'ai compris. Pour quitter l'Angleterre avec Éléonore, Suzon a pris le baptistaire de Tara, sinon elle aurait pu passer pour une voleuse d'enfants. Pour la plainte, elle a dû montrer ses papiers à Québec. Ceux de madame Oliver Fairlie, née Dulcinée de Bissé. En parlant avec Charles

Dunlop, j'ai enfin compris que c'était Suzon qui était partie au Canada. Suzon, l'amie d'enfance de Tara. Tara, la mère d'Éléonore, ton arrière-grand-mère ; la mère d'Yvonne, ta grand-mère ; mère d'Olympe, ta mère.

Éva leva les yeux sur le portrait d'Oliver.

– Si tu es le descendant de Suzon, pourquoi tu ressembles à s'y méprendre à Oliver Fairlie ?

Perdu dans ses pensées, le regard fixé sur le tableau, William semblait bouleversé.

– C'est la question que je me pose jour et nuit ! La ressemblance est criante, tu ne trouves pas ?

Éva frissonna. Elle et son double. William et son double. Les mots lui échappèrent malgré elle :

– Qu'est-ce que tu crois qu'on a vu dans le jardin ?

William n'essaya même pas d'être rassurant.

– La même chose. Tara !

Blottie à son extrémité du divan, Éva s'enroula encore plus sur elle-même. Chacun retournait à ses pensées, passait la bouteille de whisky à l'autre, tout en restant sur le qui-vive. Dans l'état survolté où ils étaient, au moindre bruit, ils auraient été capables de tuer !

De bon matin, Malcolm entra au salon. Les mains sur les hanches, il observa le nouvel aménagement. Les dernières flammes des chandelles rendaient l'âme. William dormait assis, le menton appuyé sur la tête d'Éva, et l'enlaçait de ses bras. Éva avait les jambes allongées sur toute la longueur du divan, la tête appuyée sur le torse de William.

Malcolm sonna le réveil d'une voix tonitruante où perçait l'angoisse :

– *Hell! Must have been quite an apparition!*

Éva et William ouvrirent un œil, elle s'apercevant qu'elle était appuyée sur lui ; lui se rendant compte qu'il la serrait dans ses bras. Ils se redressèrent d'un geste brusque, se cognant l'un contre l'autre et se frottant qui le menton, qui la tête.

Malcolm soupira et leva les bras au ciel.

– *Time to get up, you love birds!* Vous me raconterez les fantômes au *breakfast*. Dans le jardin ! Je vais faire du café. Fort ! Allez ! Tout le monde à la cuisine ! En rang d'oignons ! Sinon, je vous abandonne derechef !

30

Charles Dunlop, le notaire, cognait à la porte du manoir. N'obtenant pas de réponse, il frappa de nouveau. Il entendit William et Éva crier en même temps :

— Éva, la porte !

— William, la porte !

La brise, plein sud, transportait ses humeurs salines et iodées. La végétation touffue qui couvrait les anciens parterres s'assombrit et le soleil disparaissait derrière le faîte des arbres géants. Charles s'épongea le front. Il cogna plus fort et entendit enfin la voix familière de son ami, Malcolm Pedee, qui cria qu'il allait ouvrir.

— *Who's there?*

— *Jack the Ripper!*

La clef glissa dans la serrure et le loquet fut tiré. Pressé de ne plus voir ce paysage indompté, Charles entra en poussant sur la porte. Il se figea sur place devant le nouvel aménagement du salon, fronça les sourcils devant tout le remue-ménage qu'il y avait dans le manoir. De l'étage, un bruit assourdissant d'objets déplacés, de tiroirs ouverts puis refermés, de pas empressés s'arrêta un court instant quand, du bureau d'Oliver, William lança sur un ton exaspéré :

– Éva, peux-tu arrêter de faire du bruit deux minutes? Je n'arrive pas à me concentrer!

– Ah! génial! Comme ça, je suis dehors et tu gardes tout!

– Ça se soigne, tu sais!

– Cause toujours, le malade chronique!

Charles entra en tendant un sac à Malcolm qui semblait en avoir plein le dos.

– Comme tu peux le constater, les choses sont au beau fixe, ici!

William et Éva crièrent en même temps:

– C'est qui?

– *It's Charles Dunlop with supper!*

Là-haut, le bruit recommença de plus belle. Du bureau, William se mit à lire à tue-tête pour couvrir le boucan. Malcolm ne se donna même pas la peine de chuchoter:

– Ils ont vu Lady Tara la nuit dernière. Ce matin, je les ai trouvés au salon, enlacés comme deux tourterelles. Comme ça.

Malcolm s'enlaça lui-même en prenant un drôle d'air amoureux, plus proche de la douleur extrême que du bonheur, puis il pointa l'index vers le salon, le divan déplacé, tous les éclairages disposés en bouquets, en rangées, en grappes, et la cire qui avait coulé un peu partout.

– Ils l'ont vue?! Comment ça, ils l'ont vue?

– *Indeed*, elle s'est levée de sa tombe, là-bas, dans le cimetière. Ils se sont disputés au *breakfast*. William Blake a dit qu'ils ne devaient pas passer une autre nuit au manoir. Éva a rétorqué qu'il voulait se débarrasser d'elle pour continuer en solo. Il s'est fâché. Elle aussi…

William passa devant eux sans les regarder et, les mains en porte-voix, cria dans la cage d'escalier.

– Éva, c'est à toi de payer!

– Quoi?

– C'est à toi de…

Malcolm criait à son tour:

– Je pars maintenant! Vous pourrez payer Charles demain.

Charles en était tout ébaubi. Il se boucha les oreilles. William retourna dans le bureau d'Oliver.

– Mais qu'est-ce qu'ils font?

Malcolm se frappa les tempes, l'air de dire qu'ils étaient tous les deux complètement marteaux, et expliqua que William restait dans le bureau du matin au soir, cherchant des traces de son passé.

– Il espère trouver. *Well, you know…* Suzon et Sir Oliver… la ressemblance.

– Quoi, Suzon et Oliver?

– Bah… je te raconterai au pub. De son côté, Éva pense que, puisque le manoir avait été mis sous la protection de ton grand-père, elle va trouver quelque chose que Tara aurait pu laisser à son héritière. Elle fouille toutes les pièces et, moi, pas plus fin, je la suis partout pour sa sécurité et pour la mienne!

Malcolm leva les yeux au ciel et prit appui sur le bras de son ami, trop heureux de quitter les lieux.

– Allons noyer la détresse, Dunlop! Je te dis que j'en ai, des choses à raconter au pub ce soir!

Les yeux de Charles brillaient déjà de curiosité et d'effroi. Il ferma la porte derrière lui.

Venant de l'étage, quelques petits bruits se firent encore entendre, puis ce fut le silence, le vaste silence habité seulement par le souffle du vent, par des gémissements et des craquements. Bientôt, Éva et William se retrouvèrent devant la porte d'entrée, vérifiant si elle était bien fermée à clef. Comme pressé d'en finir avec ce jour, le soleil dépérissait à l'horizon. William prit le sac de provisions.

– Où veux-tu manger ?

– Ça m'est bien égal…

Éva feignait l'indifférence ; William prenait un ton anodin.

– On pourrait peut-être s'installer au salon ?

– Pourquoi pas ?

– Il faut aller à la cuisine chercher la vaisselle.

– Allons-y ensemble.

– *Good idea!* Comme ça, on aura plus de bras pour tout transporter.

– J'espère que Charles n'a pas oublié le vin.

– Au poids du sac, je crois qu'il en a apporté une caisse !

Une porte claque sec à l'étage. Ils ne l'entendent pas, trop occupés à s'éloigner en riant faux pour se cacher que, le soir venu, ils crèvent de peur.

31

William et Éva avaient installé une petite table basse devant la cheminée. Tout le salon clignotait dans la lumière approximative des chandelles et des lampes à pétrole. Les restes du repas séchaient à côté d'une bouteille de vin rouge, vide. William en débouchait une deuxième. Éva avait appuyé le tisonnier sur le bord de la table. Seuls dans le grand manoir abandonné, ils avaient convenu qu'il valait mieux se parler que d'écouter les bruits de la maison. Ils s'étaient laissés prendre au jeu, chuchotant, se taisant au milieu d'une phrase pour sonder le silence et jetant des coups d'œil inquiets autour d'eux à chaque instant.

– Et, puis, il y a l'autre fils de Suzon…

– Suzon a eu un autre fils ?

– Elle l'a abandonné à la naissance, sur les marches de l'église du village à l'île d'Orléans, nommée l'île de Louis à l'époque.

– Le Coin ensorcelé. Comme dans le cauchemar !

– …

– …

Dans un grand bruit d'ailes, un corbeau passa devant la fenêtre, se posa sur le rebord et les fixa en croassant sans arrêt. William et Éva étaient prisonniers de la vision en silhouette de l'oiseau noir à la voix désaccordée. Éva lança un coussin vers la fenêtre. Les grandes ailes se déployèrent en battant la vitre, et le corbeau s'envola.

– …

– …

– Pourquoi Suzon aurait fait ça?! Ça ne ressemble pas à celle dont me parlait grand-mère! Abandonner son fils?!

– C'était facile de faire croire qu'elle était Tara, qu'Éléonore était sa fille et que son mari était décédé en Angleterre, mais se retrouver enceinte à l'île d'Orléans, seule, loin de tout ce qu'elle connaissait, avec le jugement des gens? À la fin de sa vie, elle a dit au curé du village qu'elle voulait voir l'enfant qu'elle avait abandonné. C'était devenu un homme. Elle lui a demandé pardon et est morte peu de temps après. Mon grand-père Julian avait un demi-frère et ne l'a jamais su. Ta grand-mère n'a jamais parlé d'eux?

Éva se frottait le front, le visage crispé.

– Non… Oui… J'imagine, puisque j'ai fait le cauchemar du bébé kidnappé sur les quais. Elle a dû en parler… Du moins de ton grand-père Julian. Je ne sais pas…

Au-dessus de leurs têtes, un bruit de course résonna d'un bout à l'autre du plafond, comme si des ongles couraient un cent mètres. Éva tendit la main vers le tisonnier.

– Des souris.

– Tu es certain?

– Oui.

– …

– …

– Pourquoi est-ce que tu veux le manoir? Pourquoi tu ne me laisses pas ce qui me revient de droit? Puisque Tara l'a légué aux filles aînées de sa descendance à une époque où les filles ne recevaient rien, à moins de ne pas avoir de frères. Tu pourrais trouver un autre manoir à acheter. Je pourrais négocier quelque chose avec Charles Dunlop. Ça me donnerait du temps…

William se leva d'un bond et pointa le tableau du doigt, tendu comme un arc.

– À cause de ça !

Le regard d'Éva passa de lui au portrait d'Oliver et de Tara. Cette terrible ressemblance double qui empoisonnait maintenant sa vie, mais qui, étrangement, lui donnait aussi le courage d'essayer de comprendre, de trouver ce que Tara avait légué ; peut-être, qui sait, une lettre, un journal, un message. Éva soupira en pensant qu'il valait mieux essayer de dormir. « Demain, je trouverai… » Elle tapa sur son oreiller et se mit en boule dans son coin du divan.

– Donc, on continue, chacun pour soi ! Tu cherches Oliver. Je cherche Tara. Et que le meilleur gagne ! Bonne nuit.

Jetant un dernier coup d'œil inquiet autour d'elle, elle ferma les yeux en les plissant. William dévisageait Éva, puis Tara, puis Éva. Accablé par toute cette histoire, son corps se plia et il prit sa tête entre ses mains. Fixant le tapis, il vit l'ombre d'une silhouette s'allonger, puis se déplacer vers le fond du salon derrière eux. Glacé, il saisit le tisonnier et se retourna d'un geste vif. Rien ! Mais il sentit un courant d'air froid qui fit danser toutes les flammes. Une seconde. Puis l'air redevint chaud et oppressant.

Épuisé, William s'endormit comme on perd connaissance. Il était en train de se dire qu'il allait veiller toute la nuit, il s'était appuyé au dossier et la conscience avait éteint l'hémisphère gauche de son cerveau. Du coup, il rêvait qu'il veillait. À l'autre extrémité du sofa, Éva gémissait dans son sommeil. William lui répondait par de petits grondements. Un duo de malaises transis.

Au loin, un chien hurla à la mort. La lune, la veille pleine, amorçait son déclin mensuel en cachant de nouveau une partie d'elle-même. Des nuages collés devant. La nuit reprenait tous ses droits. Finie la clarté crue de la pleine lune. Les parterres et les jardins envahis d'herbes folles et de fleurs sauvages ne laissaient plus voir que leur noire opacité sur fond de macassar. Les grands arbres matures plus noir d'ébène que tout le reste. La brise chaude faisait bruisser les choses de la nature. Impossible de dire lesquelles, la noirceur avalait tout.

Dehors, une silhouette glissa d'une fenêtre à l'autre, ralentit sa course, s'approcha de la vitre. La peau blafarde sous un vêtement crayeux, Tara contemplait gravement William et Éva endormis dans le salon. Un gémissement sourd se fit entendre du fond de la pièce, suivi d'une succession rapide de pas, et une porte claqua sec. Éva et William grelottèrent sous l'effet du courant d'air. Tara hésita, leva une main implorante, puis s'éloigna vers le monticule, vers les tombes.

William rêva que la main translucide d'une femme le projetait dans les airs et qu'il était aspiré dans un trou noir cosmique. Éva rêva qu'elle creusait des milliers de trous dans le jardin à la recherche d'un trésor enterré. Elle rêva qu'elle payait sa dette d'études, achetait le manoir, remboursait ses cartes de crédit, payait toutes ses factures jusqu'à zéro. Elle rêvait !

À l'aube, Éva et William bougèrent dans leur sommeil. À cause du bruit qui provenait de la cuisine. Leur conscience refaisant lentement surface, ils finirent par comprendre que Malcolm venait d'entrer et rangeait les victuailles. Éva ouvrit les yeux. Elle se retrouvait, une fois de plus, appuyée sur William. William ouvrit les yeux, qu'il trouva enfouis dans les cheveux d'Éva, ses bras serrés autour d'elle. Irrités, ils se dégagèrent l'un de l'autre. Puis William opta pour le ton léger :

– Tu as bien dormi ?

– Pas autant que toi, on dirait !… Pas de fantôme ?

William avait à peine fait un signe négatif de la tête qu'un long cri se fit entendre. D'un bond, ils furent debout et coururent vers la cuisine. Bientôt, ils passèrent la porte ouverte. Assis sur son scooter, Malcolm se battait avec son casque qu'il ne réussissait pas à attacher. Éva courut vers lui.

– Malcolm, qu'est-ce qui se passe ?

– Elle est là ! Je l'ai entendue. Elle répétait ton nom… Fini ! Je ne remets plus les pieds ici ! *I'm gone!*

– Malcolm, attends !

Paniqué, le vieil homme démarra comme un fou et s'éloigna en zigzagant. Éva et William le regardèrent partir, découragés. Soudain, la porte de la cuisine se ferma d'un coup sec. Épouvantés, Éva et William se saisirent les mains en se tournant vers le manoir.

– *Fucking crazy house!*

William bouillait. Il entra précipitamment dans la cuisine en brandissant le poing, Éva sur ses talons.

– *Show yourself! Whatever you are!*

William tournait comme une toupie détraquée. Un volet claqua à l'étage. William et Éva sursautèrent comme des chats, les oreilles dressées sur les bruits d'une vieille maison abandonnée aux affres du temps, les sifflements, les clous qui éclatent, les poutres qui se fendent dans les murs, le plancher qui craque à l'étage juste au-dessus de leurs têtes. Éva leva les yeux vers le plafond. William arrêta de tourner en rond.

– *That's it for me!*

Il déguerpit de la cuisine. Éva se mit à courir derrière lui.

– Quoi?… Qu'est-ce que tu vas faire?

William se précipita au salon, attrapa son sac de voyage et fourra ses affaires pêle-mêle dedans. Éva lui prit le bras.

– Qu'est-ce que tu fais?

– Je m'en vais! C'est ce que tu voulais, non? *You got it!*

– Tu ne vas pas me laisser ici toute seule?

– *Oh no? Watch me!*

William sortit en claquant la porte. Éva était pétrifiée à l'idée de se retrouver seule dans ce salon. Elle tourna les yeux vers le balcon couvert. La tenture rouge bougeait tout doucement. Un air montait en elle. Elle se mit à fredonner:

When I am laid, am laid in earth
May my wrongs create
No trouble, no trouble in thy breast
Remember me, remember me, but ah! forget my fate.

Les images du cauchemar qu'elle faisait depuis l'enfance se bousculaient dans sa tête. Elle voyait, comme dans un prisme, le salon rutilant de propreté, les invités qui se déplaçaient avec austérité. Elle entendait les verres qui s'entrechoquaient, l'air de Purcell qu'elle fredonnait. La porte du balcon qui s'ouvrait sur Tara et Oliver enlacés dans une tempête de sang. Éva chuchotait tout doucement: « Je n'ai pas le droit d'abandonner Tara! J'ai promis! » Ses jambes se débloquèrent enfin et elle courut vers la porte d'entrée. Arrivée dehors, elle vit William qui se dirigeait vers sa voiture.

– William, attends! Tu ne peux pas partir comme ça!

Il cria sa réponse:

– Oui, je peux!

– Pourquoi tu veux le manoir?

William marchait plus rapidement.

– Je te l'ai déjà dit !

Éva l'agrippa fermement.

– Non ! Il y a autre chose ! J'en suis certaine !

William se tourna vers elle, jeta son sac sur le sol et lui empoigna le bras. Il était hors de lui.

– Je vais te laisser finir ta semaine de recherche. Comme je sais maintenant que tu ne trouveras rien, je vais attendre et acheter ce trou damné !

Éva le poussa violemment. Pour toute réponse, il attrapa son sac de voyage et le lança dans la voiture. Éva retint la portière. Elle répéta sa question lentement :

– Pourquoi tu veux le manoir ? Tu ne pourras même pas y vivre, puisque tu t'enfuis déjà !

William s'assit dans la voiture et claqua la portière.

– Je vais l'acheter ! Prendre tous les manuscrits, les livres, les carnets. Vendre tous les meubles à l'encan. Faire venir des menuisiers et le démolir en tout petits morceaux !

Éva s'accrochait à la portière.

– Pourquoi ?!

– Comme ça, il va cracher ce qu'il cache ! Je n'ai pas ta patience ! Je ne vais pas fouiller chaque petit recoin de cet enfer comme toi !

Sans plus la regarder, il monta la vitre de la portière. Éva était stupéfaite.

– C'est donc vrai que Tara a laissé…

William démarra en finissant de monter la vitre. Les doigts d'Éva restèrent coincés entre cette dernière et le haut de la portière. Elle courait en lui criant de s'arrêter ; bientôt elle fut traînée. William s'en aperçut enfin et freina en baissant la vitre.

Éva s'était écroulée dans la poussière du chemin. Elle pleurait tout doucement en se massant les doigts. William s'approcha. Révulsée, elle se leva et recula.

– Tu n'as pas le droit de démolir Tara! Je ne le permettrai pas! Pas pour tout l'or du monde!

William tenta de s'approcher de nouveau. Elle le repoussa vivement.

– Tu ne comprends rien à rien! J'ai perdu ma mère à dix-neuf ans. Je n'ai plus ma mère à qui me confier! J'étais trop jeune pour réussir à lui rendre son amour. Je n'ai pas eu le temps de lui rendre son écoute, ses câlins, le baume sur ses peines, les rires sur ses joies. J'ai vieilli trop vite. Seule. Avec rien d'autre que mon besoin d'architecture!

William fit un pas vers elle. Elle recula plus vite.

– Je vais aller voir Charles Dunlop tout de suite et lui faire une proposition. Je vais trouver un moyen et restaurer le manoir pour ma mère, pour la paix de Tara, pour ma grand-mère Yvonne à qui j'ai promis. Pour Éléonore. Pour moi.

– Éva, j'ai dit que j'allais le démolir parce que j'ai le système nerveux qui saute. C'est affolant, toute cette histoire, alors je disjoncte!

William lui prit le bout des doigts. Elle se dégagea et s'éloigna en courant, puis s'arrêta net. Ils étaient tout près des tombes. Éva tomba à genoux et se mit à arracher le lierre et les herbes en poussant de petits gémissements. William s'accroupit tout près d'elle, lui reprit les doigts, les embrassa, essuya ses larmes, lui embrassa la base du front. D'abord tout doucement, puis avec fougue. Bientôt, Éva lui rendait ses baisers avec passion, presque avec fureur.

William et Éva basculent dans les herbes folles et font l'amour comme on fait naufrage. Quand ils refont surface, ils s'allongent sur l'herbe, côte à côte, à l'ombre des tombes de Tara et d'Oliver. Éva tire la nuque vers l'arrière, William fait de même. Elle lit l'inscription à l'envers. Les mots se lient les uns aux autres, d'une pierre tombale à l'autre. Elle n'a plus peur. Comme si, en faisant l'amour avec William, elle venait d'incarner l'amour de ses ancêtres, de les recevoir comme des êtres humains et non plus comme une abstraction. « Happiness being the supreme object of existence, we have found it in one another. For eternity, our love remains untouched! »

William contemple Éva avec une toute nouvelle attention. Éva se redresse et rassemble ses vêtements épars.

– J'ai faim !

32

Assis sur le bord d'une fontaine en plein centre de la place publique du village, William et Éva croquaient à pleines dents dans un sandwich. Le malaise était de retour, plus complexe maintenant qu'ils s'étaient tombés dessus comme deux naufragés sur une île déserte. Ils avaient cet air grave, distant, distrait, des nouveaux amants qui se demandent s'ils ne se sont pas foutus dans un marasme sans but ou sans fin, mais aussi avec ce calme étonné, ces gestes adoucis, une sorte de légèreté ressentie quand une rencontre en est vraiment une. Ils étaient pris entre la solitude de la quête de Tara, qui les projetait toujours plus profondément en eux-mêmes, et leur nouvelle union, enchevêtrée dans les fils invisibles du contact physique, qui faisait frémir leur peau dès qu'ils s'effleuraient.

William brisa le silence. Il regarda Éva avec volupté – elle se méfiait de ces nouveaux yeux qui voyaient à travers ses vêtements. Pourtant, sa voix avait une douceur qu'elle ne lui connaissait pas et qui lui faisait chavirer les sens.

– Peut-être qu'on se trompe, Éva. On pourrait faire autrement.

Éva regardait loin, trop loin, et William désespérait de la garder dans le cercle étroit de leur nouvelle intimité.

Il n'avait qu'une seule envie, la prendre dans ses bras et couler dans un lit où il pourrait encore et encore caresser ses seins, dévorer sa peau, hurler son bonheur ! Mais, plus tôt, dans le jardin, Éva avait zippé son cœur en se rhabillant.

Des enfants approchaient en chahutant. Enjoués, ils étirèrent un long élastique et se mirent à jouer à saute devant, saute dehors, croise et décroise la jambe, en récitant une comptine :

Three little kittens
They lost their mittens
And began to cry
Oh mother dear
We sadly fear
That we have lost our mittens

William se leva et se mit à réciter la comptine avec eux en sautant dans l'élastique :

What! lost your mittens
You naughty kittens!
Then you shall have no pie!
Meow! Meow! Meow!

Il faisait le pitre pour faire rire les enfants et, plus important encore, faire sourire Éva. Mais Éva ne souriait pas. Au contraire, elle affichait un air plus mélancolique que jamais. En effet, Éva laissait mentalement tomber toute l'affaire. Elle n'avait plus la force de continuer à se battre contre un rêve impossible. « Je me suis encore fixé des objectifs inaccessibles ! Je fais toujours la même connerie, comme un *pattern* sans fin. Je veux l'inatteignable ! Le mystère de Tara est trop grand, l'énigme reste entière. »

Une petite fille de six ans, blonde comme les champs de blé, cessa de jouer et s'approcha de William.

– Pourquoi tu connais cette comptine?

– Parce que c'est de *Mother Goose!*

– Je sais!

La fillette se tourna vers Éva.

– Tu ne connais pas la comptine?

– Si. Mais en français. Sous la forme d'une chanson. C'est de Ma Mère l'Oie qui, dit-on, était une reine française du Moyen-Âge aux grands pieds palmés.

Empêtré dans l'élastique, William protestait:

– Non, non! C'est anglais!

– William, voilà des siècles qu'on se dispute l'origine des contes de Ma Mère l'Oie. Alors…

La fillette tirait sur le pantalon d'Éva.

– Alors, tu me la chantes?

Éva leva ses deux mains pour mimer les mitaines.

Les trois petits minous, ils ont perdu leurs mitaines.
S'en vont trouver leur mère.
Maman, Maman, on a perdu nos mitaines.
Méchants petits minous, vous n'aurez pas de lait.
Miaou! Miaou! Miaou!

La fillette répétait après elle en faisant les gestes. Éva se détendit tout à fait devant ce joli minois sérieux. William lui envoya la main. Éva répondit par un rire de grelot. La fillette tira de nouveau sur son pantalon.

– Récite-moi une autre comptine.

– Je n'en connais pas…

– C'est impossible! Tous les enfants ont appris des comptines et, toi, tu n'es qu'une enfant qui a grandi. Il faut juste réfléchir un petit peu plus fort.

Éva regardait William qui sautait dans l'élastique sous les cris de joie des enfants. Elle regarda la blondinette qui fronçait les sourcils pour l'aider à trouver. Elle ferma les yeux et serra les lèvres. La fillette applaudit.

– Oui, comme ça! Tu vas trouver!

Éva voulait lui faire plaisir. Elle réfléchit, puis ouvrit les yeux.

– Tu as raison… J'ai trouvé.

La fillette s'appuya sur les genoux d'Éva et ouvrit de grands yeux gourmands. Éva se mit à réciter une comptine, d'abord en hésitant, cherchant les gestes et les mots, puis avec plus d'assurance:

Sur la Terre, sur la Terre,
Y a un pays que j'ai quitté
Ça c'est le comble, ça c'est le comble,
Que ce pays tant délaissé.

La fillette imitait les gestes et essayait de répéter les mots français. Éva continua:

Sur la Terre, sur la Terre
Y a un pays que j'ai trouvé
Ça c'est le comble, ça c'est le comble
Que ce pays tant adopté
Y a un clocher portant la croix
et son village tout autour
Sur la place, on y voit très loin…
Sur la colline, Taratata
On aperçoit Taratata,
On aperçoit Ta-ra.

Comme si une décharge électrique l'avait traversée, Éva se redressa et se mit à étudier le paysage au microscope: le clocher, la place et, au loin, le manoir sur la colline. La fillette lui tapota le bras.

– Encore...

– Je suis désolée, je ne me souviens plus du reste...

– Allez, il faut m'apprendre...

Éva lui caressa distraitement les cheveux, puis se tourna vers William. Essoufflé, il vint s'asseoir tout près d'elle, entouré des enfants qui tournaient autour de lui en riant. William lui sourit. Éva lui sourit en retour, mais ses lèvres tremblèrent tant qu'elle dut détourner la tête. Elle se pencha vers la fillette.

– Va dire aux enfants que le monsieur va vous acheter des friandises.

William fit une moue, il n'avait pas du tout envie de jouer au *candy man*. Les enfants sautaient de joie.

– Allez, William! Ils sont si mignons!

William grommela en se levant. Éva lui prit le bras.

– Et, j'ai réfléchi... Je ne peux pas être seule au manoir. Tu as raison, plus question d'y dormir. On va s'installer au village et repenser toute l'affaire. Je n'ai plus rien à faire là, aussi bien chercher un verre de contact dans un bac de glace.

Elle feignait la grande détente. William l'observait pour la sonder. «Il ne faut pas, il ne faut pas! Il va voir que je mens.» Les enfants l'aidèrent bien. Ils tiraient sur la manche de William, le poussant vers le magasin général. Éva riait avec eux.

– Je dois aller faire des courses... On se rejoint dans une heure à l'auberge. Tu peux réserver une chambre?

Le ton suave de la dernière réplique désarme William. Les enfants font une ronde autour de lui en criant de joie. William lève les bras au ciel. Éva s'éloigne en leur envoyant plein de bisous.

33

Le pied au plancher, Éva fonçait vers le manoir. Les joues en feu, le vert de ses yeux viré au jaune ocre, elle riait et pleurait en même temps en se répétant que c'était d'une évidence, mais d'une évidence !

« Éléonore était une enfant de neuf ans, Tara lui a laissé un code dans une comptine d'enfant ! Pour qu'elle n'oublie pas ! »

Arrivée dans l'allée du manoir, Éva se mit à réciter la suite ; la voix de sa grand-mère Yvonne résonnait en écho dans sa tête :

Dans la maison, y a mon garçon
Dans le grenier tout mansardé
Ma grande fille, elle a marché
Elle s'est cognée, elle s'est fâchée
Tu m'as fait mal, tu vas payer
Je vais frapper et défoncer
Pour ne plus jamais être blessée.

Éva freina raide. Elle poursuivait attentivement en tenant fermement le volant :

Cachée derrière je vais trouver
Ma mère qui va m'effrayer
Taratata Taratata
Ma mère s'ouvre et me console :
une fois entrée, deux fois sorties,
Tu ne vas plus jamais pleurer.
Et même pourras te sauver.

Une fois qu'elle fut sortie de la voiture, une lampe de poche à la main, Éva contempla le manoir silencieux qui jetait une grande ombre sur elle. Le pas incertain, le ventre noué, elle poussa la porte d'entrée.

– Tara ! C'est moi, Éva ! Si tu es là, il ne faut pas me faire peur, OK ? Tu restes tranquille. Tu avais raison, je me suis souvenue. J'ai compris l'énigme : « Chère enfant, que Dieu te garde et me rappelle à ta mémoire. Te souvient-il des strophes et des rythmes ? des mots de l'innocence qui te conduiront à moi ? *Oui, je les connais et ne les révèle point. C'est Tara, l'Étrangère, qui me les dicte !* »

Elle avançait à tout petits pas prudents, cherchant ses mots, déterminée à parler à son arrière-arrière-grand-mère, même si elle trouvait incroyable de le faire.

– Tu as laissé la clef du secret à ta fille Éléonore, une enfant ! Il fallait que ce soit un jeu d'enfant. Elle l'a enseigné à sa fille, ma grand-mère Yvonne, qui me l'a transmis… J'adorais grand-mère, tu aurais été fière d'elle… de maman aussi. Elles me manquent beaucoup, toutes les deux. Tara, je vais aller chercher ce que tu m'as laissé, mais il ne faut pas te montrer. Je vais avoir trop peur.

Éva monta le grand escalier en se tournant constamment, à l'affût du moindre petit bruit suspect.

– Voilà que je parle aux fantômes !

Pourtant, elle ne pouvait s'empêcher de frissonner, surtout quand elle arriva au bout du long couloir aux murs lambrissés de panneaux d'orme, devant un petit escalier surmonté d'une trappe. Inaccoutumée à l'action, plus habituée aux abstractions cérébrales, à la contemplation et au monde des idées, elle poussait la machine qui refusait de bouger. Obligée de commander à ses jambes d'avancer, à sa main de tenir la lampe, à son corps de ne pas s'effondrer. Dans l'optique d'une morale de l'action, la matière devait bien avoir son lot de solutions, elle aussi ! Éva répéta la fin de la comptine :

Dans la maison, y a mon garçon.
« Qu'est-ce que Tara a voulu dire ? »
Dans le grenier tout mansardé
Ma grande fille, elle a marché.

Éva ouvrit la trappe du grenier et la rabattit sur le plancher. Le faisceau de la lampe balayait l'espace, dévoilant des tas de vieux objets poussiéreux empilés jusqu'au plafond. Éva dut courber le dos pour avancer. Elle passa devant un cheval de bois, un lit à baldaquin, un coffre, un tableau noir, de vieilles chaises empilées, des tables, des selles de chevaux, un télescope. Plus elle avançait, plus elle devait se pencher. Filtrant à travers une lucarne ronde, un rayon de soleil éclairait la poussière suspendue. L'air était étouffant. Éva mit sa main sur sa bouche en bousculant une pile de boîtes. Un carton tomba sur elle en libérant un aigle empaillé. Éva tressaillit en recevant l'oiseau à l'œil de verre dans les bras. Une petit rire mécanique se fit entendre au même moment. Éva se tourna et vit une boîte entrouverte juste à ses pieds. Elle donna un frénétique coup de pied dedans. Le petit rire stoppa. Éva continua sa progression en éclairant tous les coins d'ombre.

Elle s'est cognée, elle s'est fâchée
Tu m'as fait mal, tu vas payer
Je vais frapper et défoncer
Pour ne plus jamais être blessée.

À l'extrémité du mur en pente, elle aperçut une carte de la France et une carte de l'Angleterre. Son visage s'illumina. « Le pays délaissé, la France ; le pays adopté… C'est le début de la comptine ! »

Centimètre par centimètre, elle tâta le mur pour trouver une ouverture.

Cachée derrière, je vais trouver
ma mère qui va m'effrayer
Taratata Taratata

Éva pensa à sa grand-mère à qui elle avait promis qu'elle n'aurait pas peur de sa peur de Tara. Ne trouvant ni fausse cloison ni loquet, elle s'énerva et se mit à éclairer le grenier au hasard. Ça sentait le renfermé, il y avait mille et une cachettes possibles et trop d'angles morts, comme si une horde d'ombres noires étaient tapies, prêtes à lui tomber dessus. Apercevant une massue, elle l'empoigna, bien décidée à s'en servir comme d'une arme, s'il le fallait ! Dans sa terreur, elle se cogna au mur mansardé et poussa un petit cri de douleur et un autre de détresse. Frottant sa bosse, elle reprit la phrase :

Elle s'est cognée, elle s'est fâchée.

Pressée d'en finir, elle leva la massue et frappa le mur de toutes ses forces.

Tu m'as fait mal, tu vas payer
Je vais frapper et défoncer
Pour ne plus jamais être blessée…

Le mur était creux, il céda dès les premiers coups. Éva arracha les dernières planches en pestant, puis éclaira l'espace en approchant un visage anxieux. Elle se trouvait dans un réduit dans lequel elle fit quelques pas. Tout à coup, sa lampe éclaira une femme vêtue d'une longue robe blanche de l'époque victorienne. Une femme qui souriait. Tara !

À bout de nerfs, Éva s'écroule sur le sol en gémissant. La lampe obstinément braquée sur Tara, elle recule en rampant, s'écorchant les jambes sur les fragments du mur démoli. Allongée sur le plancher, Éva retient la lampe de ses deux mains tremblantes. Le corps secoué de spasmes, elle s'oblige à regarder Tara en la suppliant de ne pas lui faire de mal. Transie, elle finit par admettre que la dame ne bouge pas. C'est un mannequin à l'effigie de Tara. Éva essuie son visage qui perle de sueur.

Ma mère s'ouvre et me console :
Une fois entrée, deux fois sorties
Tu ne vas plus jamais pleurer.
Et même pourras te sauver.

Tournant sur elle-même comme une mécanique insensée, chaque bruit louche, chaque objet inquiétant, elle éclaire tout autour d'elle - un trophée de chasse miteux qui a dû être un magnifique loup, un lustre de cristal posé sur une table couverte d'une vieille nappe trouée, une roue aux rayons brisés, des bâtons de crosse. Plus loin, le réduit semble se prolonger en passage, Éva tend la lampe vers l'ouverture vide. Rien ! Rien que le silence de mort qui lui glace le corps.

Portant la massue à bout de bras, Éva ferme les yeux en laissant échapper de petits sons blessés. Elle frappe sans arrêt. Bientôt, le mannequin se disloque et elle plonge la main dans le corps inerte. Le contact dur et froid de deux boîtes métalliques la fait sursauter. Les sortant du ventre de Tara, elle les soulève avec peine. Ils contiennent des bijoux, de l'or, des titres de propriété et autres documents portant sceau. Éva en lâche la lampe de poche. Qui éclaire la tête tranchée du mannequin à sa ressemblance, figée comme un masque de cire. Dehors, le vent du soir se lève et s'infiltre dans le réduit en hurlant. Paniquée, Éva sort à toute vitesse. Le butin dans les bras.

34

Le pantalon déchiré, les mains blessées, Éva dévala le grand escalier quatre à quatre en tenant solidement un sac de jute. En bas de l'escalier, une main l'intercepta. Éva gémit en fermant les yeux.

– Alors, Éva, qu'est-ce que tu fais ici ?

William arborait sa mine stoïque des mauvais jours. Éva bredouilla qu'elle avait oublié quelque chose et qu'elle allait justement le rejoindre. Le regard de William se durcit.

– Ce doit être quelque chose de très important, puisque tu as dit que tu ne voulais plus venir seule ici !

Éva chercha une explication plausible. Elle essaya de se dégager, mais William la tenait ferme. Il montra le sac.

– Tu es revenue pour ça ?

Il tendit la main. Éva voulut fuir. William lui arracha le sac des mains et l'entraîna, sans ménagement. Dehors, le soleil baissait et le vent du littoral rugissait de plus en plus.

Quand ils entrèrent dans le salon, William déposa le sac sur le divan, mais ne lâcha pas Éva. Il prit des allumettes et lui ordonna d'allumer les lampes et les chandelles. Voyant qu'elle ne bougeait pas, il la secoua si fort qu'Éva se mit à la tâche. Puis William ferma les tentures. De nouveau, Éva essaya de se dégager de son emprise. William la poussa sur le divan et s'y installa à son tour. Au moindre geste, il la rassoyait en poussant sur sa cage thoracique. Il ouvrit le sac et y découvrit les deux boîtes métalliques.

– *Well now*. Qu'avons-nous là?! Il semble que de te faire l'amour n'ait pas suffi pour obtenir ta confiance.

Le ton ironique de William irrita Éva au plus haut point. Elle voulut reprendre les boîtes. William la plaqua au dossier. Il la sondait d'un regard meurtri.

Profitant de l'instabilité émotionnelle passagère de William, Éva allongea le bras et saisit une sculpture de bronze. Elle se jeta sur lui avec la ferme intention de l'assommer.

– Tu es le plus grand manipulateur et le pire menteur que je connaisse…

Elle s'élança pour le frapper. William lui empoigna le bras. Éva lui mordit l'avant-bras. William poussa un cri de douleur, mais réussit quand même à lui enlever la sculpture qui roula sur le plancher. Il lui attrapa les deux poignets.

– *Now, listen to me!*

Éva luttait, donnait des coups de pied, de tête, mais William tenait bon.

– Pourquoi j'écouterais le voleur qui a saccagé mon bureau?

– Ce n'est pas moi! Je ne suis jamais allé chez toi avant notre première rencontre!

– Menteur! Sale voyeur!

William la plaqua au divan, lui fit la prise du ciseau et l'immobilisa.

– Oui, je t'ai contemplée jusqu'à m'en rendre malade! Au début, pour comprendre mon passé, j'écoutais tes conversations téléphoniques; je fouillais les dossiers dans ton ordinateur. Puis, oui, je suis devenu fou. Fou de toi!

Ma première grave erreur a été de tomber amoureux de toi! Ma deuxième a été d'y croire!

– Au secours! Ne le laisse pas faire… Il va me tuer!

Soupçonnant une feinte, William se retourna prudemment.

– Andrew?!…

Il voulut se lever, mais Andrew pointa un revolver sur lui.

– *Sit, bro!*

William était estomaqué; Éva, soulagée. Elle reprit les deux boîtes métalliques.

– Andrew… je te dois la vie!

– *Shut the fuck up!*

Stupéfiée, elle se tourna lentement vers Andrew qui lui fit signe de s'asseoir.

– *Now*, fais glisser les boîtes vers moi! Tout doux, sinon je peux m'énerver et faire un grand trou dans ta jolie poitrine!

Éva s'exécuta en faisant attention à chaque geste. Andrew poussa les boîtes du pied, se pencha et en regarda rapidement le contenu. Quand il se redressa, devenu plus grand que nature tellement il était satisfait, il laissa échapper un rire gigantesque qui secoua son corps de la tête aux pieds. Puis il contempla ses deux otages avec une fausse compassion.

– Je me suis bien éclaté à vous observer! Vous étiez si mignons! Si captivante, la grande scène dans les herbes folles du plein été. William, allais-tu vraiment faire du mal à l'objet même de ton désir? Tuer ton amour pour quelques breloques et quelques titres?

William serrait les dents.

– *Killing is not an option!*

Éva se tourna vers William, furieuse.

– Alors, pourquoi tu m'as suivie ici?!

Andrew pointa le revolver vers elle.

– *I said, shut the fuck up!* Ou je te fais plein de trous !

Il prit un air tourmenté et feignit de chercher ses mots :

– *Where was I?* Ah oui ! *Bedtime stories.* Puisque vous aimez tellement les histoires à dormir debout ! Je vous dois bien ça.

Le revolver braqué sur eux, Andrew tira une chaise vers lui et contempla le plafond. Il se concentra en repoussant sa mèche rebelle d'un bref coup de tête. Puis il baissa des yeux sadiques vers eux. Éva ouvrit de grands yeux ténébreux. William, en état de choc, avait le regard vide. Andrew se racla la gorge et déclara, pompeux :

– Il était une fois, en l'an de grâce 1861, une très belle Française qui vivait dans un grand manoir anglais…

***

Tara astique l'argenterie avec sa fille, Éléonore, en chantonnant un air français. Le bébé de Suzon gazouille dans son landau et Éléonore lui fait des risettes. Lawrence passe dans le couloir. Tara frissonne à la vue de son beau-frère, fier, grand et sombre ; elle ne peut s'empêcher de le comparer à un oiseau charognard, le corbeau. « Oiseau noir, oiseau de malheur ! »

Lawrence hésite, puis entre et se poste devant Tara et Éléonore, autoritaire.

– *What are you doing, Mrs Oliver Fairlie?* Mon frère n'est pas assez riche pour te payer des domestiques ?

– J'aime bien les aider, c'est tout. Recevoir des invités est mon plaisir.

– J'espère que tu n'as pas invité tes amies de taule !

En entendant ces mots, Éléonore se tourne vers lui, l'œil mauvais. Tara, voyant que sa fille va mettre de la poudre dans le canon, lui demande d'aller voir si Suzon a besoin d'aide à la cuisine.

– Pas question que je te laisse seule avec oncle Lawrence. Il est méchant.

Le bébé se met à pleurer.

– Sortez-moi ce bâtard !

Tara supplie sa fille du regard. Éléonore soupire bruyamment et s'éloigne en invectivant son oncle en français :

– Tu es méchant et je te déteste !

Lawrence l'agrippe par le bras et la secoue.

– Combien de fois vais-je devoir te le dire ? En ma présence, tu parles anglais !

Avant même que Tara n'ait le temps d'intervenir, Éléonore lui donne un formidable coup de pied et se dégage brusquement.

– Tu n'as qu'à apprendre le français, espèce de sale…

Tara devient de plus en plus nerveuse.

– Va rejoindre Suzon, mon amour.

Éléonore sort du grand salon en tirant la langue à son oncle.

– J'ai demandé qu'on enlève ce morpion de ma vue !

Tara se tourne calmement vers Lawrence.

– Suzon est très occupée. Je vais le garder pour le moment.

Lawrence s'approche de Tara.

– Je désapprouve totalement tes manières…

– Ce n'est pas ton rôle d'approuver ou de désapprouver, Lawrence Fairlie. Tu n'es pas mon mari.

Elle a dit cela sur un ton neutre qui irrite profondément Lawrence. Il affiche ce rictus que Tara ne connaît que trop bien.

– Ah ! Sir Oliver ! mon frère si doux, si délicat, si romantique et si formidablement stupide !

Exaspérée, Tara lui lance un torchon et lui tourne le dos.

– Pourquoi ne pas te rendre utile au lieu de dire des âneries ? !

– Tu veux que je te rende service, c'est bien ça ?

Avançant vers elle, Lawrence se penche sur le dos de Tara. Dégoûtée, elle sent sa respiration lourde à la base de sa nuque.

– Comme ce serait facile de te faire plaisir !

Il lui saisit rudement la taille et la colle à lui. Tara lui agrippe les mains et veut se dégager. Il la retient bien solidement.

– Sais-tu comme je pourrais parer ce joli petit cou que tu as ?

Enfouissant son nez dans sa nuque, il hume le parfum en grognant. L'adrénaline aidant, Tara se dégage vivement et le fusille du regard.

– Tu as intérêt à ne plus jamais faire ça !

Lawrence éclate d'un rire tonitruant. Il lui prend les poignets et la fixe durement.

– J'ai été très patient avec toi. Dix ans de patience ! *No more!* Je sais que tu le veux autant que moi !

Il l'attire brusquement à lui et l'embrasse de force en lui pétrissant un sein. Tara lutte, mais ne parvient pas à se défaire de son emprise. Repu, il la repousse, la projetant sur la table. Il inspire profondément en fermant les yeux et se caresse la bouche du bout des doigts.

– Voilà pour une paire de lèvres ! En attendant l'autre…

Tara se jette sur lui et le gifle.

– Salaud ! Si tu oses me toucher encore une fois, ne serait-ce que m'effleurer, je te traîne en justice. Moi aussi, j'ai des amis puissants, tu sauras. Je suis persuadée que ta mère raffolera de ce scandale !

Lawrence la contemple avec mépris.

– Le mariage de mon frère avec une putain de Française a été une grave erreur !

Tara le toise, sarcastique à son tour :

– Bien sûr ! J'aurais peut-être dû t'épouser, toi ?

Lawrence lui saisit le cou et serre, d'abord tout doucement, puis en augmentant sensiblement la pression à chaque mot.

– Pas besoin. J'aurais fait de toi mon esclave de pieu, *my Frenchy*! Pour partager avec les copains qui fantasment sur toi !

La pression de ses mains est telle que Tara suffoque.

– Sais-tu comme je pourrais briser ce joli petit cou que tu as ?

Lawrence desserre les doigts, la toise avec mépris, puis s'éloigne. La respiration haletante, Tara reprend son souffle en toussant.

***

Andrew, le revolver braqué sur la tempe de William, desserra les doigts du cou d'Éva. La respiration haletante, elle reprit son souffle en toussant. William le fustigea du regard. Satisfait de son effet, Andrew retourna s'asseoir.

– Où en étais-je ? Ah oui ! la mort annoncée ! Quand Tara passa devant le boudoir et entendit des chuchotements…

***

Tapie dans l'ombre, Tara épie la scène. Tendu comme un arc, Lawrence se tient debout près de sa mère qui brode, bien calée dans un fauteuil.

– Es-tu certain de ce que tu avances, Lawrence ?

– Absolument ! Toutes ces damnées suffragettes viennent au bal !

– Il n'en est pas question ! Je ne le permettrai pas !

Délaissant sa broderie, Lady Fairlie regarde son fils droit dans les yeux et prend le ton de l'autorité suprême :

– *Enough scandals!* D'abord, Oliver épouse une Française, comme s'il manquait de filles à marier dans le pays ! Ensuite, elle nous humilie en s'alliant aux suffragettes. Elle va même jusqu'à se faire jeter en prison, mais est-ce que ça l'arrête ? *Of course not!* Elle force Oliver à quitter Londres en achetant cette… ferme ! Oliver est aveuglé par sa passion pour une femme ! *How disgusting!* Il ne va pas divorcer, et même s'il le faisait, cela attirerait encore plus de honte sur notre famille.

Elle paraît un moment déroutée, puis reprend :

– Oh ! Lawrence ! que pouvons-nous faire pour que cela cesse ?… Oliver est une inquiétude permanente pour moi !

Lawrence approche de sa mère, met un genou à terre et lui prend les mains.

– Ne vous inquiétez plus, mère, je vais m'en occuper. Vous avez raison, cela a assez duré ! Et je vais commencer par ceci.

Il sort un collier de rubis d'un écrin et le lui tend. Lady Fairlie l'observe, perplexe.

– Tu crois vraiment qu'un bijou pour son anniversaire changera les choses ? Dulcinée n'a aucun goût pour les babioles et les toilettes. Toujours vêtue de simples robes blanches, comme une pauvresse !

– J'en suis persuadé. Faites-moi confiance, mère!

Lawrence lui embrasse les mains. Elle pose une main sur sa tête en signe de bénédiction. Il se relève, léger comme l'innocence.

– Ce sera comme notre reine Victoria le veut. *A happy ending!*

Sa mère sourit chichement au mot d'esprit, puis retourne à son aiguille. Lawrence s'apprête à s'éloigner quand elle ajoute, cassante:

– Et assure-toi que ces... gens... ne viennent pas ici, sinon je fais une attaque d'apoplexie!

– Oui, mère, je vais m'assurer qu'elle ne fera pas de bêtises. Maintenant, détendez-vous, je m'en occupe!

Tara a juste le temps de se cacher dans un cloisonnement. Lawrence passe devant elle sans la voir. Il crache son venin dans un murmure:

– Dulcinée de Bissé, *you're so finished!*

Un masque de cruauté déforme ses traits. Tara retient un hurlement, des larmes de terreur brillent dans ses yeux perçants.

***

L'éclair était tombé à quelques mètres du manoir. Éva et William tressaillirent en se prenant les mains. Andrew, au contraire, absorba la répercussion de la décharge électrique en la buvant presque. Il repoussa sa mèche rebelle d'un coup de tête puissant, fit tourner le revolver autour de son doigt et feignit d'appuyer sur la détente. Il visa Éva, puis William, puis Éva.

– Bang, t'es morte! Bang, t'es mort! *Bang-bang you're dead!*

Au son du vent hurlant, des volets claquant, de la pluie battante, et du tonnerre qui faisait trembler les carreaux presque au point de rupture, Andrew sauta sur ses pieds, émit un grognement de toute-puissance, puis revint à son récit :

— Et maintenant, chers amis : le trépas de Tara !… Je vous épargne le préambule. Le petit-fils du *butler* l'a bien raconté à l'ombre de la grille. Il n'a manqué que quelques détails. Oui, Lawrence Fairlie caressa la nuque frissonnante de Tara. Il avait une sorte de fascination pour les nuques en général, voyez-vous. Mais surtout pour celle de la belle Tara. Et qu'est-ce qu'il chuchota à sa jolie petite oreille ? Vous donnez votre langue au chat-chat ? Il lui dit : « *See you on the other side!* »

D'un geste brusque, Andrew tira la tenture rouge sang devant le balcon couvert. L'immense branche pointait toujours son doigt à travers le carreau. Éva se mit à gémir à petits sons étouffés. William passa son bras autour de ses épaules. Andrew eut un sourire placide. Théâtral, il ouvrit les portes vitrées. La pluie battante et le vent s'infiltrèrent dans le salon. Éva lâcha un cri d'animal blessé à mort.

— Oui, c'est exactement ça ! Sur l'air magnifique, mais bien macabre, de maître Purcell, bientôt s'élevèrent plus de cris d'abomination que de coups de tonnerre qui, pourtant, ce soir-là, résonnaient comme mille *taiko*. Mais d'abord…

Un éclair fendit le ciel en deux parts parfaitement égales, et le choc fit vibrer le sol à des kilomètres à la ronde. Les yeux d'Andrew brillèrent tels mille feux follets. Un sinistre sourire plus tard, il ajouta :

— Place à la chute des romantiques !

***

La nuit est noire comme de l'encre. Le chant de Purcell se mêle à la pluie battante, en écho. Tara s'avance sur le balcon, vêtue de sa robe de bal tachée à l'échancrure du dos. Elle a du mal à respirer. Elle tente d'arracher le collier de rubis, mais n'y parvient pas. La pluie change de direction et mouille son visage et son cou. Elle tend la tête vers le ciel déchaîné, puis vers le jardin. Une ombre glisse vers elle. Angoissée, elle se tourne en gémissant.

Voyant son visage pâle et sa respiration suffoquée, Oliver se fige sur place. Tara s'écroule. Oliver n'a que le temps d'accourir pour l'empêcher de tomber sur le sol.

– Tara !

– Oliver ! J'ai eu si peur de ne jamais te revoir.

Oliver la serre sur son cœur. Il comprend qu'elle meurt. Tara chuchote dans un souffle :

– Enlève-le, j'étouffe….

Oliver remarque le collier de rubis au cou de Tara. Il l'arrache et le jette sur le balcon. Le poison a laissé son cou enflé et enflammé.

– *Tara! Who did this? Tara!*

Il la secoue. Il ne veut pas qu'elle perde connaissance de nouveau. Tara lui sourit. Oliver supplie.

– Qui a fait cela ? Réponds-moi !

– Je t'aime… Il y a des choses plus importantes que la vie.

Le désespoir d'Oliver atteint son paroxysme.

– *Please, Tara! Don't go… I will not live without you… I love you. I adore you.*

Il l'embrasse. Un éclair tombe au pied du manoir. Tara ferme les yeux. Dans un geste pour retenir le corps inerte, Oliver la soulève. Tapi dans un coin sombre du balcon, son frère Lawrence observe la scène. Sortant de l'ombre, il secoue la tête, dépité.

Prenant un air navré, il s'approche d'Oliver.

– *Come*, Oliver. Laisse. Il est clair que ta femme a eu un arrêt cardiaque. Personne ne s'en étonnera. Une femme a une santé trop fragile pour jouer les révolutionnaires. Et c'est une chance qu'elle meure de mort naturelle. Sais-tu combien d'hommes puissants complotaient pour la faire tuer ? Comme ça, l'honneur de la famille est sauf. *You agree, don't you.*

Une lueur obsessionnelle brille dans les yeux de Lawrence. Plus Oliver le fixe, plus il comprend. Son visage se durcit. Lawrence recule. Oliver se met à hurler comme un fauve blessé. Il embrasse Tara, la berce, enfouit sa tête dans son corsage. Les deux portes sont brusquement ouvertes. La lumière du salon et du ciel démonté surexpose le balcon. Oliver garde la tête enfouie au creux du cou de Tara. Lawrence se tient froidement à distance. Les invités approchent. Sous pluie et vent, Oliver se relève. Il a le visage ruisselant de larmes et de pluie. Sa mère se tient debout dans l'embrasure des portes. La tête de Tara se balance mollement dans le vide. Ses longs cheveux de feu se détachent et louvoient mollement ; des milliers de gouttes s'en échappent et coulent à torrents. Les longs pans de sa robe claquent comme une voilure dans la tempête.

Lady Fairlie pousse un cri d'horreur. La mezzo-soprano cesse de chanter l'air de Purcell. La musique s'arrête. Éperdu, Oliver contemple Tara. Il prend sa tête et la soutient.

– Je l'ai tuée. J'ai tué mon amour.

Son visage se transforme en un masque de détermination.

– Je prends l'entière responsabilité de sa mort.

Il serre le corps inerte contre lui et crie :

– TARA ! ! !

Lawrence dévisage son frère qui joue au martyr, soupire bruyamment, travestit son âme et se met à hurler :

– *God help me, I'll kill him! My brother is a murderer!*

Lady Fairlie perd connaissance. Quelques invités la soutiennent et la transportent au salon. Les gens crient et courent dans tous les sens. Murray Pedee bouscule tout le monde, s'arrête, reprend contenance et s'avance sobrement vers Sir Oliver. Profitant de la confusion, Lawrence ramasse le collier de rubis, du bout de ses doigts gantés de cuir.

Impassible, il s'éloigne en rangeant le collier dans un mouchoir quand, passant devant le boudoir, il aperçoit Suzon qui pleure dans un coin sombre. Il entre et ferme à clef. Affable, il lui sourit.

– Ne pleure pas, Suzon. C'est terminé, elle est morte. Oliver l'a tuée.

Suzon enfouit sa tête dans sa robe et pousse un long gémissement étouffé. Il s'approche d'elle.

– Là, là. Je sais, c'est monstrueux. Je suis dévasté, mon système nerveux casse !

Il la serre étroitement contre lui. Suzon tente de se libérer. Lawrence chuchote :

– On se console à deux, dis ? Tu veux bien que je calme mes nerfs un peu ? et que je goûte ton lait chaud et sucré ? Ton bâtard ne sera pas vexé, pas pour une toute petite fois.

Suzon se débat encore plus. Lawrence lui coince les jambes entre les siennes. Il lui met une main sur la bouche et lui arrache le corsage de l'autre. Il se penche sur ses seins et se relève aussitôt.

– Secs !

Fou de rage, il la gifle.

– À qui est le bébé ? !

Suzon ne dit rien. Il la gifle de nouveau.

– Réponds ou, ce soir, tu partageras sa tombe !

– C'est le fils d'Oliver et de Tara. Il fallait que personne ne le sache. Sauf Oliver, quand le temps serait venu…

Lawrence se concentre pour bien comprendre.

– Tu veux dire qu'elle ne voulait pas que nous le sachions ! Elle préférait qu'un fils Fairlie soit éduqué à sa manière. Loin de Londres et des grandes écoles où vont tous les Fairlie ! Le fils d'un imbécile et d'une putain française !

Il a hurlé si fort que sa voix se brise. Les yeux injectés de sang, il se penche vers Suzon, prend une profonde inspiration et devient encore plus fou. Il la viole. Quand il termine sa besogne, Suzon a le visage tuméfié. Il se relève, horrible de sadisme.

– Il faudra faire très attention, jeune fille. Elle est morte. Dorénavant, je suis le seul maître !

Lawrence s'apprête à sortir du boudoir et à l'y enfermer. Suzon le saisit par les jambes et le projette au sol. Empoignant un énorme cendrier sur pied, elle le lui casse sur les reins. Lawrence la saisit par une cheville et tire. Suzon tombe à la renverse, mais, dans sa chute, accroche le tapis. Une lampe s'abat sur le crâne de son agresseur. Incontestablement assommé !

Suzon se relève difficilement, agrafe son corsage, défroisse sa robe et, retenant ses tremblements, sort du boudoir. Oliver traverse le couloir, entouré de gardes. Il a les pieds et les mains enchaînés. Suzon se précipite vers lui. Il lui prend les mains. Les gardes lui ordonnent d'avancer.

– Laissez-moi juste un instant.

Devant sa détermination tranquille, les gardes reculent de quelques pas.

– Suzon, promets-moi que tu n'abandonneras pas Éléonore.

Suzon promet. Oliver frissonne.

– Est-ce que Tara t'a dit quelque chose?…

– Elle m'a fait préparer les sacs de voyage et m'a donné tout l'argent, les bijoux, tout! Elle m'a suppliée de m'enfuir en France avec Éléonore et… votre fils.

Oliver est foudroyé.

– Julian, mon fils?… Le voyage en France chez sa mère, pour se reposer, pour t'accompagner. Le cadeau qu'elle devait me faire ce soir…

– La tradition de votre famille exige que les fils soient éduqués à Londres. Elle attendait de reprendre ses forces pour vous l'annoncer et défendre son droit de mère, s'il le fallait. Ce soir, elle allait vous demander de garder le secret avec elle et moi. Elle avait si peur que votre mère amène Julian loin d'elle…

Oliver regarde ses chaînes, se trouble, puis se ressaisit très vite.

– Pars, maintenant. Profite de la confusion. Va dans mon bureau, prends la clef sous le secrétaire. Prends tout ce qui s'y trouve! Pars, amène-les loin d'ici…

Il prend les mains de Suzon, les maillons de la chaîne tintent les uns contre les autres. Une lueur d'espoir éclaire son visage.

– Pas en France. Ma famille va te trouver. Va dans le Nouveau Monde. Peut-être que là-bas…

Oliver secoue la tête, puis tente un sourire.

– Tu leur diras que leurs parents les adoraient. *Now go, and don't look back!*

Oliver fait signe aux gardes et baisse la tête. Il ne la relèvera plus. Sous le bruit sourd des chaînes qui sonnent le glas, escorté par ses gardes, s'éloigne un homme mort.

***

Andrew émergea de son état de conteur.

– *Bang-bang, you're dead, Sir Oliver!*

Derrière lui, les portes vitrées du balcon couvert claquèrent au vent et heurtèrent le mur. Toutes les vitres explosèrent dans un vacarme suraigu qui se mêla à un sensationnel coup de tonnerre. Le sol trembla.

Absolument tétanisé, sous le choc des révélations, William se statufiait. Éva, les traits durcis, parla calmement, détachant chaque syllabe, sa voix rendue caverneuse par l'angoisse:

– Et comment sais-tu tout ça?

Andrew émit un rire retentissant. Il s'approcha d'Éva et lui caressa la joue avec son revolver.

– Tu ne devines pas, *pretty face?*

Insoumise, Éva ne bronchait pas. Au contraire, elle devenait formidablement impassible.

– Je n'ai jamais été forte pour les devinettes. Comment sais-tu tout ça?

Andrew retourna s'asseoir, l'air profondément ennuyé.

– Faudrait peut-être en finir… mais d'accord, je te dois bien une explication…

Il redevint grave.

– Mon grand-père était le fils de Suzon et de Lawrence. Après les révélations de la vieille sur son lit de mort, il s'est rendu à Londres et a rencontré Lawrence Fairlie. Un vieillard grabataire, fini! Qui n'a pas voulu s'étendre sur le sujet de la paternité, *of course!* Devenu une épave, certes, mais pas du tout sénile, et toujours aussi orgueilleux. Trop heureux d'avoir enfin un auditoire, il lui a raconté la fin de Tara. Sans aucun remords, mentionnant à quel point c'était délicieux de la revivre en la lui racontant. Il a donné une mission à mon grand-père, celle de venger la famille Fairlie. Car Tara avait été la cause de la mort d'Oliver et de sa mère qui, ravagée par le remords et la maladie, l'avait suivi dans la tombe. Lawrence lui a donné une somme rondelette en ajoutant que Tara avait laissé beaucoup à sa fille, Éléonore. Qu'il fallait la faire parler du legs de Tara. Eh oui ! Le vieux notaire Dunlop était devenu riche du jour au lendemain, alors, ça s'était su…

Andrew regarda les boîtes avec une satisfaction morbide. Puis il bâilla en étirant son dos qui craqua à répétition.

— Je déteste toutes ces histoires de famille ! Comment fais-tu pour être généalogiste, William ? Quel ennui ! Quel imbroglio ! Bref, le fils de Suzon et de Lawrence, mon grand-père, a trouvé le fils de Tara et Oliver, ton grand-père, Julian. Facile, puisque c'était un homme de Lawrence qui avait suivi Suzon en Amérique et avait, selon ses ordres, kidnappé Julian. L'ordre était de le ramener en Angleterre. Mais, arrivé dans le Nouveau Monde, pas fou, le coquin a préféré la liberté. Il a vendu le bébé à prix d'or. Avec le nom de l'homme donné par Lawrence Fairlie, mon grand-père n'a eu aucun mal à le retrouver.

Il bâilla encore à s'en décrocher la mâchoire.

— Abrégeons ! Mon grand-père, mon père, des faiblards, ils n'ont rien fait ! Mon père détestait ton père, William, car non content de m'avoir donné à lui, il lui demandait constamment du fric et, un jour, George en a eu plus qu'assez et l'a foutu à la porte. Je ne l'ai pas vu pendant des années. Quand j'ai eu l'âge de raison, mon père m'a rencontré à plusieurs reprises et c'est lui, un ivrogne sans colonne vertébrale, qui m'a raconté l'histoire. Au début, je m'en tapais ! Puis, plus par curiosité que par intérêt, j'ai retrouvé la lignée des filles de Tara. Enfin, comme tu sais, le crash boursier, les placements volatilisés. Pas question que je vive comme les imbéciles de la classe moyenne, *no way, not me!*

William sembla sortir des limbes.

– *You're a very sick man, Andrew!*

Flatté, Andrew sourit et s'amusa à pointer son revolver vers William, puis vers Éva, puis vers le portrait de Tara et d'Oliver.

– Tu veux dire : un génie ! La découverte de la mise en vente du manoir dans le journal, l'an dernier, a cristallisé l'idée. Les instructions de ton père : moi ! Les manuscrits de ton grand-père : moi ! La piste d'Éva : moi-moi ! J'étais sur ses traces depuis quelque temps. Mais je n'ai rien trouvé chez ta poule. Il fallait unir nos forces, William ! Ça a marché, tu dis ? !

À peine Éva réalisait-elle qu'Andrew était celui qui était entré chez elle qu'il visa le portrait. Le coup partit et Tara eut le front troué d'une balle. Terrifiée, Éva le supplia :

– Prends tout, tout ce que tu veux, mais laisse-nous en paix. On ne dira rien à personne.

Andrew eut l'air surpris, puis ses yeux brillèrent d'excitation.

– *Strange, so strange!* C'est exactement les mots de ta mère ! Dommage qu'elle soit rentrée trop tôt à la maison, le jour où je fouillais partout. Dommage qu'elle ait glissé. Bien que j'aie dû y mettre un peu l'épaule.

Il sortit un camée de sa poche.

– Je le porte toujours sur moi. Ah ! comme c'est jouissif de te le dire, chère Éva. Aussi puissant qu'un coït ininterrompu !

Éva bloqua l'image sur le camée de Tara. Le picotement de ses mains devint insupportable. Elle les joignit et serra, serra, puis se mit à les frotter compulsivement l'une contre l'autre. Des mains tremblantes. Éva leva des yeux vert-de-gris vers Andrew. Au-dessus de sa tête de meurtrier, des globules sanguins jaillissaient du trou de balle dans le centre du front de Tara. Ils prirent la direction du balcon couvert inondé, où ils flottèrent parmi les bulles et le corps d'une noyée prise entre deux eaux, ses longs cheveux détachés louvoyant mollement. Feux écarlates sur fond d'abîme.

Éva vit rouge ! Poussant un grand cri où se mêlaient la rage, le désespoir et la certitude qu'elle allait le saigner, elle fonça sur Andrew. Il rigola en braquant le revolver sur elle.

– OK. Toi la première.

Profitant de la confusion, William saisit une lampe à pétrole. De toutes ses forces, il la lance devant Andrew. Elle éclate en mille morceaux et l'éclabousse. Aussitôt, William jette un candélabre dans la même direction et plaque Éva sur le plancher. Le vieux tapis s'embrase immédiatement, Andrew aussi. Il lâche le camée. Éva rampe jusqu'à lui et le saisit. William empoigne Éva qui l'empoigne à son tour. Ils se ruent hors du grand salon sous les cris monstrueux d'Andrew.

35

Après avoir surgi devant le grand escalier, William et Éva couraient vers la porte d'entrée quand Andrew, les vêtements noircis, la chair de ses mains brûlée, en bloqua l'accès, braqua le revolver et tira en geignant. Éva attrapa William par le bras et le poussa dans l'escalier. Les balles sifflaient autour d'eux. William en reçut une dans l'épaule.

Quand Éva et William atteignirent le réduit du grenier, sans rien voir, Éva dirigea William qui avait du mal à suivre. Tombant, se relevant, ils avançaient à tâtons. Plus loin, enjambant le mannequin disloqué, ils s'engagèrent dans le passage. Après quelques pas, ils se retrouvèrent bloqués par une cloison. Éva palpa le mur en marmonnant :

– Non, non ! Il faut que je trouve une ouverture. Il le faut. Tara l'a dit !

William était fiévreux.

– Éva, mon grand-père Julian était le fils de Tara et d'Oliver. C'est pour ça que je lui ressemble autant. Tu m'entends, Éva ?… Je ne voulais pas te faire de mal. J'étais désespéré que tu ne me fasses pas confiance. Que tu reviennes ici sans moi.

Fébrile, Éva sondait chaque recoin de la cloison. Elle sentit enfin un loquet et l'abaissa. La cloison s'ouvrit. William, appuyé sur le mur, chuchotait ses délires :

– C'est pour ça. Comme un sosie. Mais mon ancêtre… Et mon grand-père ne l'a jamais su. Et mon père s'en tapait.

Éva lui prit délicatement le bras.

– Viens, il faut continuer.

Le passage était en pente. Dans l'obscurité la plus complète, ils descendaient sans cesse. La chaleur devenait suffocante et la fumée, oppressante. Éva dit à William de se plaquer au sol pour ne pas s'asphyxier. Bientôt, ils rampaient. William perdit connaissance. Éva, qui avançait à vive allure, palpa une fois de plus derrière elle et ne sentit que le vide. Elle rampa à reculons et se heurta à William. Penchée sur lui, elle le secoua.

– William ! Lève-toi ! Il faut te lever !

Dès qu'elle ouvrait la bouche, la fumée l'étouffait. Elle insista, le secoua encore, essaya de le traîner, en vain. Elle se pencha sur son visage et frappa de toutes ses forces.

– William ! Réveille-toi ! Il faut continuer ! Viens !

Éva paniquait. La chaleur était maintenant écrasante. Elle avait beau tirer, pousser, secouer, William ne bronchait pas. Ses yeux piquaient. Respirer devenait difficile.

– William ! tu dois continuer ! Je ne te laisserai pas derrière…

Épuisée, elle appuya la tête sur son torse.

– William… réponds-moi…

Une cloison s'ouvrit, ce qui les fit basculer sur le balcon couvert. Du haut de sa haute stature, Andrew regardait les deux corps échoués. Derrière lui, le salon brûlait. Éva respira à pleins poumons et la pluie lava son visage noirci. Saisissant William à bras-le-corps, elle tira de toutes ses forces pour l'amener à l'air libre. À bout de force, elle retomba lourdement sur le sol et serra William dans ses bras. Andrew prit un air faussement attendri.

– Oh… tout comme vos ancêtres. *Tragic, so tragic.*

Il leva lentement le revolver vers eux. Sa main tremblait, la peau brûlée laissait voir les muscles et les tendons. Son regard se vida. Il visa le front d'Éva qui, sachant qu'elle allait mourir, décida qu'elle n'allait pas crever comme une lâche, ni en criant, encore moins en suppliant. Lentement, elle se redressa et le regarda droit dans les yeux.

Derrière eux, une voix se fit entendre. Un chuchotement.

– Andrew… Andrew…

Affolé, Andrew se tourna vers la voix.

– *What?! You again!*

La voix reprenait, lancinante :

– Andrew…

Andrew voit le visage de Tara. Il tire. Le reflet dans la glace se brise en des dizaines de parcelles de visage de Tara. Horrifié, il se tourne dans la direction opposée. Tara marche vers lui en tendant un tout petit revolver argent. Elle sourit, son visage prend une expression sensuelle.

– Andrew… don't you absolutely want to make love to me ?…

Éva se lève, elle essaie de soulever le corps inerte de William. Il est trop lourd. Elle retombe sur le sol en toussant. Elle entend un coup de feu, puis un bruit de chute. Ses yeux se ferment, elle résiste à l'envie de s'évanouir, s'accroche à chaque petit détail du balcon. La pluie la noie. L'orage la tue. Elle s'accroche. Une ombre surgit devant elle. Tout s'obscurcit. Elle entrouvre les yeux, des flammes dansent autour d'elle et de William. Elle ferme les yeux. Les ouvre de nouveau. Tara s'avance vers elle en tendant les bras. Elle ferme les yeux sur des hurlements de sirène qui jaillissent de sa bouche entrouverte.

36

Éva refait surface. Un à un, ses sens lui révèlent qu'elle n'est pas morte. Elle est couchée sur une civière. Des pompiers courent partout. William est étendu sur une civière tout près d'elle. Il porte un masque à oxygène. Elle s'aperçoit qu'elle en porte un aussi.

Le ciel se transmue en brasier, les ombres s'allongent, les nuages se colorent de fuchsia, d'ocre, de rouge. Le manoir flambe dans le vacarme et le désordre : des lances d'incendie, de puissants jets d'eau, des pompiers qui courent vers les flammes, des crépitements, des sirènes et des cris.

Dans ce décor de fin d'un monde, une femme se détache de la mêlée. Éva gémit. Tara s'approche en tendant les mains. Elle se penche sur Éva qui se met à trembler... Tara enlève sa perruque.

– Un homme qui veut absolument faire l'amour avec moi et qui s'enfuit en Angleterre ne mérite pas de vivre.

Marie caresse la joue d'Éva et ajoute gravement :

– Moi qui abhorrait le crime ! Me voilà guérie...

Éva comprend ce qui s'est passé, les apparitions, les voix. Elle veut parler, mais s'étouffe dans son masque à oxygène.

Malcolm arrive en courant du mieux qu'il le peut, en s'appuyant sur sa canne. Aussitôt arrivé près d'Éva, il lui prend la main. Sa voix grelotte :

– *Are you good, luv?…*

Éva lui sourit. Charles Dunlop s'approche timidement à son tour. Il lui tend les deux boîtes métalliques. Le sourire d'Éva se brise. Un pompier s'avance vers elle, il regarde le moniteur, lui enlève le masque à oxygène et l'aide à s'asseoir. Charles sort ses gouttes et en humecte son œil qui est reparti en orbite. Malcolm lui tend un mouchoir.

Éva essuie du doigt la goutte qui coule sur la joue de Charles et la dépose sur le mouchoir que tient Malcolm. Elle ouvre la main et contemple le camée au creux de sa paume.

– Éva ?…

Éva se tourne vers la voix. William tente de se redresser, mais reste prostré sur sa civière. On lui a aussi enlevé son masque. Éva reste grave. Elle caresse le camée.

– Je n'avais pas le droit de l'ouvrir avant qu'il ne soit à moi…

Étouffant un sanglot, elle ouvre le camée. À l'intérieur, plusieurs petits compartiments : le portrait d'Oliver et de Tara ; leur fille, Éléonore ; sa grand-mère, Yvonne ; sa mère, Olympe. Les autres espaces sont vides. Elle le referme et le met à son cou.

Malcolm se penche sur Marie.

– Tant mieux, s'il brûle ! Ce manoir est hanté !

Charles se tourne vers Malcolm.

– Pedee… tu as toujours été lent à comprendre ! Le manoir n'est pas hanté !

– *Is so!*

– *Is not!*

– Oui, il l'est !

– Non, il ne l'est pas !

Malcolm se désintéresse totalement de la question et s'adresse de nouveau à Marie, sur un ton de confidence solennelle :

– *You know*... ils ont vu *milady* !

– Je sais. C'était moi.

– Et j'ai entendu sa voix plaintive derrière moi dans la cuisine.

– Monsieur Pedee, c'était moi... Quand je me suis retrouvée seule à Montréal et que j'ai réalisé que William et Andrew étaient introuvables, j'ai paniqué ! Je suis venue juste pour ne plus être seule avec moi-même. Quand j'ai compris qu'Andrew venait de débarquer, il fallait faire quelque chose pour le faire déguerpir et pour aider Éva à retrouver la mémoire. C'est génial, non ?! Déguisée en Tara, je faisais peur à Andrew et j'obligeais Éva à se souvenir.

– *No, no*... elle n'avait pas votre voix.

Marie remet la perruque de Tara. Malcolm n'est toujours pas convaincu.

– Impossible ! Vous ne lui ressemblez pas du tout !

Charles s'impatiente.

– *Pedee!!! Get over it!*

Éva s'est levée. Elle s'approche du manoir. Sous un arrogant coucher de soleil fuchsia, l'aile gauche n'est plus qu'un squelette embrasé auquel s'accroche un balcon calciné. Un grand sac noir passe sur une civière et frôle presque Éva. Elle frémit à la pensée qu'il y a Andrew dedans.

Des hommes soulèvent la civière de William. Éva s'avance vers lui, mais pas trop. Elle fixe son épaule. Sous le pansement, le sang a coagulé et une croûte rouge a pris la forme d'un animal blessé transpercé d'une lance.

Éva n'arrive pas à détacher son regard de la tache en forme de Minotaure, l'archétype d'Andrew.

William fixe le visage de la femme qu'il aime. Il voudrait lui dire mille et une choses importantes, mais se contente de lui poser une question :

— Tu vas remettre le manoir en état ?

— Pas tout de suite, mais oui, plus tard.

William lui prend le bout des doigts.

— Tu as des choses à faire avant ?

— Oui.

— Je peux les faire aussi ?

— Non.

— …

— …

— Tu vas revenir quand ce sera fait ?

— Ici, oui.

— Et à Montréal ?

— Sais pas.

— À l'île d'Orléans ?

— Oui. Pour mettre des fleurs sur la tombe de Suzon, d'Éléonore, de ma grand-mère et de ma mère.

— Et… aux Mille-Îles ?

Éva retire ses doigts. Sa main monte vers son visage, pianote dans l'air, puis tambourine sur ses tempes. Son regard s'inverse et regarde loin à l'intérieur d'elle-même. William se dit qu'il l'a perdue, mais pas pour toujours, juste pour l'instant. Il se relève sur la civière et chuchote si doucement qu'Éva doit tendre l'oreille à cause des lances à eau, des moteurs et des sirènes qui s'éloignent dans le crépuscule.

— OK, pas maintenant ! Plus tard. Je serai là, témoin de ta réconciliation avec toi-même, au bout de ta longue quête, toute différence enfin abolie entre ton apparence et ton être.

Éva sourit aux anges.

– Victor Hugo.

William a un peu gagné. Il sourit à son tour. Le temps s'arrête, accroché à un regard. La civière et son occupant sont hissés dans l'ambulance qui s'éloigne à grands cris. Éva remarque qu'il ne pleut plus, que seuls quelques éclairs de chaleur crépitent de loin en loin.

Marie prend Éva par le cou.

– Qu'est-ce qu'on fait maintenant?

– Marie, tu sais que tu m'as sauvé la vie?!

– Ben quoi! Normal! J'allais rester là à ne rien faire?… On fait quoi, là?

– Je vais en France.

– Qu'est-ce qu'on va faire en France?

– Je vais voir si j'y suis.

– Bonne idée!

– Seule!

– Ah non, tu me fais pas ça! Je suis écœurée de me cacher dans les murs et par les champs, à attendre que tu trouves tes réponses! Les moustiques m'ont littéralement bouffée! Puis j'ai souffert de la faim, du froid, de la chaleur. Et puis, sais-tu ce que c'est que de jouer à cache-cache avec un meurtrier qui passe d'une trappe à l'autre? J'ai failli crever de trouille, moi! Et là, je n'en ai plus envie! Mais, s'il le faut, si tu penses que je vais te laisser te transporter dans ton passé français sans être là pour te sauver la peau des fesses! Miss la descendante de Tara de Bissé, je me greffe à ta hanche, tu sauras! Et ne fais pas l'indifférente! Je te connais, toi et tes grands airs d'orchestre symphonique! Tu crois que je vais trouver l'amour en France? Ce serait pas mal, un Français, tu crois? Parce qu'avec Andrew, ça a plutôt mal tourné… Après tout, les Français sont latins comme nous!

Éva ne l'écoute plus. Elle marche vers la voiture en se disant qu'elle va dormir à l'auberge, examiner les titres laissés par Tara et partir à la recherche de sa famille, là-bas, sur l'autre rive de la Manche, en France, là où sa grand-mère Yvonne s'était sentie si bien.

Malcolm et Charles trottent derrière les deux jeunes femmes enlacées. Tout à coup, Malcolm se tourne vers le manoir. Sur le balcon calciné, dans une franche lumière surexposée, Tara et Oliver dansent dans le ponant. Malcolm jubile :

— Look! Look! Ils sont de retour et ils dansent! Heureux, enfin libres!

Charles le saisit par le bras.

— Malcolm, arrête de nous casser les pieds!

Malcolm résiste, il refuse d'avancer. Il regarde, enchanté.

— Si seulement vous regardiez! Éva, tourne-toi. Mais regarde, nom de nom!!!

Éva cesse de marcher et se tourne lentement vers le manoir. Le soleil se couche d'un seul coup. Il fait désormais nuit. Une nuit sans lune. Un ciel d'encre. Malcolm frappe le sol de sa canne.

— Why doesn't anyone ever believe me?!

Charles le prend affectueusement par le bras.

— Because you're an old romantic fool!

Mes amitiés et remerciements...

... à la maison de style ranch de mes parents, Jacques et Jeanne d'Arc. Qui n'avait pas de couloirs secrets, ni dans les garde-robes, ni dans les murs, ni au sous-sol, ni derrière le foyer. Ce qui a provoqué en moi, dès l'âge de quatre ans, la quête de refuges clandestins.

... aux maisons ancestrales de briques d'argile au cachet victorien de mon village d'Ormstown.

... à mon premier refuge : la maison de pierres abandonnée d'Allan's Corner, de style classique français canadianisé, où je rêvais de rénovation et d'écriture.

... aux maisons des parents de mes amies d'adolescence, les *victorian folk* en bois blanc de Karen et de Lise et, de Louise, la néo Queen Anne en briques ornée de dentelles de bois d'inspiration Eastlake.

... à l'appartement du septième, loué par monsieur Montreuil, où Tara m'a visitée un jour alors que je nouais un foulard vert à mon cou.

… à toutes les maisons anciennes, manoirs, gîtes, abbayes, bergeries converties, chapelles et châteaux de France, où j'ai cru, un instant ou deux, que j'étais bel et bien de retour à la maison !

… à la maison d'édition Au diable vauvert, pour sa résidence d'auteurs dans l'ancienne école XIXe de La Laune ; ses bruits, ses craquements, son horizon absolu, ses volets battants, son diablotin dans les couloirs la nuit, et son isolement. Où Rafaëlla m'a rendu la vie irrésistiblement infernale, où Néo a appris à nager et à garder les chevaux sauvages et où Mandy a adouci la solitude avec grâce, éloquence et finesse !

… à l'appartement de style renouveau grec de Charlotte sur *The Row* à New York ; également pour ses bruits, ses craquements et ses gargouillements. Et la présence de l'ami à la fenêtre de l'écriture, l'Empire State Building.

… à la maison du passé où Véronie, enfant, éclatait de rire en écoutant mes histoires inventées ; à la maison du futur où elle éclatera d'un grand rire de femme heureuse, tout en lisant mes manuscrits de soir et de nuit, jusqu'à ce qu'elle tombe de sommeil sur le mot FIN.

… à la Maison, peu importe laquelle, où je peux lever le nez de mon écran et voir que Roger est là…

Imprimé sur du Rolland Enviro100, contenant 100% de fibres recyclées postconsommation, certifié Éco-Logo, Procédé sans chlore, FSC Recyclé et fabriqué à partir d'énergie biogaz.

La production du titre *Tara* sur du papier Rolland Enviro100 Édition, plutôt que sur du papier vierge, réduit notre empreinte écologique et aide l'environnement des façons suivantes :

Arbres sauvés : 35
Évite la production de déchets solides de 995 kg
Réduit la quantité d'eau utilisée de 94 095 L
Réduit les matières en suspension dans l'eau de 6,3 kg
Réduit les émissions atmosphériques de 2 184 kg
Réduit la consommation de gaz naturel de 142 m³

IMPRESSION
IMPRIMERIE GAGNÉ

Québec, Canada,
avril 2008